娄山关·毛泽东《忆秦娥·娄山关》

綦江

野三关镇（川藏公路起点）

安顺市 320 国道

单车日记

胥迭 著

漓江出版社
桂林

图书在版编目(CIP)数据

单车日记/胥迭 著. —桂林:漓江出版社, 2017.1
ISBN 978-7-5407-7577-3

Ⅰ. ①单… Ⅱ. ①胥 Ⅲ. ①长篇小说-中国-当代 Ⅳ. ①I247.5

中国版本图书馆 CIP 数据核字(2016)第 257713 号

组　　稿:周向荣
责任编辑:赵黎君　周向荣
封面设计:李诗彤

出版人:刘迪才
漓江出版社有限公司出版发行
广西桂林市南环路 22 号　邮政编码:541002
网址:http://www.lijiangbook.com
全国新华书店经销
销售热线:021-55089658-8020

山东德州新华印务有限责任公司印刷
(山东省德州市经济开发区晶华大道 2306 号　邮政编码:253000)
开本:880mm×1 230mm　1/32
印张:9　插页:2　字数:210 千字
2017 年 1 月第 1 版　2017 年 1 月第 1 次印刷
定价:36.00 元

目　录

第五辑　范西集需要这些

第六辑　祁玥、易希及最后一课

第七辑　尾声

第一辑　各自时间线上的起点

一　在合肥的最后一晚

我必须上路了，只有这样才能救得了自己，为此我辞掉了工作。我决定回家，本来坐飞机、火车、长途汽车，甚至再等两周，搭田巍的新车先到成都，然后再回去都可以，我却决定骑着这辆山地车回去，并且借此机会完成范西集。

具体路线？没有。大致往西南方向骑向云南，不过我一定会经过武汉。

有旅伴吗？同样没有。只有这辆山地车与我同行，还有水壶架上的那个印有切·格瓦拉头像的水壶，那是几年前小丹送给我的。

在五十多年前，一个名叫欧内斯托的阿根廷人心血来潮，与他的哥哥阿尔伯托一起，骑上摩托车试图穿越拉丁美洲，哥哥阿尔伯托是一个生物化学家，弟弟欧内斯托则是一个学习麻风学的医学院学生，后者在多年后获得了一个更响亮的名字——切·格瓦拉 。

我大可以幻想自己的旅伴是切·格瓦拉，而我自己是阿尔伯托，至少我以前的专业和他接近。

切·格瓦拉在旅程中写了一本日记，后来还被改编成电影，叫《摩托日记》，西文名应该是 *Diarios de motocicleta* 。我也常在旅途中写日记，这次我又用了新的日记本来写，那么我的日记大概是 *Diarios de bicicleta*，哈，不知道对不对。

今晚杨老板请我吃饭，他和其他几个人为我送行，席间觥筹交错，其他人都醉了，我却没有喝酒，长周期已经开始，像以往一样，我又开始写日记。

明天出发，这又将是一次漫长的旅程，出发之前的踌躇是难免的，我掀开窗帘，最后看了一眼夜幕下的合肥，天幕上看不到一点星光，只有云层反射出的猩红，这次离开合肥不知什么时候能回来。

2013 年 7 月 21 日　阴转大雨　合肥

刚才去买了两支笔和一张手机卡，我根本没有伞，又没穿雨衣，就淋着雨跑回来。换上新的手机卡，从今晚开始，我切断了和夏令营的联系。之前从济南用了 5 天时间骑到这里，那只能算适应阶段，轻松加愉快，但是从这里往后，我可以开始我的长周期，也是直到这里，我的旅途才真正开始。

10 天以前，也就是 11 号那天，学校即将放假，我正不紧不慢地收拾东西准备直接去武汉，那天早上就收到快递，寄件人地址写的是昆明，但是署名写得就像乱码，仔细一看，它还不是乱码，是火星文——“鈅僣唏朢”。

好家伙，现在快递还没实行实名制，寄件人名字竟然就可以乱填，我听说有人曾把大便密封好，然后匿名寄给别人。这种恶作剧太狠了，所以我当时的直觉是：有人要整我。当我小心翼翼拆开快递……没有，没有人寄屎给我，里面只有这本日记，以及一张 A4 纸，上面打印着一个长长的网址，我翻开日记，又在电脑上输入那个网址，看到了那张结构图，很快就明白，这绝不是恶作剧。

这日记本是易希的，看字迹、看内容绝对是他，日记的内容我只看了前两篇，就马上买了一辆山地车和必要的装备，一共准备了 4 天就急忙从济南出发了。

我来的目的很明确，说真的，我才不想像易希那样在没用的东西上纠缠！什么切·格瓦拉，什么单车日记！我又不来游山玩水，网页上那个没有任何文字的结构图已经明确了我的任务——范西集，我必须学会范西集！

但是我自己也很清楚这种想法很蠢，如果一直抱着这种心态我肯定学不会范西集。要想成功，我需要和易希在行动上保持一致，同步他的有效体验，这也是为什么我要买单车，像他一样骑行的原因。

我不曾记得易希从安徽骑回云南，不过易希他干得出这种事！易希和我，我们这种人，就需要各种各样有效的体验！我从13岁起就很清楚这一点。

我永远都记得13岁那年，寒假中最冷的那天，易希抱着我的足球，把我领到了篮球场。人这一生多多少少会目睹一些不同寻常的事情，仅在它们还能令我们惊异的时候，那些事情可以被称为奇迹。那天就是我生平唯一一次目睹奇迹。而当时他只是把我的足球放在篮球架下，转身面向对面的篮球架，以一个很别扭的姿势站在足球前面一动不动，时间像是凝固了3秒左右，他没有任何助跑，抬起左脚就把球踢进了对面的篮圈。

我无比震惊地看着他，而他并没有在意我的表情，把球捡了回来。再一次，别扭的姿势，3秒钟凝固，不助跑，左脚，进球。刚上初中的我，嘴张大到可以塞进两个足球，易希又在我面前重复踢了9次，但是有两次没有踢进，这不要紧，我觉得就算是贝克汉姆也远远达不到这种水平。

“想学我就教你，”易希抱着手，扬起眉毛，用一种满不在乎的表情看着我说，“不过你要保守秘密。”

我把下巴从脚背上搬起来，然后努力把下嘴唇和上嘴唇贴上，这才回过神来：“易希哥哥你教我吧！怎么做的？”

易希没有直接回答我的问题，而是反问我:“人在受到别人激励、鼓舞的时候，很可能会超越自己的极限，做出自己平时做不到的事情对吧?”

“嗯嗯嗯!”我连连点头。

“你在焦躁不安的情况下有时候也能急中生智对吧?”

“嗯，对!”我使劲点头。

“我发现我们两个有一种潜力，我们可以把喜悦、激动、专注和其他所有的强烈的感受控制起来，用这种精神能量激发出很多种强大的能力，让你做到你以前根本就不可能做到的事情，比如——”易希转过身去，“嘭”的一声，易希再一次把球踢进了篮圈“——这样!”

多年以后的今天，我这样描述着易希给我上的那第一课，心中依然是百感交集，易希他不仅陪伴我度过艰难的童年时光，也为我开启了一扇门，让我明白了自己竟然会有非凡的天赋。这件事情开启了我这些年的奇特经历，我张煜丹今天之所以会在这里，跟那天所看到的东西有着极大的关系。这日记是来自易希的意外惊喜，从今天开始，无论遇到任何困难，我都绝不放弃，范西集必须完成!我自己知道这确实很难，除了必须跟易希保持一样的节奏外，还有很多问题没解决。

首先，我不知道易希的日记写于哪年，他没有写日期或是天气，已读过的两篇日记里也找不到其他线索，总之我暂时不能确定他写这日记的时间，让我丢失了很多重要的信息。

另外我没有什么骑行经验，水平限于会骑，易希好歹还经常骑车，我对山地车的了解都是这几天来从网上的各个自行车论坛里恶补的。死记硬背是我的强项，但知识和经验不是一回事，骑行经验不是靠死记硬背就能背出来的。我骑车技术一般，所以我有预感，在这次旅行路上我可能会摔跤，而且会摔得很惨，我已经做好了摔断腿的准备,就算是摔断腿,治好以后我都要继续。

从济南骑了几百公里到这里,几天以来我都是想停就停,想走就走的,但是从明天开始我必须跟随易希的节奏,稍有闪失,我所有的努力就会前功尽弃。我会每天看一篇日记来确定第二天的行程,但我绝不能一口气把它看完,要是让我提前知道一些和范西集有关的细节,或者提前让我知道了本该我自己探索的东西,我可能就无法同步易希的有效体验,那样我就失败了。

先前我是想在他日记上勾画重点、做标记的,但那样恐怕会画得乱七八糟,还是少画点为好,之后我一拍脑门才想到:脑残吗?!我肯定要像他一样每天写日记才行!不然怎么获得同步?

那就这么定了,这么厚的日记本只写了不到三分之一,我会像今天这样,接着用这本日记来写,也是每天一篇,绝不拖延。我会尝试用易希的思维方式,和他保持一样的态度,做跟他相似的事情,为的是体验到更多他所感受到的东西。

虽然有种种的疑虑,虽然准备得不够充分,但我总算是到了起点,终点在几千里外的昆明或者玉溪。我准备好了!要出发了!

二　在三河古镇

昨天后半夜下了一场小雨，早晨出发时空气很湿，杨老板开着车把我送出合肥，我说了我要骑行，他硬是把我的自行车搬上了他的车，送我出合肥，我问："你这是要把我送到哪儿？直接送回云南怎么样？我们两个轮着开，不用三天肯定能开到。"

他擤了一下鼻子："没那么多工夫！把我也拖上你这条不归路？嗯？想都不要想，有媳妇的玩不起你们这种。"

"不一定啊杨总，田巍儿子都有了，不是一样被我们拖上不归路？上次说去甘肃，看，说走就走，还越玩越开心，媳妇、儿子都不要了，最后在内蒙古还认个干儿子。走走走，再走15公里上高速，我们云南民风淳朴，自治州法律是独立的，可以娶三个媳妇，云南欢迎您。"

"送你到前面就赶紧滚，我是来看看我爸爸的，带你一程而已。"

这陵园看起来比较新，墓碑用的大理石更新，"显考杨自新之墓"几个字一点都没褪色。

"我是三河镇的孩子，我们三河镇人才辈出，从小我爸爸就想让我有出息，最好的都给我，我自己不争气，主要是不是那块料，大学都考不上一个……"

"大学都考不上一个，但是朋友一堆，而且朋友肯定夸你有出息、孝顺。我见过你妈，你是个孝子，同辈人中的楷模，你妈和你媳妇掉到水里你肯定是先救你……"

"你能不能闭嘴安静一会儿！"

他不知道，我在路上旅行时很少说话，有时甚至一整天一言不发。我们在那静静地站了一会儿，该说的话昨天晚上都说了。送行这件事情，女人送行还可以絮絮叨叨多说几句，男人送行，到最后就是因为头天晚上说太多，到最后挥挥手，说不出更多。

我已经跨在单车上准备出发了，他说道："我再跟我爸说说话，你该去三河镇看看，我们三河镇可是名人星光大道。"

"好，那就去你们三河镇看看，还有，说了来云南，不要口头说来，实际不打电话不写邮件，每年过年就照抄短信还有QQ上的打油诗群发，上次群发连名字都忘记改那个是不是你？"

"不是，赶紧滚！"他扭过头来甩甩手算是告别。

杨老板真厚道，正是因为待人宽厚，他才会有那么多朋友，以后来云南一定款待。我辞职他给了我不少钱，这笔钱都够我骑到非洲了。但他总是很忙，这次我离开，真不知道什么时候再见到这帮朋友。

我骑着车一路向南，没走多远，三河古镇从地平线上冒了出来，三县交界的古镇是典型的鱼米之乡，想到我在合肥这些年竟然没有来过这里，又想到自己很久没骑车了，我需要一段时间来适应，我决定干脆在这里过夜。

住下以后准备去镇上走走，旅店主人是个三四十岁的女人，有个几岁大的女儿。我看到她桌上有本《圣经》，就问她是否信教，得到了一个不冷不热的肯定答案，又问她哪里有教堂，她向西一指："过了桥就是。"

我没有跟随游客直奔古镇，而是径自过桥去找教堂，远远地就看到教堂顶上的十字。可是我来得却不是时候，今天没有聚会，教堂大门紧锁，只能从侧面隐约看到一排排座椅，无奈只能返回，过桥的时候看到小南河畔垂钓的老人，甚是悠闲。

我开始在古镇中穿行，试着寻找真正的徽派建筑，大部分的民居虽然也是飞檐翘角，小青瓦，白色马头墙，可是多半是钢筋混凝土建成的，我并不喜欢那样的建筑。

三河古镇

小镇的下水盖都是石制三孔盖，它们把我引到一对精致的灯笼前，这挂着灯笼的建筑名为仙姑楼，很像我要找的徽派建筑，但又有所不同——仙姑楼更像是一个烧香拜佛的地方。

院中的天井把天空分出四角，午后的阳光透过云彩再穿过天井，倾泻在地面上，地上未干的水迹又把阳光反射，照在漏空的窗棂上。如果水面因微风而起了涟漪，窗棂上那明晃晃的光影便会颤动起来，这样的“坐井观天”甚是有趣。

古镇上还有座万年寺，修建于宋太祖元年。据说宋太祖和宋太宗幼年随父逃难至此，后来觉得当年险象环生，能化险为夷，必然是有佛祖保佑，后来就有了这寺院。我看见寺院门口的经幡随风飘扬，寺中的钟楼在小镇上分外醒目，可是寺里却没有多少香客。

回来的路上我发现小镇并没有多少游客，三县桥、二龙桥和古老的鹊渚廊桥横卧在小南河上。我看到廊桥上有人躺着睡觉,就像福建客家村落的许多廊桥,过路的人累了,放下背篓躺在廊桥中间的椅子上小睡一会儿,别人也不会打扰。二龙桥下有游船经过,虽然不是乌篷船,却也给人一种置身江南水乡的错觉。

像以往的旅行一样,一开始感觉会比较平淡,但是我必须上路,不然我就是一潭死水。

2013年7月22日　小雨转晴　合肥至三河古镇

唉,我现在正坐在小镇的一家店里一边吃米饺,一边写日记,这东西吃着还行,可是我却怎么都高兴不起来。我正想着如何努力同步易希的感受,结果这第一天上路,我跟易希的感受就极为不同:问君能有几多愁,恰似大石碎胸口。

易希凭借他的这趟旅程完成了范西集,我现在是在走他走过的路,但是效果却差很多啊。看嘛,有人送他出合肥,我当然没人送啊,我从山东出发那天倒是有李宗龙来送我,在合肥就不可能了,我认识的唯一一个合肥人现在在武汉。

如果我没走错路的话,那从合肥到三河古镇应该是走103省道,一进三河古镇我就看见块牌子,上面写着:“开机前,先看图纸再问人。”就这几个汉字,其他什么字都没有,我完全不理解这是什么意思。

之后我把易希走过的地方,可能走过的地方以及没走过的地方走了一遍,包括他说的教堂,那教堂依旧关着,我隔着铁门往里面看,上面写着对联:“神爱世人赐救主,人信耶稣得永生。”按照易希的习惯，教堂、寺庙几乎是必去的地方，为此我又去了易希提到的万年禅寺。寺庙里人很少，显然它干不过基督教，我穿过古镇的时候不止一次看到有商户家里面有《圣经》。

我之所以努力模仿易希的行为，使自己跟他感受相同，还不是因为我必须遵循那个迂腐的“真实目标”原则，有的人就不用遵守它，真是太不公平了。

易希在一开始就讲过这个原则，当时我没有完全明白他的意思，直到后来祁玥教我的时候，我才充分理解：“所谓‘真实目标’原则，说的是在使用各种生命体验来激发自己能力的时候，必须完全由自己亲自来体验，换句话来说，你看一本小说、一部电影或戏剧获得的感受就算再深刻，也不能激发出自身的能力。”

我当时觉得这种说法与常识不符，因为小说、电影和戏剧也能让人产生各种各样的情绪和情感，我就问她为什么。

“第一，你看到的小说和电影没有完全把所有的体验都传达给你，在视觉、听觉、嗅觉和味觉等方面，你会失去大量信息，所以你没有办法真切地感受到真实的生命体验，你看金庸小说没办法真实地感受肩膀上被连插三刀有多疼吧？想象出来的感质、情绪和心境都有很明显的缺失。”祁玥一边说一边用铅笔比画着往肩膀上插的动作。

“嗯，第二点是什么？”我问。

“第二，那就是最重要的原因，”她接着说，“就是你的潜意识会拒斥你虚假的体验，它知道这一切都并不真实，那些事情发生在别人身上，那不是你自己的体验。这才是最重要的原因，你无法欺骗自己的潜意识，所以你必须遵从‘真实目标’原则，都得自己来，学习新技术时，从别人那里讨教来的经验会有帮助，可是你自己必须产生有效的体验才行。”

就是因为这两个原因，我非得跟着易希骑单车回云南，遵循“真实目标”原则，同步易希的感受，从而完成范西集。路那么远，还得靠着自己的双脚蹬着单车回去，我觉得太郁闷了……不过必须说，易希靠着这趟旅程完成了范西集，就因为这个，他的这趟行程意义非凡。我必须尽量和他保持一致，因为我还不知道激发范西集的是哪六种生命体验。嗯！我要打起精神来，一开始状态差点没关系。

三河古镇的米饺和酥鸭不错，而且他们还卖那种麦芽糖。这个东西真怀旧，当地把这种糖叫作麦芽糖，而我小时候把这个叫作“搅搅糖”，因为用手拿着它时，你得用牙签不断地把糖挑起来，不然整块糖就会掉到地上。小时候卖糖的人用两根竹牙签裹上这种糖（有点像太妃糖），然后递给我，小伙伴们谣传说这糖能越搅越大，我就傻傻地边搅边走回家，因为到家门口后必须自己掏出挂在脖子上的钥匙开门，这时候我才舍得吃掉。

三　六尺巷

再次上路的感觉真好，清晨的206国道边，树木将路面遮挡住，阳光穿过树叶衍射出七色光芒，道路纤尘不染，离合肥越远，天空越蓝。正值盛夏，国道两旁的农田再次种下了水稻，在南风吹拂下，它们开始翻滚，我在公路中驶过这片绿海时惊起了几只白鹭，它们逆着风逐渐飞远，我跟随在它们身后继续向南骑行。（OK！有线索了，至少现在我知道易希开始这趟旅行的时候也是夏天。）

我体力没有以前那么好，上午一直在烈日下骑行，汗水从每一个毛孔中渗出来，那并不是黏糊糊的感觉，而像是用汗水洗脸，到中午的时候我骑不动了，只能停下休息，避开灼热的阳光。损失了很多盐和水，吃饭的时候饭咸得像是打死了卖盐的，预计我这趟旅行结束时，流出的汗可以晒出一包盐。

下午到达桐城的时候我直接去了六尺巷，桐城出过的名人太多，但我忘了桐城和一代画魂潘玉良有何渊源，跟桐城有关的事物，印象最深的是六尺巷。

传说清朝康熙年间，宰相张英的家里人在建房用地方面和邻居发生了争执，家里人写信给张英，要求他用自己的身份使用强硬手段逼迫邻居让步。然而张英却只是在回信中写了一首打油诗："千里家书只为墙，让他三尺又何妨。长城万里今犹在，不见当年秦始皇。"

张家很快就在争执的地方让出了三尺，如此的旷达和大度，令邻居无比感动及钦佩，于是邻居也让出了三尺，两家院墙之间就出现了这条六尺巷。

到六尺巷之时暑气还未褪尽，小巷两边的居民走过鹅卵石路面，穿行于六尺巷中，络绎不绝，我猜想这条小巷可能经过重建，至少是修复过，小巷两边的瓦当没有一点破损，上面的纹章图案清晰可辨。倘若它们真的见证过三百年来的历史而未被破坏，那么走过这小巷的人应该是对那种“宰相肚里能撑船”的态度有几分敬意吧。

离开桐城时时间还早，我又往南骑了一段，在一座桥上看完日落，住在怀宁。怀宁出的名人远没有桐城那么多，我知道的只有一位，不过他的诗句却萦回于一代人的记忆中。如果让我们说出一些桐城派诗人，少数人可能会想起姚鼐的《登泰山记》。但如果说到怀宁出的这位诗人，不管你是否喜欢，每个人都能回忆起那些句子：

从明天起，做一个幸福的人
喂马、劈柴、周游世界
从明天起，关心粮食和蔬菜
我有一所房子，面朝大海，春暖花开……

我不懂诗，就说不上鉴赏，但是我至少能感受到这些诗是特别的，海子是特别的。

多少年来我一直在追寻着那些非同寻常的人，就如同多年前我在武汉遇到的大卫，就如同在张掖认识的那个老兵，我曾听他们描述那些不灭不死的梦想。我仿佛能看得到，多年以后，当其他人在世俗生活中疲于奔命时，他们背着大大的背包穿行于臃肿的城市，走过脏乱的街道，眼中依旧是那不可侵蚀的意志，而他们的思想，是从未被世俗世界同化的思想。

2013年7月23日　晴　三河古镇到怀宁

好的,今天还行,感受跟易希比较像了,这是好兆头。

在舒城,我又回到邪恶的206国道上,206国道显得不那么邪恶了,之前在骑到合肥以前我走的就是206国道,淮南到合肥那一段路非常烂,大货车把路啃得不成样子,明明是在公路上骑行,可是感觉像是骑着单车上下楼梯。有一天我还被扎了两次胎,相当背时。

不过这一段挺好,跟易希的描述基本一致。

易希提到了那个时候正是七月,这样就放心了,我出发的时间跟他基本一致。所以我今天也是"以汗洗面",常识告诉我:出汗量大应该喝淡盐水。我就尝试着在水里加了些盐,我只喝了一点,那个味道真是恶心到家了,比盐汽水难喝多了,我决定以后都喝淡水,像易希一样在吃饭的时候猛加盐。206国道的这一段看着比较干净,所以我今天不像几天前一样灰头土脸,但是奇怪了,我脖子上和腿上还是有一层白色的细沙。

桐城六尺巷看起来挺朴实的,上网一查发现这景点还是3A级景区呢,这比很多看着不怎么样还要收门票的景点好多了。从六尺巷出来,我停在路边喝水,有个女的从我面前走过去,在地上扔下了一个饮料瓶。我瞟了她一眼,心里面说:"喂!垃圾桶就在那边,你不会走几步把它扔进去吗?"于是自旅行开始以后,我第一次开始施展我的魔法。

第一次就失败了,太丢人了,这算什么?"非受迫性失误?"

跟易希不同,我踢的时候当然不会像他那么别扭地站着。两步助跑以后，“啪”的一声，我用右脚把饮料瓶踢向垃圾桶，瓶子在空中旋转了两周然后迅速减速变向，诡异地打到了垃圾桶旁边的马路牙子上，偏得很离谱。那个女的回头看了我一眼，悻悻地走开了。

为什么会失败呢？很简单嘛，饮料瓶这种东西太轻，形状不规则，还会受风的影响，要是换成足球，就算是垃圾桶离我三十米我也能十拿九稳。

算了，不找借口。我学会的第一个控制技术就是这玩意儿，这种名为运动中枢簧的东西现在被我用得炉火纯青了，当我第一次在足球场上施展这种技术的时候，我的小伙伴们都惊呆了，因为我总是能把足球踢向球门的死角，从那以后球场上主罚任意球、角球、点球的时候，队长必须让开给我主罚，因为我几乎不会罚丢，单从罚定位球上来说，贝克汉姆差我一大截，原因是我作弊了——他精准的任意球是通过自身天赋和长期刻苦训练得来的，而我靠的是控制技术，其生理学原理并不复杂。

“人类控制躯体运动的神经中枢位于大脑的中央前回……”我讨厌这样说，这些陈词滥调说得那么抽象干吗？简单讲就是拿把大刀，压着天灵盖，对齐两只耳朵，切西瓜一样一刀切下去，把脑袋切成前后两半，靠近脑门这一侧的那个切面，差不多就是控制身体运动的神经中枢了。

人的身体是头在上，脚在下，这个切面跟人的身体刚好上下颠倒：从上到下控制的部位依次对应脚趾、小腿、大腿、臀部、躯干、肩膀、手臂、手指……最后是面部和舌头。

可是人类控制这些部位的精确程度却是不同的，人的手指、舌头对应中枢切面的面积很大，所以十分灵巧；人的腿和脚对应切面的面积很小，显得比较笨拙。实际上，大拇指对应的面积比整条大腿的部分还要大得多,所以大拇指比大腿灵活得多。

运动中枢簧的秘密就在于此。

我能够在一瞬间将自己的注意力与对肢体的控制集中在对应的控制区域,在踢球的时候,我扩展腿和脚的控制面积,而把其他部分压缩,几乎把整个运动中枢都用来控制腿,这样腿的动作就会极为精细,比手还灵巧,只要稍加练习,这种技术便能让我踢出的球变得精准无比。

易希手把手,啊,不对,"脚把脚"地教会我这个技术,我原本以为自己将要超越贝克汉姆、超越罗纳尔多,成为超级巨星了,但是这种想法从来就没有实现过,两个原因:

第一,几乎所有的控制技术都需要运筹时间,我发动一次运动中枢簧需要2.7秒,而且这种技术还需要一个较为安静、稳定的环境,身体要基本保持静止。罚任意球的时候我有充足的准备时间,但是其他时候就不同了,我如果在传球的时候也用这种技术,2.7秒的运筹时间足球早就被人抢走了。

第二,使用运动中枢簧的一瞬间,身体的其他部分像是蒸发了一样,几乎没有知觉,所以它不能像其他技术一样长时间使用,只能在踢球前的一瞬间使用。这技术还有轻微的副作用,就是使用完以后会轻微地晕眩。有一次球赛我连罚5个角球,罚完以后我感觉头晕,差点吐了。易希当年在篮球场连续演示了11次都不会吐,可见他对副作用的抗性比我强。

我的巨星梦想就那么破灭了,这技术只能在足球场上炫耀一下,关键时刻成为"3秒钟英雄",不过后来我还是玩出一些花样的,在加入青山夏令营以前,我闲得无聊时会练习扔石头,先把一个石头扔向空中,然后再扔出另一个去打第一个石头(这游戏太无聊了!仅次于后来的竖鸡蛋比赛)。我玩飞镖和套圈游戏也特别准,每当街上有套圈游戏什么的我都不去玩，因为我要是去玩那种游戏就是坑了那些小商贩，他们生活也不容易，我不能让他们血本无归。这小技术还有很多用途，不在日记里面赘述了。

激发这个技术的生命体验是专注。易希教我这个技术的时候我才明白，并不是所有人都有这个能力的，虽然很多人能产生“专注”这种体验，可是唯有我们——人群中不足十万分之一的人，能把这种感受通过复杂的运筹激发成一种能力，也只有我们才能学会并使用那些非凡的控制技术。在此后的那个暑假，易希把我带到了武汉，在那里我认识了我的“良师益友”，我认识了祁玥，认识了阳鬼子，认识了梁梦盈，也是因为这些人，我才会踏上这趟旅程。

啊，回忆结束，说得太多了，回到路上来。

安徽的农村看着挺富饶的，桐城往南有个叫新渡镇的地方，生产各种塑料制品，大大小小的企业有四千多家。这些信息都是中午我在桐城吃饭的时候一个退伍10年的兵哥哥跟我讲的，我跟他聊起我的单车旅程的时候我只是说我在旅行，我当然不可能跟他讲易希的事情，所以我说：“啊，我就是从山东济南出发，经过合肥骑到云南啊。”

他一个劲儿地说：“你们这些大学生，还没进入社会，社会很复杂的……你应该结个伴儿，一个人走很危险。”说得挺对，虽说我15岁就开始独自从家往武汉跑，但是骑单车不一样，一个人骑单车遇到的状况会很多。可是我为了范西集而来，易希日记里面写得很明白，他这趟旅程是一个人，我必须和他保持一致，要是发生了什么意外，也只能自己解决。

下午向怀宁骑的时候经过了这个新渡镇，果然有很多塑料加工厂，我看到集装箱里面装的都是塑料制品。那些广告牌子上写着

“BOPP、CPP、PE”，“BOPP”是什么材料呢？我不知道啊。我看不出这里污染严重，至少没有雾霾，天还是很蓝的。难道生产塑料不会污染环境吗？我不太确定。

我现在正在怀宁，住下了，以前我觉得，以我的记忆力，根本没有写日记的必要，现在觉得每天坚持写点日记也没那么难，还可以消磨一下时间，写上个两三千字也就该睡觉了。我写日记，一方面是模仿易希的行为以同步他的体验，另一方面，等回到夏令营后，日记内容要存入数据库，留给大家学范西集时作参考。

四　文姑娘

早上我在怀宁吃了桐城菜心粑，但是早饭吃得很不开心，这不是因为食物不够可口，而是因为我嘴唇很疼。

我喜欢各种动物，不过也有两种动物是我特别讨厌的，第一种是猴子，很多地方的猴子拦路打劫游客，受伤就只能自认倒霉。它们没有猩猩聪明，却比人类泼皮更加无耻，显然是一个个流氓集团。更令我讨厌的动物是蚊子，我摸了摸红肿的上唇，依旧很疼，昨晚睡觉时肯定是被蚊子咬了，而且是很厉害的蚊子，世界各地的蚊子都有一个共性，喜欢咬外地人。

实际上我小时候还养过蚊子的幼虫——孑孓。我对不寻常的东西是如此痴迷，在我小的时候，我只对奇异的动物感兴趣，我去捉来蜥蜴、螳螂、蝴蝶、蟾蜍、蛐蛐、蜻蜓、蚂蚁、螃蟹、蜗牛、蜘蛛、红娘华、蝙蝠甚至是孑孓，我饲养它们，观察它们，我看幼虫蜕皮、变态、长成成虫。我切断丽纹龙蜥的一小段尾巴，然后观察它长出来，之后放生。我从鬼脸蜘蛛的吐丝器里抽出金色的丝，然后把它绕在树杈上，一圈又一圈，织出一块金色的布。猫猫狗狗太普通了，只有养那些特别的宠物才能令我满足，但是有的动物我养不活，比如蝙蝠，而孑孓和它完全相反，我没有刻意去喂食它，它依然能够生存。

从这种丑陋的动物身上，似乎看不到它们的生命有何意义，它们就是在水里不断扭动、进食，之后变态成蚊子，繁衍出下一代同样丑陋的生命。不过后来我们的生物老师为它们的存在找了个漂亮的理由——传递自己的基因，构成生态系统的一环。

孑孓是我养过的最丑的动物，但是这种小生物确实很顽强，在变态成蚊子之前，它们一直在水里面生活，它们对缺氧和低温环境的耐受力远超其他生物，用油封住水面隔绝空气的情况下它们能活很久。我又试着把它们放进冰箱，水结成冰块后它们被完全冻住，看起来没有了生命的迹象，然而当冰块解冻以后，它们还能生存。这种顽强让我对这种生物的厌恶消减了一点，但是对成虫，这种憎恶从未减弱，今天早晨我红肿的嘴唇又疼又痒，当我从怀宁出发时，这种厌恶又增添了几分。

从怀宁开始继续往南的路上，我遇上了许多起伏的小丘陵。短短几十公里的路骑起来却很吃力。下午到达一个小镇的时候开始下雨，一开始雨并不大，雨点打在军绿色的防水驮包上像是在荷叶上滚动。等快要骑到太湖县时雨越下越大，我裹足不前，呆立在屋檐下等雨停。我并没有带雨披，雨披在雨天骑行时意义不大，是累赘。

公明哥哥及时出现，把我接到他家，他现在就住在太湖县，大学时候大家都称他为大哥，或者像我一样管他叫“公明哥哥”，不过就今天的情况来看，他不是“及时雨宋公明”，而是“及时伞”。他冒着雨来接我的时候看着我的嘴大笑不止，还问我这是被哪个姑娘亲了，我只好苦笑着说是“文姑娘”。那只蚊子着实厉害，我那肿起来的嘴唇依旧很疼。

公明哥哥一家正在准备晚饭，我要去看看能帮什么忙。

2013 年 7 月 24 日　晴　怀宁到太湖县

多好啊，可以休息一下了，易希停下来是因为大雨，我想停下来是因为天气实在太热,手机上的天气预报显示37度,我一路上不断地喝水、流汗、再喝水、再流汗,一个字——热!

另外我搞清楚我脖子和小腿上那一块块“白色的细沙”是什么了,我仔细地看,终于看明白了,那是一层盐啊!我还放在嘴里尝了一下,确认了那是汗水干了以后结成的盐,要出多少汗才能让汗水结晶成块啊?!

这种温度中午得休息3个小时才行,我要努力改变作息习惯,要和易希一样,不能再睡午觉了,中午吃饭的时候我喝了杯茶,打起精神和店老板聊天,发现完全听不懂当地的方言,易希大概不存在这种问题,他前前后后在合肥待了好几年。

另外手机上的百度地图坑我!明明可以走021县道到潜山,但是它好像只认识国道,害得我绕到了月山镇,多走了二十多公里。

之后在105国道上,我遇到了王大哥他们三人,他们追上我的时候对我喊:“喂!兄弟!怎么不戴头盔?!”

我回答说:“太热了!”

他摇摇头:“头盔一定要戴,不戴很危险!”我们就这样认识了。

这位王大哥是老骑士了,他骑车的时间比另外两个人加起来都长。他穿着黄色骑行服,让人想到领骑衫,我看到他的骑行姿势,极为标准,跟我在网上看的图片一样,山地车的座位调得很高,我的双臂是圆规一般撑在前面,而他的是有一个小角度的弯曲,双脚前脚掌踩在踏板上,上半身几乎一动不动,稳定地输出能量。他们三个人速度很快,王大哥领航,我在后面有些吃力地跟着他们。

王大哥教了我很多骑行的知识,包括姿势和踏频等,真的很感谢他,我还问了他一大堆东西,包括要不要买卫生巾当鞋垫之类的问题。后面一个白色骷髅说道:“你要那个干什么,你又没有磨裆,徒步的时候才买卫生巾当鞋垫呢。”

我转过去，看见他穿着白色骷髅图案骑行服，正冲着我笑，过了一会儿我无意间说到我屁股疼，而且尿尿时候不舒服，他笑得差点摔倒："你难道准备用卫生巾当坐垫吗？"那哥们笑了好一会儿，然后给了我一个坐垫套，他说："我有骑行裤了，不需要这个东西了，不过屁股还是需要练的，你要么就练出一个铁腚，骑上两个小时都没感觉，要么练出一双铁掌，把重量多往手上压。"

但是王大哥不同意他这种说法："手腕还是不要承受那么多压力，把力量压到手上不自然，你骑着也会累！"

骑到太湖县的时候我就停下来了，我说自己太累，不能再走了，其实我停下来也不只是因为易希停在这里，也是因为我确实有点累，气温这么高，我出了不少汗，小腿上再次出现了盐结晶。我请他们吃西瓜，分别的时候王大哥再次向我强调："头盔一定戴！它不是用来挂在前面的装饰品！"

五　黄梅与黄梅戏

今天早晨起得很早，我和大哥一起在他家门外看他养的鸽子。他养了一些信鸽，更多的是肉鸽，昨晚吃的那顿饭他杀了三只肉鸽。

“我每天早晨起来都盯着鸽子看，它们就这么来回飞，时间长了视力就练出来了，现在两只都是1.5。”他一边说一边手搭凉棚挡住阳光，眼睛则继续盯着鸽子，这果然是很有用的视力训练。

我自己视力明显不如以前了，在离开青山以前我也曾有这么好的视力，我问他：“你怎么不把鸽子染成绿色，绿色对视力不是更好吗？”

他眼睛依旧盯着鸽子，自顾自地笑了一下，然后他的目光转向我，我也忍不住了，两人爆发出一阵欢快的大笑。

我边说边笑：“我应该跟你说过吧，小时候我用酒泡黄豆洒在窗台上，邻居家的鸽子吃了以后就醉倒了，我就像捡玉米棒一样，把鸽子捡进箩筐里，回家再把它们一只只拿出来，用水彩画上各种图案，那些鸽子被我画成飞机，还有燕子。”

“邻居怎么说？”

“这种事情不用想都知道是我干的，来找我妈理论，我就提前跑到张叔叔家去避难，他是我们家邻居，后来鸽子主人肯定也没有办法把水彩洗掉，鸽子在天上飞的时候就是五颜六色的。”

吃过早饭，公明哥哥一家送我离开，我开始骑向黄梅，黄梅地处安徽和湖北边界，在湖北省境内。黄梅戏发源于黄梅县，却在安徽的安庆兴盛起来，到1790年徽班进京，孕育出了京剧这一国粹。我沿着国道走，就错过了去安庆看黄梅戏的机会，于是我便希望能在黄梅看到一场黄梅戏。

从太湖县到黄梅县需要经过宿松，宿松和黄梅的边界其实也就是湖北和安徽的省界。在经过那条边界时，我情不自禁地从车上站起来，左手扶着车把，高举起右手："久违了，湖北！"我在风中呼喊，大风卷走了我的帽子，我只好再次越过省界把它捡回。（帽子？易希你难道没戴头盔吗？）

刚进黄梅县城时还发生了一件有趣的事情：我停一个路口，准备找地方吃饭，四处张望之际遇到了一个剪树枝的园丁，他站在树篱的另一端，看了我好半天，最后实在忍不住了，就问我："你们这些人，他们给多少补贴啊？"我对这问题丝毫摸不着头脑，想了半天，终于明白了。原来他误认为我是邮递员了，也不奇怪，我的山地车和驮包都是绿色的，我的那顶帽子虽然不是绿色的，可是那个介于土黄色和棕色之间的颜色确实容易让人联想到邮递员啊。

我向他解释了我不是邮递员，邮递员至少应该骑摩托车，又和他聊了一会儿，之后在他的指引下，我找到了看黄梅戏的地方。

小时候跟着外婆看《五女拜寿》，当时我误以为那就是黄梅戏，直到后来才明白那句"树上的鸟儿成双对"才是黄梅戏的本来面貌，而我今天看到的这出戏叫《夫妻观灯》。它并不像《天仙配》那样曲折离奇，它歌词简单，故事并没有什么高潮，可是听戏的人和唱戏的人都很投入，表演自然朴实。

我难以理解一些戏曲的精髓，就像很多人不能理解为何有的人在敦煌会跪下又哭又笑，对于后者，我虽然不能和他们一样沉浸其中，但是我只是暂时没有进入那种状态，不代表我没有产生同样感受的能力，可是对于一些东西，无论我怎样尝试都会被无形的墙挡住。今天看完黄梅戏，果然我还是不喜欢，我也许永远都没法体验京剧、昆曲或是黄梅戏里面的神韵了，这真是十分遗憾的事，不过我对川剧还是抱有期待，这趟旅行如果能再去到四川，就一定要尝试一下川剧。

2013年7月25日　晴　太湖县到黄梅

我必须说：我要感谢那个穿骷髅图案骑行服的哥们！他昨天给我的坐垫套彻底地拯救了我的屁股，呵护了我的前列腺！现在屁股不疼了，尿尿也舒服了。

我沿着105国道前进，经过宿松县的时候，一个小兄弟骑着电瓶车上来同我搭话，普普通通的一个中学生，我根本没指望能从他那里获得什么有效体验，本来我应该继续前进，直奔黄梅去看黄梅戏的，但是这样做就非常不对了，我应该按照易希的行事风格来对待他。

小兄弟今年刚刚高中毕业，要到海南上学了，他之所以跟我搭话是因为他心中有一个川藏梦，和现在的很多年轻人一样，梦想骑车从成都到拉萨，我其实不屑于做这种事情，因为我没有忘记自己的初衷，我之所以骑车是为了学范西集！并不是什么梦想之类的假大空的东西。

我跟他讲了一大堆关于骑行的知识，天晓得这是我在论坛上恶补的，还有的是昨天王大哥教给我的，我能一字不差地背下来，我的记忆力天生就这么好，而他显然是被我讲的东西迷住了，请我坐下来喝了瓶饮料，然后我跟他一直讲我的旅行见闻，他问我的事情我每一件都诚实地回答了，只是后来他问我："那你在大学是学什么专业的？"

我想都不想地答道:“生物。”

我又骗人了,生物方面的东西,我懂的比普通高中生多一些,但你要是问我点复杂的问题,我就露马脚了。

我真的不想说谎,但这是迫于无奈,因为我实在受不了别人听到“我是学心理学的”时流露出的眼神,好像看到了珍稀动物一般,觉得我能看穿他们的心思,或是直接向我们心理学专业的人提问:“你知道我现在在想什么吗?”更有甚者,很粗暴地问:“你们学心理学的是变态吗?”

心理学怎么可能知道你心里在想什么?我要是能看出别人在想什么就好了,那样我就能明白易希当年为何要背弃我们,说不定还能阻止他!

我选择心理学作为专业是自己的意愿,也许这专业对我在夏令营有帮助,反正祁玥当初是支持我这个选择的。

今天我说谎的时候还是不自然,阳鬼子就不一样,他说谎时太自然了,你根本就分不清他是在讲真话还是假话。(为了让以后看我日记的朋友明白,我需要注明“阳鬼子”指的是你们黄熙阳老师。)

小兄弟越聊越起劲,他想请我吃午饭,但是我明白我必须继续上路了。要和易希同步,就不能错过黄梅戏,虽然我真的不了解传统戏曲。于是我请求他带我转一转他们县城,他骑着电动车,我继续骑着山地车,他把我带到了他的母校——宿松二中,这学校高考成绩挺惨淡啊,上本科线的人名都写在红纸上,那红纸贴在黑板上,只有一黑板那么多的人考上本科,上重点的只有一个……但不是这哥们。

小兄弟依旧想要留下我吃饭,真热情!(我若不是急着要走我就从了他了,哈哈!)我留下我的QQ号,然后同他聊了一会儿才上路。

骑到黄梅县城我就直奔他们的黄梅戏剧院,结果我还是错过了,不是因为时间不对,而是因为剧院根本没有演出,我到的时候几个中年人正裸着上身在剧院里面打羽毛球,他们问我:"你来干什么?"

"看戏!"

"没有!"

如此简单的对话,我就被赶了出来了……

好吧,当地政府喊的"把黄梅戏请回娘家"的口号挺响,实际做起来不行嘛。也许这个地方是某一段时间才有表演,也许易希看的是民间表演,是本地人的自娱自乐。我安慰自己其实没有关系,因为易希没有沉浸其中,那不算是有效体验。

说起戏剧来,我先想到的是《霸王别姬》,我第一次看这个电影的时候才 15 岁,当时只觉得张国荣演的程蝶衣很美,张丰毅演的段小楼窝囊,其他的完全没看懂,看这个电影的部分原因是因为张丰毅是我们学校的著名校友。

后来有人问我:"你没看懂那部电影吗?"

我如实回答:"不懂。"

其实,当你看到别人把情感注入他们所热爱的东西时你却无动于衷,当别人都被看到的事物所触动时你却麻木不仁,其中的原因多种多样,很重要的一条是因为人们有着截然不同的经历,使得人们难以相互理解,要么像易希曾对我说的:"别人情感有一桶而你的只有一勺。"

我现在就是在试图同步易希的体验,这听上去像是我们心理学所说的"共情",实际却难得多——我需要亲身经历才行。

"别人的情感有一桶而你的只有一勺"这个比喻后来被小林和阳鬼子用来挖苦我,说我情商低。必须承认跟他们比起来,我产生有效体验的能力确实是差一些,但是他们就不能换一个好听点的词语吗?

比如说“麻木”？嗷，也不对，“麻木”这个词在夏令营、在武汉有歧义。

对于我们来说，看电影或者看戏获得的感受是没法激发出什么能力的，它违背了“真实目标”原则。但是如果你沉浸其中而获得了很强沉浸体验，这种体验变成了一种热忱，甚至达到一种疯狂的境界，那么这种热爱就是有效的体验了，就像《霸王别姬》里张国荣那样的戏疯子，像电影里说的那样：“不疯魔不成活”。

所以我以前看不懂《霸王别姬》不能怪我，你怎么能指望一个15岁的少年看懂这种电影？很多成年人都不一定能看懂。（何况里面还涉及同性恋这种边缘的题材。）

就是这样，还好易希也没能从黄梅戏里面感受它的魅力，进而获得某种沉浸体验，要不然我就没法和他同步了。

六　弘忍的故事

五祖寺位于黄梅县以北的五祖山上，禅宗五祖弘忍大师曾在此修行。六祖慧能大师也在此地继承弘忍大师的袈裟。像以往一样，这种地方总是与众不同，五祖寺建于五祖山南麓，寺内香火旺盛，六祖慧能的不腐真身位于广东，而五祖的真身，传说就在这五祖寺中。

大雄宝殿周围的功德碑上刻有社会各界人士的捐款，除了各省的捐款外还有香港和日本佛教人士的捐款。大雄宝殿的西侧外墙上画着六祖慧能受五祖衣钵的故事，东侧则画着五祖弘忍得道的故事。六祖慧能的故事对很多中国人来讲都不陌生，相比起来，五祖的故事就不那么有名，其实从达摩祖师开始，每一位禅宗大师的故事都充满传奇色彩。

据说弘忍大师前世是栽松道人，有一天他问四祖道信禅师："您宣扬的禅法我能听吗？"道信禅师说："你已经老了，即便你能听，也不能广泛传播，等你转世投胎之后再来吧。"于是栽松道人离开道信禅师，来到黄梅，见到河边有个少女在洗衣，便上前问："我能在贵府借宿一晚吗？"少女答："我还有父兄，您问他们去吧。"栽松道人说："只有你同意我才敢去问他们。"少女就点了点头，栽松道人很高兴，但是并没有去少女家借宿，而是离开了。

这少女姓周，还没嫁人，自从那天在河边洗完衣服以后就怀孕了，因为伤风败俗而被赶出家门。她四处流浪，以纺纱织布为生，日子过得很苦。之后她生下了一个男孩，受到了很多人的鄙视，于是把孩子扔进了脏水沟，第二天去看时却发现孩子不但没有淹死，还在水的上游漂浮，身体并未沾上污浊，反而红光满面。于是暗下决心无论多么屈辱也要将孩子抚养成人，从那以后，她便带着孩子四处漂泊乞讨。这不由得让人想起基督教中，耶稣的母亲玛利亚，《圣经》说她在处女时受圣灵感应而怀孕生下耶稣。

周氏带着孩子风餐露宿，尽管人们总是骂她的孩子是私生子，但她从不计较，只希望孩子能够有出息。当孩子长到七岁时，母子遇到了四祖道信禅师。四祖觉得他长相奇特，若是能出家修行，必能广泛传播佛法。

四祖问小孩："你姓什么？"

孩子说："我有姓，但不是普通的姓。"

四祖问："不是普通的姓，那是什么？"

孩子答："是佛性。"

四祖又问："你难道没有姓氏吗？"

孩子答："姓氏只不过是因缘假名，其性本空，所以说无姓。"四祖便认为他能成大器，便请求周氏让他出家，周氏同意了，四祖给孩子起了法号"弘忍"。

中国人讲究行不更名坐不改姓，四祖道信会欣赏弘忍便是因为他所说的"其性本空"，正所谓见性成佛，这是禅宗最重要的思想。后来六祖慧能继承五祖衣钵时，就是因为参得透这种思想——"菩提本无树，明镜亦非台。本来无一物，何处惹尘埃？"

此后弘忍开始了修行，他慈悲仁厚，不谈人是非，行住坐卧、起心动念皆是修行，他总是能感受到那种特别的心境。白天他干各种杂役重活，晚上则摄心打坐通宵达旦，经年累月不曾懈怠，正所谓四仪皆是道场，三业咸为佛事。

弘忍的人品和悟性很高，逐渐成为了同道中的楷模，很多人慕名前来。于是四祖道信大师就经常启发他，我猜想道信大师会经常敲打他，一般说话的时候也常会打机锋，其间充满了禅宗那种不言不语，却处处是顿悟，处处见心性的智慧，弘忍在他的启发下道行很快达到炉火纯青的境界。

道信禅师觉得时机成熟了，便将自己的法衣传给了弘忍，弘忍成为了中国禅宗的五祖，四祖寺在黄梅县的西山，弘忍离开那里来到了这东山，便开法于这座山，广招弟子。后来他圆寂之前将自己的衣钵传给了六祖慧能。慧能大师的成就和历史地位高于弘忍，英国伦敦国家图书广场上的世界十大思想家雕塑里有孔子、慧能和老子，用他们三位代表中国的儒、释、道。

在五祖寺的真身殿中，我没有发现五祖的真身，只有塑像，而据说远在广东的六祖真身是从唐代一直保存到现在而没有腐烂。不管用什么解释这些现象，这山像是有“灵气”，这种灵气即是万物更迭，生生不息。

大雄宝殿后的池子中养着许多乌龟，放生池边有水虿变态化作蜻蜓时留下的壳。我沿着台阶一直往山顶爬。这山果然是很有生气的一座山，我看见巨大的蚂蚁和蜥蜴；我看见马陆被蚂蚁攻击、杀死、搬运回巢；树干上满是蝉蜕，树上的蝉喝够了树汁，那蝉鸣盖过了山麓上寺庙里的诵经声。

下山的时候我迷了路，但若不是走错了方向，我就错过美景了。白连峰景区有一个这样的观景平台，有点像上海环球金融大厦那个地面由玻璃铺垫的观光长廊，也像张家界的那段玻璃栈道。平台是由厚玻璃铺成的，低下头就能看到脚下的悬崖，让人站上去不由得双腿发抖，观景平台能够俯瞰一汪湖水。说是湖，其实和湖北很多地方一样，这就是个由天然湖修筑水坝后形成的水库，这垄坪水库中的湖水碧绿，湖心还有个小岛，在曲折蜿蜒的岸边，梯田随着山脊和山凹一层层向上，给这山画着等高线，绘出人为与天作的和谐之美。

五祖寺·垄坪水库

下午的时候我再次起程，吃饭时店主强烈推荐我去蔡山镇江心寺看那棵晋梅，说那棵梅便是黄梅这个地名的由来。绕了远路以后我有些后悔，那棵梅周围杂草丛生，虽说有三千多年的树龄，但我觉得它并不特别。我只好骑到武穴，这样就离武汉越来越远了，我毫不在意，明天正好可以去长江边看日出，这几天在路上的时候我开始感觉自己对生命的热情正在恢复，感觉越来越好。

2013年7月26日　晴　黄梅到武穴市

我没有想要逃票，可是我去的时候五祖寺没有收门票，这一点很好，而不像现在的很多寺庙，有首童谣说得好——“从前有座山，山里有座庙，庙里有个老和尚，老和尚，挡住道，一边晒太阳，一边卖门票。”五祖寺不是这样的，他们香火很旺，不差这点门票钱。

昨天我是做了点功课的，查了点资料，但是刚到五祖寺的时候，我还是觉得没有太多可说的，我还是补充说明易希没有提到的好了：大雄宝殿周围刻着捐款人的名字，有的捐的不是钱而是砖头。大雄宝殿一侧五祖的故事我以前确实没听过，我以前只听过达摩祖师和六祖慧能的故事，除了玄奘以外，少林寺的达摩祖师和六祖慧能应该是中国人最熟悉的佛教人物了。

慧能的故事在大雄宝殿的另一边。墙上的故事有配图，字和画都是当地艺术家的作品。以前高中历史课的时候，班主任老高给我们讲过慧能的故事，那个版本的六祖的故事跟我在这里看到的略有不同。虽说我记忆力特别强，能够一字不差记住墙上的故事，但我没有仔细看配图，所以图我不能完全记住，那技术我还不会，祁玥做过示范，图镜记忆让她能像照相机一样把图片照在自己脑子里。

墙上的故事说六祖慧能俗姓卢，是广东南海人，他三岁丧父。（这遭遇类似于祁玥，只不过慧能是和母亲相依为命，而祁玥由她姐姐照顾。）慧能靠砍柴挣钱，有一天他路过一家客栈的时候，听到有人诵经。突然间就觉得浑身像开了窍，豁然开朗。诵经人告诉他那是《金刚经》，是从黄梅五祖寺得来的，于是慧能下定决心，安顿好母亲以后便来到黄梅找弘忍大师学佛。

我记着以前上高中时，在老高讲的版本里面，慧能是先去了宝林寺，被人称为卢行者，遇到智远禅师，智远禅师劝他去黄梅五祖寺跟弘忍大师学习，他这才来了五祖寺。

慧能来到五祖寺，弘忍大师为了试试他的水平，便没好气地说："你一个南蛮子的样子，怎能学佛？"慧能说："人分南北，佛不分南北，万物皆有佛性。"弘忍大师感到此人堪作法器，为了锻炼和保护他，便叫他去槽坊干脏活（我听过的那版本没有这一句，老高说五祖确实歧视广东人）。

慧能在槽坊里面做劈柴之类的重活，但是他觉得没关系，只要自己能留在弘忍大师身边就行。他认为，诵经、念佛是学禅，劈柴、舂米也是学禅。慧能身材矮小，舂米不得力，便在腰上系上一块大石头，以增加体重，后人称之为“坠腰石”。弘忍大师得知慧能的心意，更加器重他，空余时也常让他与出家人在一旁听经说法。

过了八个多月，有一天弘忍大师召集众僧说：“我年事已高，该定下我的继承人了，你们用自己学的智慧，每人做一首偈语上来，谁的偈语真正悟到了佛法真谛，我就将得来的正法和衣钵传给他，作本宗的第六代祖师。”

他的弟子当中有一位上座弟子神秀，被称为教授，弘忍大师也十分器重他。神秀认为师傅是要考验他，思量再三，便于夜晚在寺院走廊的墙上写下了偈语：“身是菩提树，心如明镜台；时时勤拂拭，勿使惹尘埃。”

神秀的偈语写出后，众僧齐声叫好，就像我当年第一次在小伙伴们面前亮出运动中枢簧一样。但是弘忍大师对神秀的偈语并没有表态。慧能听说了以后也作出了一首偈语，他不擅长写字（我听那个版本里面他是不会写字），于是就叫人替他写在了墙上，那首偈语写的是：“菩提本无树，明镜亦非台。本来无一物，何处惹尘埃？”此偈一出，众僧惊讶万分，寺院顿时热闹起来。

弘忍大师听说慧能也写了偈语以后，走过来看，果然根器不凡，此偈明确地表达了顿悟菩提的境界，庆幸自己终于找到了一个合适的衣钵继承人，为了保护慧能不出意外，弘忍大师以鞋擦掉慧能的偈语，并且说：“没有什么大惊小怪的，这首偈也还没有见性。”众僧也就各自散开回房。

第二天，弘忍大师悄悄来到磨坊，见慧能正在舂米，便问：“米熟了吗？”慧能知道师父是另有用意，便回答说：“早就熟了，只差筛子筛过。”意思是说自己学法学得差不多了，就是尚缺师父的指点。大师一笑，走到舂米的石杵边，用锡杖在上面敲了三下，转身便走了。

这当然是暗示了，意思是说叫他半夜三更去，这典故后来在《西游记》里也出现过。只是我觉得那只顽劣的猴子在那时竟然有这种悟性，说明早期孙悟空也是很有天赋、很聪明的。

扯远了……接着说慧能，当晚三更，慧能来到方丈室，弘忍大师正在等他。见慧能来了，弘忍就指点了慧能："有情来下种，因地果还生。无情即无种，无性亦无生。"慧能顿时大悟（这听起来怎么像个荤段子呢？我文言文水平真是堪忧啊，高中语文课讲古文我都打酱油了），大师将祖传衣钵和木棉袈裟亲手交给慧能，语重心长地说："从现在起，你就是禅宗第六代祖师了，希望你能普度众生，弘扬佛法，不令断绝。"

慧能接过衣钵准备回房，弘忍大师又说："你现在就离开这里，否则天亮就走不了了，我亲自送你下山。"夜色苍茫，师徒二人匆匆下了山，直奔江边而去，江边早备有一船，大师拿起桨准备渡慧能过江，慧能连忙把桨抢过来说："师父请留步，迷时师度，悟了自度。"大师会心一笑，慧能依依不舍地离开了师父。几年后，禅宗佛法随着慧能的离去在南方弘扬开来。

墙上的故事写完了，但是慧能的故事还没完，我记着后来他躲过了师兄神秀的追杀，我高中时的班主任老高在历史课上曾告诉我们：记录慧能言行思想的《坛经》是中国唯一一本能够称为经的佛教著作，那是他在曹溪宝林寺讲经时记录下来的，那地方也就是他跟随自己启蒙老师学习的地方。

慧能的成就远超过自己的两个老师，而我的两个老师，无论是易希还是祁玥，我都没有希望超越他们。

慧能最牛的一回是他避难期间，他在广州法性寺，正值印宗法师讲《涅槃经》，有幡被风吹动，有两个和尚看见这现象，一个说风动，一个说幡动，争论不已。慧能便插口说：“既非风动，亦非幡动，仁者心动！”这话一出口，所有人都服了他，印宗法师也请他去讲经。这个故事很多人都知道，只要在高一政治课上没有睡着就应该记得，政治书上举例说明这是唯心主义反面教材。

我在寺里面跑来跑去，我想找找他们当年题字的地方，虽然墨迹肯定是早没了，但应该有“慧能题字处”什么的，结果一直没找到，只好放弃。去五祖真身殿的时候我看到两道门，“风宗”那个门下面写着：“菩提本无树，明镜亦非台。”“德祖”那个门下面写着：“身是菩提树，心如明镜台。”

很明显，前一个是六祖慧能写的，后一个是他的师兄神秀写的，神秀后来还当上了护国法师，作为北宗的代表。我的问题是：神秀明明都败给了慧能，这家伙怎么还能另立门户搞出另一个流派呢？

我们跟他们不同，在青山夏令营，我们之所以分为T派和D派，不是因为谁继承了祖师爷的衣钵，或者某个流派认为自己更“正宗”，而是因为两派有着不同的范式，仅此而已。

最早根本就没有流派之分，所以也就没有T派或是D派这种说法，大家都是通过各种生命体验来激发控制技术的。我一度以为我能学会某种控制技术，使得我能够力拔千钧，要么像霹雳贝贝一样放电，或者能让我有千里眼顺风耳，再或者是像少林寺那些和尚一样可以用脑门把砖头砸成两半，胸口碎大石之类的。后来我才明白这是不可能的——我们所有的能力，归根结底都是基于对自身神经系统的控制而得来的，这些能力被我们称为控制技术。所以我不可能学会胸口碎大石，强行去练习的话只能变成大石碎胸口。葫芦娃的七种超能力我们一种都不会，不过如果想像蜘蛛侠一样获得远胜于常人的反应速度和敏捷性却是可以的，易希正是擅长这一类东西。

自古以来就有人会控制技术，这些人天赋异禀，我估计传说中射箭百发百中的李广可能就是会使用运动中枢簧，当然这个不可考了，只是瞎猜。可考的名人是已故数学家史丰收，他是我们这个组织的奠基者之一，不过他很早就离开了夏令营，也没有什么太多的记录，我对他了解不多。

能学会控制技术的人实在太少，如果没有人教，我到死都只能掌握寥寥几个控制技术，我们需要与别人交流才能掌握更多东西。在上世纪90年代初，准确来讲是1992年，青山夏令营在武汉诞生的时候，整个夏令营只有十几个成员，那时他们只是通过一些外显的特征来寻找有我们这种天赋的人，比如我和小林这种记忆力特别强的人，或者像祁玥那种对数字非常在行的人，这些外显的特征表明我们有可能学会控制技术。但这种方法费时费力，现在21年过去了，我们的人数已经扩充到两千多人，这和网络的发展有极大的关系，现在有天赋的人会自己找上门来加入我们，这完全是自愿的，我们也没有什么隐瞒的，他们会知道这组织其实是打着夏令营幌子来研究控制技术，他们也会知道我们建立了庞大的数据库，共享自己的技术，同时也发明新的技术，革新旧的理论。

旧理论认为我们必须遵循“真实目标”原则，这种理论是错的。在2000年初的时候，阳鬼子他叔叔黄老师发现，有的人可以利用梦境来解除潜意识对我们的限制，从而通过梦境来激发控制技术，这个发现在当时引起了轰动，这给了那些坚持“真实目标”原则的人狠狠一耳光，并由此分出了两派：我们T派（真实目标范式）和阳鬼子、梁梦盈他们D派（梦境拟态范式），但我们并没有像禅宗两派一样水火不容，范式不同而已。

还是回到五祖寺这边来吧，五祖寺香火确实旺，先前我看到一辆检察院的车停在五祖寺门口，但是下来游玩的几个人和我一样，并没有拜佛或求签，之前听说很多官员的太太团每到节假日就专程去名山大川烧香拜佛，而今天这几个人开着车跑这么远只是单纯游览寺庙，跟我一样没有背弃原本的信仰，真是难能可贵。

我的信仰，构筑于青山夏令营最早的信条之上：我相信心灵的力量远胜于肉体。后由青山夏令营祁玥授艺，使我相信生命中的艰难时刻，恰恰是最为珍贵的部分。

之后我看到观音堂里面有人求签，一个40岁左右的和尚和他的助手负责解签，抽到好签大概要20块钱吧，反正都是劝人莫赌博之类的，挺好。

易希说的白连峰景区我也去了，地图上显示那是个水库。景色挺不错，就是我站在那块透明玻璃上往下看的时候有点害怕。我还看到易希说的那种叫“马陆”的动物了，我小时候易希跟我讲过这种动物：“‘马’就是这个马”，易希捏起拳头把手腕弯曲过来，睁大眼睛学着马嘶，并且模仿马扬起前蹄的那个样子，我就被那个样子逗笑了，“‘陆’就是陆地的陆”，易希指指地面。这种动物那就是有很多脚的千足虫嘛，但是想到这里，我又想起易希以前纠正我说它不是昆虫而是爬行动物了。

中午离开五祖寺时阳光变得很毒辣，寺门前只剩下那辆检察院的尼桑还没走，而周围又没车了，我只好找个阴凉地多等了一会儿，耽误了不少时间。

下午跟易希一样去江心寺，看了那棵传说在晋朝就种下的梅树。易希说这梅树太普通了，这对它不公平，因为你来的季节根本不对！你难道指望梅花开在夏天？

百度告诉我，这江心寺就是李白那首“危楼高百尺，手可摘星辰”——《夜宿山寺》所描写的地方，但是为何在里面我看到的是尼姑妹妹、尼姑姐姐、尼姑阿姨和尼姑奶奶呢？我又掏出手机上网查，没查到结果。

从江心寺骑车到武穴的时候，天已经擦黑了，我看到一面墙上打着广告——神马水泥。我笑得差点从车上摔下来，这个时候我开始感觉到了，这是我应有状态，看到这种东西也能傻笑的状态，就好像熬夜聊天时很HIGH的感觉，就是易希现在的感觉，是旅行时候才能有的状态。

我觉得易希是有漫游癖①的，换作我是他老板我一定会炒了他，整天到处跑怎么能干好工作呢？易希喜欢的只是路上的感觉，只要让他走在路上他就会欢快得不得了，然后可能就忘了干正事，主次不分，他以为我们真的是在旅行而不是做范西集啊?!

当然他最后也完成了范西集，我就不管他用什么手段了，只要能学会范西集，怎样都行，我就跟着他继续前进！易希现在很随意，走武穴这个方向并不是去武汉最近的路，他仿佛是越绕越远了。

刚才住店登记的时候宾馆老板娘让我签字，然后我就在纸上写下我的名字：张煜丹。那个女的歪着脑袋看我签名，然后她说了一句令我哭笑不得两次的话："张……立丹，你是左撇子啊？"我第一次哭笑不得是因为她读错了我的名字，你说我这名字像女生都行……可这个字并不罕见啊，南唐后主李煜的"煜"，就是这个字嘛；第二次哭笑不得是因为她使用了"左撇子"这略带歧视意味的词语，正确的说法应该是"左利手"。于是为了给自己正名，也为了让右手证明它自己，我换成右手在旁边写了这几个字：第二个字读yù，第四声。然后对她说："不是的，我两只手都可以写字的。"然后她有点不好意思，就夸我，说我很厉害。

我倒没因为她夸我而沾沾自喜，对侧迁移这种雕虫小技谁不会

---

① 漫游癖：又称漫游狂，是一种对旅行极度狂热的心理现象，表现为难以控制地想要外出旅行。

啊？这是我此次旅途第二次使用控制技术，这次成功了，这技术是如此简单，不需要什么安静的环境，也没有什么副作用，要是连这种技术都用失败就没脸回去见祁玥了。对侧迁移和运动中枢簧一样，是一阶的控制技术，非常简单。

大部分人在用右手学习一个动作技能的时候（比如学习拿筷子），左手虽然没有亲自学习，但也能进步，就像乒乓球高手即便用不常用那只手也能把业余选手打趴下，这主要是受到了惯用手的影响，惯用手在学习和练习以后，获得能力和经验会迁移到另一只手上，心理学把这种现象叫作学习迁移。

我们的对侧迁移能把这种迁移效果发挥到极致，让左侧的身体跟右侧获得几乎相等的能力。所以我们左右手都能写字、用筷子、刷牙、画画（但是实际上因为笔画顺序和书写顺序的关系，左右手写出的字还是有点差异的）。这种技术很简单，每个人都会，而且没有任何副作用，所以可以长时间使用。

说起来23号那天，在桐城六尺巷外面，我踢饮料瓶失败那次，用的不单单是运动中枢簧，而是运动中枢簧与对侧迁移结合而成的二阶技术，名为簧式对侧迁移。当时我用的是自己不常用的右脚去踢饮料瓶，我用对侧迁移把我左脚练习时学到的经验迁移到右脚，同时使用运动中枢簧提高精准度，并且将两个技术连成一体。

那个二阶技术由两个技术复合而成，但是工作量却不是单纯的1+1，而是几何级增长。更麻烦的是作为一个二阶技术，它需要一种新的生命体验来为对侧迁移和运动中枢簧架桥，这时候体验起到的作用是连接、合成两个技术。

想到范西集是四阶技术，也就是最高阶的技术，这意味着要做范西集就一定要承受那个庞大到夸张的控制结构，完成它需要6种有效体验，说我没有畏难情绪是假的，范西集真的非常难。

第二辑　武汉，朋友和青山夏令营

七　仙岛湖

黄河是黄河，长江也是黄河。

长江上的船工们起得很早，伴随着汽笛声开始一天的劳作，江面上的风把浑浊的江水吹起了阵阵的波澜，这里泥沙量大，我知道长江经武汉到这里的水域，水质比黄河好不了多少。

仙岛湖

看完日出之后我便坐着渡船过江了，岂料江对面是瑞昌，我很意外地经过了江西境内，这是我之前没有想到的。此后沿着省道一直骑行，很快又经过了两省边界，进入枫林镇后又是湖北的地界，镇上的包子铺老板请我吃了两块西瓜，告诉我阳新县西面有个仙岛湖，湖水很清，是个好去处。

听完包子铺老板的介绍我决定去仙岛湖，这是临时起意，而原本我准备北上经过黄石和鄂州，然后回武汉。仙岛湖位于王英镇，在阳新县城西面，我穿过阳新时发现县城里到处都在建房。这是一个狭长的县城，沿着省道建于两湖一江之间，在湖北这样的湖并不少见，只是阳新这名字让我想起初中时候的生物老师杨新。

那时我曾在初中上生物课时纠正他，告诉他蜘蛛不是昆虫而是爬行动物，因为我喜欢动物，所以我非常肯定。但刚走上岗位的年轻老师急于在学生面前树立权威，即便是我拿出了资料来证明他也不认错，直到一年后教材上讲生物分类时明确把蜘蛛归为了爬行类，他才不得不承认我是对的，那时的我颇有一种用真理击败了老师的荣誉感。

到仙岛湖的路并不平坦，我在灼热的空气中骑行了很久，吃了半个西瓜，在爬上一段艰难的坡以后，看到的景象让我觉得流出的汗水是值得的。这名为仙岛湖的地方像极了她的姐妹千岛湖，陆地延伸向湖面的部分像半岛，把湖面分成了曲折多变的很多块，星罗棋布的岛屿散落在水中。

湖北有很多湖和仙岛湖一样，原本是一个天然的小湖泊，人们在湖泊的一侧修筑水坝，随着水位的上涨，湖水淹没了小丘陵之间的垭口，于是这些小丘陵露出水面的部分就成了破碎的岛屿。

仙岛湖湖水温暖而清澈，水质比现在的千岛湖好得多。在岸边看起来能见度高，映出远处的树木和山丘，很像九寨沟镜海，可是从远处看，群山掩映下的湖水又是墨绿色的，湖中央长着的水草染绿了这湖水，远远的还能看到一叶扁舟横在水面，相比之下上午看到的长江水真是丑陋至极。

真是个好地方，我决定今晚住在这里。

仙岛湖

2013年7月27日　多云转晴　武穴到……这是哪里？

看个鬼的日出，一大早天上有云，昨天日记写了好几个小时，睡得很晚，早上很困，我就又接着睡了。这个回笼觉睡到了9点半，爬起来赶紧出发，读错我名字的宾馆老板娘说长江上游有个渡口，能更快到阳新。嗯，没错，地图上也是这样显示的！我怕赶不上易希，于是我就抄近路去了，去了我就后悔了，那老板娘太不靠谱啦。

易希是从武穴市的渡口过去的，经过了江西省的一小部分，而我是抄近路从上游坐汽渡过去，过江的人太少，硬是磨蹭到中午12点才过江。过江以后我看见"洋洋商店"的电视机里，记者在采访躲在屋檐下的小男孩，新闻上说四川泸州气温超过了45度，人就是这样的，有泸州作对比，我瞬间觉得我这里34度的气温简直是天堂。

然后我就一路猛骑，骑到一个小加油站的时候我肚子饿了，就停下来休息，找不到地方吃饭，我就把预备的压缩饼干就着一点梅干吃。这时候小房子里跑出来一个小男孩，我请他吃梅干，他犹豫了一下却又没拿，大概是家长教育他不准拿陌生人的东西吃。

"你家大人呢?"我问，他没有回答，又跑进屋去了。

过一会儿他家大人出来了，这时我才看到他还有个姐姐，我说："要吃吗？不吃就没啦！分你姐姐两颗吧！"

大人在场，小家伙就没有顾忌了，他拿走了我剩下的梅干。我跟他爸爸开始聊天，因为早晨睡了个回笼觉，中午完全不瞌睡。

原来这小家伙他爸信基督，他就开始给我灌输那一套了，我使用了易希一贯的态度——你可以不信，但是你必须尊重他们，所以我跟他聊了一会儿。他提到“耶稣”、“主”之类的词语我还没有太强的反应，只是当他提到“上帝”这个词的时候我脑子里面立即浮现出一个人的脸，而且像一首歌里面唱的一样，我的第一反应是：上帝是个女的。

上帝姓祁，名玥，江苏扬州人。她在易希离开后主动当了我的老师，实际上我大部分的东西是跟她学的，我敢肯定现在青山夏令营中，没有谁水平能接近她，即便是黄佑然老师都比她差一档。所以尽管我们不喜欢个人崇拜，但是很多人还是发自内心地说出了那句“名言”：祁玥即是上帝。当然其他人这么说是尊敬她，易希时不时这么喊她是有调侃意味的。

有很多技术需要用痛苦这种有效体验来激发，而祁玥擅长于此，但是我一点都不羡慕她，试想一下一个孩子在四五岁时候，父亲因为严打被抓走，上初中的时候母亲因狂犬病去世，之后和姐姐一起生活到 17 岁，彻底变成孤家寡人，这种人是怎么熬过来的？她忍受了怎样的痛苦我根本不可能理解。

慧儿姐、小林和我这帮学生跟她是非常不同的人，然而她对我们几个学生的要求却是按照她自己的标准来的，那一切痛苦塑造了祁玥倔强，或者说顽强的性格，当祁玥成为我的老师时，她用她自己的方式来教我，祁玥是地道的实用主义者，我现在也是，现在我做事情很有目的性，使用可能的一切手段，不随意发泄情绪，而总是去想解决问题的方法。

比如之前我从济南骑到合肥作为适应阶段的时候，在长丰县的那天，我在邪恶的 206 国道上被铁丝扎破了胎，那是我第一次补胎，没经验，不知道扎胎一般会把内胎扎破两个孔，当我补好了第一个以后却不明白：怎么还在漏气？于是我只好推车到车行，修车师傅帮我补好了车胎，我又继续赶路，前后折腾了两个多小时。

岂料到了下午，206 国道正为了拓宽路面而伐木，我在那些倒下的白杨树周围又扎了一次胎，如此倒霉的情况我很少会遇到，人品差到了极点，那一秒钟无名火顿生，我扯下头盔要把它砸到地上发泄愤怒了，但是我在举起头盔的一瞬间，我仿佛听到祁玥曾经说的那些话——“张煜丹你冷静下来，现在想办法！发脾气只能让事情变得更糟！”那时候我改变了主意，我吹着口哨轻轻地把头盔放在了地上，脱下 T 恤裸着上身，坐在木头上乘了会儿凉，然后跟伐木工人聊了一会儿，他们纷纷表示可以带我回去。“有吃有喝！”他们用方言说，皖北的方言还有点像山东话。但我谢绝了他们的好意，因为他们准备带我往回走，而我是绝不回头的。我休息了一会儿，然后自己拔出了轮胎里那颗钉子，补好了轮胎，继续上路。

那就是祁玥对我的影响——遇到困难的时候不呼天喊地，不哭爹喊娘，而总是想着解决方法，在没有人能帮忙的情况下自己作出决断，解决问题。她让我更顽强了，虽然现在我才走到这里，可是我可以预言：无论遇到什么样的困难我都不会放弃这趟旅程，范西集值得我付出一切努力。

所以你不可能说服我信教，因为我在遇到困难的时候是不会祈祷的，我也不在平时祈祷。我会拼命想办法，但是我并不驳斥你的观点，我会像易希一样耐心地听着你说，我会积极地反馈你，但是你休想把“人人生而平等”一类的观点喂给我，我有自己的信仰，我是无神论者，是地道的实用主义者。

但不管怎么说，加油站老板是个和蔼而热情的人，他帮我把水壶里灌满了井水，我继续出发，我觉得湖北很少缺水，这里有很多人家都有属于自己家的井，因为地下水很丰富吧。其实不单单是地下，你看看地图就知道湖北的江河、湖泊也确实很多，我今天没能到达的仙岛湖只是成百上千个湖泊中的一个。

我沿着地图给的方向一直走，景色越来越好，我总觉得：应该快到了吧？应该快到了吧？但是总是还差一点，都怪我今早睡的那个回笼觉！天黑的时候，我努力骑到了离仙岛湖比较近的一个村，这时候天已经黑了，附近根本没有住的地方，我只好住在当地村民家里了，只给了人家20块钱，但是没法洗澡，因为他家的热水器里没有抽入井水，所以我随便用两盆水擦了身体就草草了事。这让我比较难受，每天最舒服的时候就是洗完澡以后躺在床上写日记，但我现在没洗澡，真是全身不舒服，我被易希抛下了一段，只好明早再去仙岛湖了。

不爽不爽不爽。

八　重回武汉

昨夜在我的梦境中，我回到了武汉，我见到了大卫、思思、祁玥、小丹、老周、七哥，还有很多朋友也在，那种感觉像是回到了以前那些令人怀念的日子。即便是在梦中我也知道那些日子早已过去，我能听见自己在梦中的呓语，一切开始变得不真实，我从梦中醒来，发现自己躺在陌生的床上，半梦半醒间我开始回想自己在青山的那些经历，之后我没能再睡着，我怀想着那一段经历，那段与众不同的旧时光。

早上告别仙岛湖，我在湖边给老周打了个电话，让他到时候来接我。清晨的仙岛湖水光潋滟，我开始骑向武汉，没过多久天空就变得阴沉沉的，路并不难走，可是我却异常急迫地前进，松软的路肩上被大货车压出了一道道凹槽，我沿着这些凹槽努力骑行，每一个在青山夏令营学习过的人都对武汉有着极为强烈的情感，这种情感甚至超过自己的家乡。

到下午的时候我终于进了城，那时天气闷热，积雨云在天空逐渐铺开，黑云压城城欲摧，我看到蜻蜓在我周围乱舞，武汉以她特有的方式迎接我。我在粗暴的大风中努力保持平衡，之后的暴雨仅用了两分钟就让我全身湿透，我又在雨中奋力地骑行，雨中出现了熟悉的身影——老周开车来接我了。

直到老周跟我打招呼，后来我坐在他家里，又看到他藏有的传家宝——那支 M88 武汉阳造步枪，我才意识到那不是梦境，我真的回到武汉了。

我们常会有一种很特别的孤独感,那种因不为人所理解产生的孤独感会一直伴随我们,即便是身处喧闹的街道,或是跟一群人把酒言欢,畅饮至酩酊之时都无法驱散它。唯有在武汉,唯有在青山,这种孤独感能够缓解。成百上千个年轻的生命聚在一起,用愉悦、豪情、爱与雄心这些感受激发、合成出几百种非凡的能力,它们像是魔法,激发这些魔法的却不是咒语,而是各种各样的生命体验。

所有的人在青山获得的不仅仅是各种各样的能力,我们与别人分享孤独感的时候,孤独感就会被归属感取代,那种能被别人理解的感受,就是归属感。然而人脑间没有神经连接,人与人之间很难真正地推心置腹,我最终放弃了那种归属感,那时候我开始觉得,孤独才是人的本质属性,像加西亚·马尔克斯所说的一样,你可以拒绝跟任何人分享这种孤独。

2013年7月28日　晴　老子又回武汉了!

首先我想说仙岛湖的景色真棒,然后我想说我很爽,另外我想说百度地图和谷歌地图都太坑人了!让我一一解释这三点。

百度地图和谷歌地图都显示了最近的路线,可是它们不会告诉我,那条路要翻过一座山!我翻山的时候就在想:易希日记里说的这坡怎么能叫"艰难的坡"呢?那是"相当艰难的坡"啊!很多地方根本骑不动,只能推车!等我到了以后才发现山下有一条县道,原来我走冤枉路了,易希肯定是沿那条县道骑到仙岛湖的,而我被百度地图和谷歌地图狠狠坑了一把。

仙岛湖景色实在是太好了,比先前在五祖寺白连峰看到的还漂亮，多么漂亮的湖，水质可能和抚仙湖差不多吧，美中不足的是湖边那个王英镇的建筑太丑了，配不上这湖水。

我跟小林探讨过溺水到快死的痛苦程度，不过无论他怎么描述我还是体会不出来，我又没有亲自体验过，在我看来，不洗澡比淹死要难受。

我左右看看，周围没人，而且这湖也不是什么宗教圣湖，所以不会亵渎神明，我就跳下去痛痛快快洗了个澡，昨晚没洗澡令我十分不爽。我痛痛快快洗完澡，然后还游了会儿。之所以说我爽，是因为我从没游过这么温暖的水（温泉除外），而且水质还这么好，那感觉真是爽到透，上岸的时候还不小心磕破了膝盖，不过无所谓呀！

中午骑上车再次出发，我精神倍增，我根本不用休息，又要回到武汉前产生的那种急迫的心情让我的双腿格外有力。

别人可能理解不了，主观印象里觉得武汉很多地方脏乱差，气候也不好，人们动不动就吵架，为什么会喜欢武汉呢？但是易希说的是对的，每个在夏令营待过的人都会对武汉产生很强烈的情感，与其说是喜欢武汉，不如说是对夏令营的热爱。我从13岁起几乎每个寒暑假都在夏令营度过，除了今年寒假，春节前我左腿受伤，就没去。说起来我也只是一年没回武汉而已，但我也不知道自己双腿怎么那么使劲，反正有3辆电动车都被我慢慢超过了。突然有一辆越野摩托放着凤凰传奇的歌，贴着我的左边“刷”地超了过去，那首歌一下子就变调，女人高亢的声音瞬间就变低了，那时候我脑子里立即浮现出五个字——

不不不，不是骂街的脏话，而是：多普勒效应。

想到这里我不禁感叹：我真是没救了！

我变成这样是受夏令营的影响，在夏令营的人大都有点怪异，拿祁玥来讲，正常人掰手指头数数的时候绝不会向她那样数，我们都是伸出食指表示“1”，伸出两个指头表示“2”，用五个指头表示“5”。而“上帝”是与众不同的，她用手指数数的时候用的是二进制，这意味着她一只手可以数到31。我觉得这真无聊，但是我猜她肯定会说：“中国人发明的手势可以用一只手表示1到10，现在我只是用了更高效的方法，甚至还可以由其他两个关节弯曲的程度提高这个上限……”所以祁玥说：“你跟易希学会的控制技术，一只手就能数过来。”那句话的意思就是说我跟易希学会的技术少于31种。

我从来没见过祁玥比画数字4，至于原因嘛，哈哈……另外在表示11的时候，一般人手指的柔韧程度不够——伸出拇指、食指和无名指，同时弯着中指和小拇指是很难的……打住，不在日记里扯这种无聊的东西了！

跟青山这帮人在一起时间长了，我也会变得有点钻牛角尖、脑子里养热带鱼一样，有的生活细节也会有变化，比如我现在买食物的时候都会把食物包装袋翻过去，看看营养成分表，这种时候如果阳鬼子在旁边，他就会说：“看什么看?！有什么用?！你能看出花来啊？你能看出用没用地沟油啊?”我这种行为是下意识的，这种古板的死理性主义绝对是受夏令营的影响。当然祁玥和易希两个人对理性有着另一种见解，他们不会认同我的说法的。

你们不认同也无所谓，我在合肥换了张电话卡，谁也联系不上我，我张煜丹现在是人间蒸发了的状态，谁也管不着。我记得他们所有人的电话号码，万不得已我会给祁玥打电话求助。

因为接近中午我才从仙岛湖出发，我一下午是不可能骑130公里的，天快黑了，我继续向武汉方向赶，这次又遇到骑行客了。两个人一个来自湖南，一个来自广东，要骑车到北京去。他们两个掉了队，队友竟然先搭车走了一段，他们只好停下了。

我问他们:“你们接下来去哪里呢?”

“派出所。”

“去派出所干什么?”

“洗澡,然后打地铺。”

“你们不先吃饭吗?”

“自己带着干粮,有时候也可以去蹭饭。”

“你们明天去哪里呢?”

“往北骑出武汉吧。”

“你们不在武汉玩两天吗?”

“我们直接去北京。”

我就在想:我和易希骑车是为了范西集啊,但是他们骑车这么辛苦,也不好好玩一玩是为什么呢? 武汉还是可以玩一玩的啊!

我接着问:“你们有手电筒吗? 马上天就要黑了!”

其中一个人说:“只有他有,你要跟我们一起吗?”

“不用啦! 有电筒就好,祝你们一路顺风!”我一边说话一边把他们甩在了后面,我急着骑到武汉,所以也不能等他们。相比起急切的我来,他们速度确实是比较慢,但是他们的队友不该抛弃他们,而且是搭车。在平原上搭车? 根本没必要啊。抛下队友的做法太不地道了,易希以前也是背弃了我们。

天完全黑下来了,我却不担心,只要有微弱的光就不怕,好的,让我来使用狮瞳吧! 这根本就不需要暗适应的过程,直接就来……运筹时间14秒……搞定! 我眼前马上就变亮了,没有白天那么亮,但至少能看清路。实际上我跟易希都用不着手电筒,用狮瞳就可以搞定,它是通过改变视网膜内的视锥细胞和视杆细胞[1]的活跃程度来实现这一点的(但在分子水平上没有什么变化,视紫红质总量还是不变,感光性只是略有提高,总的来说还是很黑,不可能达到狮子的夜视能力),它虽然能提升夜视能力,让我在黑暗中也看得见路,不过用起来的时候分不清颜色,相当于全色盲,不太舒服。

骑了两个小时后,远远看到了武昌火车站。不过因为我刚用过狮瞳,副作用还没消退,所以我看见的一切东西都是黑白的。过十字路口的时候我根本分不清红绿灯(看灯亮的位置应该是绿灯),我看看周围也没有车,就冲过了那个路口,我学着易希之前在安徽和湖北省界那里的样子,用腿夹紧车座,站起来高举右手使劲喊:“你好泼妇!一年不见哥又回来了!”

武汉今天温柔多了,易希没有招惹她,她都能把易希淋成落汤鸡,我这么骂她,她都没下雨,还是这么热。我还是比较喜欢下雨的天气,尤其是在武汉的夏天。淋成落汤鸡的易希是有人留宿的,一身都是汗的我就没人管了,我想尝试找人聊聊天,就住了青年旅社。

---

① 视锥细胞和视杆细胞:视网膜存在着两种感光细胞,视锥细胞只能在光线充足的情况下使用,它色觉好,而且更敏锐;而视杆细胞虽然分不清颜色,却可以在光线较差的情况下看清物体的大致轮廓。

九　米开朗琪罗的作品

我在青山早已成为不受欢迎的人，但是我知道，夏令营里至少有一个人是可以相信，至少有一个人，是我真正的朋友。我很想和祁玥聊聊，可是昨天我联系她的时候得知她不在武汉，她承诺了帮我找到有能力帮我完善范西集的人。

看起来我可以在武汉停留两天，所以今天我和老周决定去找我们的老朋友大卫，我们打不通他的电话，这样我们就只能到以前他唱歌的地方去找他。灼热的空气在下了一夜的雨后逐渐凉爽湿润，在八月初的江城，这是难得一见的凉爽天气，早晨正当我们准备出门时，天又下起雨来。

我们没能找到大卫，只找到他的弟弟大鹏，他告诉我们大卫在半年前就去了北京，还把大卫的号码给了我们，我打量着这个留着中长发，穿着破洞T恤的文弱青年，怎样都无法把他和他哥哥的样子联系到一起。我掩饰住了失望的情绪，而且我知道老周和我一样有些失望，不过他还是开口了："大卫是我们的朋友，你哥哥去北京我们都不在这里，也没有给他送行，兄弟，我请你吃顿饭吧！"

他高兴地答应了，还带上了他的女朋友，半小时后我们坐在火锅店里，我思索着无趣的问题：是因为大卫喜欢吃火锅，老周推测他弟弟和他一样，进而才会带我们到这里？还是说今天难得遇上凉爽的天气，所以不吃火锅可惜了？这时候老周已经开始给大家倒酒，我因为处在体验积累的长周期内，为了避免喝醉，没有喝酒。

虽说是第一次认识，可是吃饭时气氛并不尴尬，大鹏有一个非常健谈的女朋友,刚开始大鹏还不怎么说话,过了一会儿他也开始一边喝酒,一边聊自己的事情,一年前大卫帮他找到工作,他才在武汉安定下来,在那以前他总是在四处漂泊,大鹏兴致勃勃地给我们讲起来:

“几年以前我哥在武汉的时候,我那时候才十八岁,嗯,十九岁不到,我在东北,去电器厂当工人,人家有培训,我就是学得很快,几个月就当上小组长了。后来我们组来了个女工,湖南的,叫李洋,长得很漂亮。我们经理,四十多岁,娃娃都上中学了,他还是个老色鬼,他好几次骚扰李洋,她都忍了。有一次我看不下去了,当着所有人骂了这个老流氓一顿,他当着我们的面话都不敢讲,但是后来他跟厂长说我坏话,说我拉帮结伙不配合他管理,还说我晚上聚众赌博。我们就是晚上无聊随便玩玩牌,玩个几角钱嘛,他平时也晓得,但是就因为我骂了他,他就逮到我们玩牌,就把我们几个开除了,李洋也就辞职了,就成了我女朋友。”

“那你是因祸得福了,赚了个女朋友!”老周说道。

“周老师你让我说完,哈哈哈哈!我现在想起来还想笑,我走之前本来想叫几个兄弟揍他一顿的,后来我怕又被他阴。我就去他办公室那里,在他门口的地板上撒了泡尿,他们的地板脏,我还多喝了点水,颜色就会淡一点,那泡尿根本看不出来!我尿完就躲在远处看,东北冬天冷啊,十几分钟就冻得像铁一样硬,狗日的端着个茶杯从办公室走出来,踩着我那泡冰尿,往后一屁股就摔下去了,杯子里那个烫水烫在他手上,哈哈哈!烫得他怪叫,后来我听人家讲他摔裂了尾椎,易希哥,我哥说你是学医的,那个尾椎摔裂了屙屎咋办啊?”大鹏问我,我们都已经笑得前仰后合,毫不顾忌此时是在吃饭。

他这个恶作剧跟我小时候干过的另一个恶作剧很像,我边笑边答道:“你记错了,要么你哥说错了,我妈是医生,我不是,不过我觉得他睡觉要趴着吧！”

“哈哈哈！那个还没完，其他人听见他的喊声走过去扶他，那些人走过去一个，踩到我的尿冰，就‘扑通’摔倒一个，再过来一个又‘扑通’摔倒一个！我都不晓得我尿了那么大一块啊！”他双手摊开，比画着那块冰的大小。

听着他绘声绘色地描述，我们已经笑不动了，他喝了几杯后，切换话题，给我们讲他误入传销组织的事：“我被骗进去以后发现是传销的，已经晚了啊！来不及了，然后我就拼命跟其他学员说，还跟他们的小头目说传销是害人的，我在那里白吃白喝一个多月，一个人都没有骗到，最后人家拿我无法了，留着我是损害团队利益，就把我赶出来了，那些大学生，不晓得后来出来了没有。”

我开始察觉到他和他哥哥大卫的相似之处，但是大卫远比他疯狂，我和老周第一次见到大卫的时候，大卫正用他沙哑的声音唱着一首难听的英文歌，那首歌并不特别，以至于我现在记不清任何旋律和歌词，可是当他换到他自己写的那首歌时，我就见识到了他疯狂的一面，我从来没见过有人能像他那样唱歌。那时他跟小丹一样，头发剃得极短，我看到豆大的汗珠从他额头上掉下来，他扬起眉毛，目眦尽裂，在几乎是嘶吼和咆哮的声音中，我后背上的汗毛都竖起来了，那种感受与我听过的所有音乐都不同。

我觉得我之所以能和他们成为朋友，绝不是因为当时我头上标新立异地扎着个小辫，而是因为我是他们最忠实的听众，我可以几十个小时不睡觉听他们唱歌，听他跟我讲那些天方夜谭的想法，而他从来都不知道我为何能不睡觉。其实我也并不是个好听众，我对他们感兴趣完全是因为他们足够疯狂。

我那时候只对疯狂的人感兴趣，我对其他人根本就不在意，我始终将头发往脑后一缕，随意扎成几个小辫，就像是顾城始终戴着一顶怪异的帽子一样，我模仿这些疯狂而又执著的人。如果你追随十个疯狂的人，里面可能有九个患有精神疾病，而剩下的会是极为特别的一个。

那时我觉得谦谦君子和窈窕淑女不过是在装样子，在这世间演一出荒诞剧，像是《等待戈多》里的场景，在戈多没来之前，这些装样子的人无所事事的人带着假面具的人脱离了低级趣味的人就死了，他们的生命根本就没有意义。而疯狂的人不同，疯狂的人总是试图寻找并到达那些异境，等他们死的时候他们绝不因为自己没有装样子而悔恨，更不因为没有体面的葬礼而羞耻，只说自己来过这世界舞台，看见过非凡的影像，而且绝不后悔，尖叫着狂笑着拥抱死神。

大卫的年龄并不比我大，就是名字里面有个卫字，我们习惯叫他大卫，大概是因为他常常让我们想起那个高大而健壮的裸体雕塑，疯癫而暴躁的米开朗琪罗雕塑出来了强壮的大卫，我们所遇见的这个人显然就是米开朗琪罗的作品。

像是《在路上》里面萨尔和玛丽卢追随迪安一样，那时我和一群人追随着大卫——我一如既往地徜徉在他们身后，只有这些疯狂的人才能让我着迷。这些人疯狂地生活，疯狂地表达自己的想法，同时对一切事物心怀渴望，永远时髦，他们从不倦怠，不屑于陈词滥调，他们挣脱这荒诞世界的桎梏，跳出伪君子围成的藩篱，然后燃烧、绽放、溃零，如子夜烟花般绚烂。

火锅里的菜随着泡沫的升起而不断地翻腾，大鹏还在说着他的故事。我喜欢观察这些酒后微醺的人，酒精似乎能把体验的效果放大数倍，他们一说到喜欢的东西，就两眼放光；提到厌恶的东西，又愤怒地想要把它们烧成灰烬；而说到悲伤的事情，他们很可能就哭起来了。在她女朋友离开去厕所时，我问他为什么没和李洋结婚，我想起先前大卫曾告诉我，说大鹏骗了他准岳父，让两个人订了婚。

刚开始大鹏还很高兴地给我们讲他是怎样编出一个滴水不漏的谎言，让他准岳父相信他真的有一套房，说着说着，他就哭起来，而且越哭越伤心，怎么劝都没用，我对自己提起这件事感到极为后悔。直到他女朋友回来，他看到她，像是突然间想到自己又有了女朋友一样破涕为笑："现在我有小惠啦，小惠又聪明，菜又做得好吃，嗯，又那么聪明。"他已经喝醉了。

回去的路上我和老周聊着大卫的事情，我发现认识大卫的人无不为他的魅力所吸引，就像修佛达到一定程度的人能够随时入定一样，大卫的本领在于他并不借助酒精或是毒品便可以进入他自己的意境。其他人只是站在一边，看着大卫忘我的表演，当他们用酒精、用毒品、用清醒的噩梦试图让自己的精神飞升到和大卫同一个维度时，他们只是被那种快感扯住前襟拽向空中，在将要窒息的时候被扔下来，然后狠狠地摔在地上。

我没有小丹一样的记忆力，不能记住所有的事情，好在时间之筛在一晃好几年后，滤去了无关痛痒的部分，留下的便格外炫目。我根本不懂摇滚，但我知道大卫不是什么学院派，他当然也不会循规蹈矩，总是唱着自己的歌。在生活方面，道德的绳子根本束缚不了他，他内心中留有的一点点理智只不过能勉强支撑他的人类躯壳在普通人中间存活下来，那一点点的理智保证了他不被送进精神病院，除了那些以外，他将灵魂里的其他部分全部用于疯狂。

所以当老周问我："你跟他们混在一起的时候怎么能几天几夜不睡觉？"我会回答他自己受到了大卫的感染，其实我只是把左右脑分开，当我左脑听他们唱歌和说话时，右脑在睡觉，这样我就能长时间醒着，我陪着他们彻夜狂欢，六十几个小时不睡觉。此后当我和别人出入各种娱乐场所时，便难以感受到一点点的欢愉，大卫对我的负面影响，在于他几乎摧毁了我在狂欢中感受狂喜的能力。在那以后的很多年中，我意识到如果不在路上，自己就将是死水一潭。

在大卫的身上我看到了奇异的光芒，自那以后我便无法忍受平庸的生命。当我看见一群人每个月拿着固定薪水，一年二十四个节气里他们的工作日和假日规律得像钟摆，他们宁愿继续喝茶打牌混日子，也不愿做他们自己的工作时——当时的我足够激进，我是一个愤怒的青年，我热爱能让我产生好感的人和事物，我憎恶我不喜欢的所有人和事物，这种把情绪放大数倍的趋势太强，以至于我必须努力控制自己，以免我用上自己的一切能力做出出格的事。

人生若是如佛教所说的有前世来生，我宁愿第一世在西藏，从白雪皑皑的雪山坠落悬崖，未被天葬师肢解，就被成群饥饿的兀鹫吃掉；我宁愿第二世在南极，在零下八十度的严寒中，在臭氧空洞下，仰面朝天看着人类带给地球的伤口冻死；我宁愿第三世在坦桑尼亚，跟随角马在旱季雨季中来回迁徙，看见所有动物生生不息，然后葬身狮腹；我宁愿第四世在南美，沿着切·格瓦拉骑行过的路前行，在曾经九十一年不下雨的阿塔卡马沙漠，抱着枯萎的巨型仙人掌渴死；我宁愿第五世生在新西兰，同数百年前的毛利人一起长大，跟他们一起吃人饮血，最后在部落战争中战死；我宁愿第六世因为前世罪孽深重而变为秃鹫，回到人类诞生的非洲，看着那个小女孩①像祁玥一样忍受饥饿或疟疾，然后等摄影师帮我们照完相上去吃掉她。

我宁愿接受以上所有的生活也不愿过钟摆一样的生活。

后来青山再一次改变了我，我在青山被教导要获得各种各样的生命体验，多数人只是为了那些能力而体验，而我总是随兴所至。并不出于刻意地，我开始对各种各样的人感兴趣，他们多么有趣，无论

---

① 那个小女孩：指1994年普利策新闻奖获得者凯文·卡特的摄影作品，照片中有一个苏丹女童，即将饿毙跪倒在地，而兀鹰正在女孩后方不远处，虎视眈眈，等候猎食女孩。

他们的人生是艰难的，还是平淡的，是富贵的，或是落魄的。我不再是从前的自己，我剪短了头发，开始从这平凡世界里看到奇异景象。

在青山的时光是我人生中最为难忘的经历，我看到了最聪明的人，我看到了那些炫目的了不起的堪称奇迹的技术，每种都是理智与情感的结合物，理智构建出缜密庞大的思维模型，它们像极了复杂的机器，然后我们用纷繁复杂的生命体验来激发它、合成它，那些体验像是开启机器的开关，又像是桥。它让我们拥有了蜘蛛一般的反应速度，比黑豹还要优雅连贯的动作，还有远胜于射水鱼的精准射击。然而仅仅是克服身体的劣势战胜动物还不够，他们创造出了很多了不起的思维工具，可是却没有人相信，范西集这样的设想可以实现。

2013年7月29日　晴　武汉

终于又走在武汉的街上了，可是我没感到自己回到了武汉。

不回夏令营怎么能算是到了武汉？

我心中无比失落，迷迷糊糊地在街上闲逛，我也没有目的地，易希那边下了雨，我这边可是晴空万里！全身都在冒汗。

热。

沿着滨江大道走，走到晴川阁的时候，我想进去休息一下，3分50秒以后我坐在了临江的朝宗亭里面，越是百无聊赖的时候我对时间的感觉就越准确。江面上吹来的风很快把我身上的汗吹干了，我拿出手机，换上了以前的手机卡，显示未读短信51条，未读邮件11封：梁梦盈问我怎么没有回来；祁玥让我访问新的数据库，叫我尽快联系她；慧儿姐把姚美琳还给我的书扣下了，说是暂借过去看几天；

阳鬼子说前几天我们T派有个广西姑娘完成了SSD-4,他赌赢了,叫我赶紧滚回去兑现,刷锅水已经备好,这次要喝双份刷锅水了……

SSD-4啊,真了不起……但是我又看不到。

我不在夏令营怎么能算是到了武汉呢?

之后我沿着滨江大道一直走,我也不坐车,因为我根本不知道自己要去哪里。我沿着车道上了晴川桥,低着头一直走,桥面温度很高,要是弯腰下去摸肯定会被烫到手,但我心中却感觉无比寒冷。跟易希不同,今天在武汉我没有熟人,仅限这次,本来有那么多兄弟姐妹,我现在却不能去找他们。

我又不是来武汉旅游的,不回夏令营我能去哪里?

我接着走,过了桥就是汉口,江滩边好多的欧式建筑。一元路,二曜路,三阳路,四维路,五福路……我没精打采地走过所有路口。

突然间我看到个男的,带着个黑框眼镜在路边打电话,我后背一下子凉了,然后我转过脸钻进一家便利店买了瓶水偷偷看他。果然没错,我不知道这人叫什么名字,但是我们见过面,他是季老师的学生,他和我属于同种类型,记忆力极好,他一定能认出我,他要是过来和我打招呼怎么办?那样说不定大家就知道我在武汉又没回去了!我躲在那家便利店,直到他打完电话离开我才从便利店里溜出来。

凉爽的江风吹着塑料垃圾桶的盖子,那盖子开始垂直旋转起来,我听见路边的一对情侣在吵架,口音不是武汉人,男的说:“700块钱够老子跑两个来回了!”那真是个神奇时刻,我被那凉风吹得打了个哆嗦,我终于醒过来了!或者说,我觉得这城市终于醒过来了!我终于想起今年寒假前,祁玥曾发邮件告诉我,说现在青山那边人太多,很多人已经从青山搬到这边来了,只是因为我寒假没来,所以我在这里瞎转的时候竟然没有留意,脑子昏昏沉沉的,潜意识里还觉着所有人都还在青山那边,一年不来变化真大啊!

不回青山也没关系，我是为了学习范西集才不回去的，等明年冬天我回到这里的时候，绝对会让他们大吃一惊，这世上只有一个人能靠着模仿易希学会范西集，那就是我！

我迅速地回到我以前的状态，这个时候我才觉得我回到武汉了，那些街道和建筑形成一整个巨大的沙盘模型，然后装载到我大脑里，这城市再大我都不会迷路，我知道自己要去哪里了。

去哪里？先去吃碗热干面再说。

在学校有两样东西我坚决不吃，一是热干面，另一样是米线，因为非常不地道，我总是等假期回到武汉才吃热干面，春节回到云南时吃米线。

热干面就该是那个味道，吃完面我准备回青年旅社去洗澡。记得第一次到武汉是夏天，我每天都要洗好几次澡，我扛不住那么热的天气，毕竟武汉曾是“三大火炉”之一，说起来四天以前，我看见网上说新的“火炉”排名里面，前三甲变成了福州、重庆和杭州，武汉第四，而南京被踢出了前十名。

我住的这个地方叫“loft 青年旅社”，就在汉阳造里面，我以前根本没注意汉阳造这里还有家青年旅社呀。住青年旅社是为了找几个人说说话，结果我住这间只有我一个人，我唱着自己改编的夏令营营歌在浴室里洗澡，之后又开始唱《七里香》，发现唱到“嘴”字的时候，声音会在浴室里加强，整个空间都发出“嗡嗡”声，从而找到了这浴室的固有频率……啊，写这个干吗？我真是太无聊了！本来这种时候我应该喝着冰镇酸梅汤和我的小伙伴们唱着歌了！

当然他们现在更可能在努力学习新完成的 SSD-4，虽说我们这一代的责任是不断创造、学习、传播新技术，但是阳鬼子觉得我们没必要那么认真，他加入夏令营完全是出于兴趣，我一开始也秉持这种观点，但现在我觉得我们确实在做一件了不起的事情。

就我自己来说，就算我有特别的天赋，又能怎么样呢？到死我也只能掌握几种基础技术而已，但是当成百上千人聚在一起分享自己的东西，可学的技术就扩大到数百种。终有一天我们这种少数派，人群中不到十万分之一的人将会登上历史舞台，至于那是怎样的景象，现在还不得而知，而祁玥她们还有更重要的责任，有很多重要的突破，都是由她们发现的，从我加入夏令营到现在的八年时间，我们的理论体系已经发生了很大改变。

一个理论出现了漏洞，一开始她们对它做一些小修补。一旦发现一个理论过时了，就把它连根拔起，那时候不会有谁去死缠着旧理论不放，然后她们会建立一个新的、更合理的理论体系，如果它出现小漏洞时又修补它，进而抛弃它，周而复始。就像过去所有人都认为我们必须遵循“真实目标”原则，后来黄老师证明他们在梦境中可以违反“真实目标”原则，从而开创出 D 派一样。

青山创立之初发展得极为缓慢，依仗于网络的普及，在 2000 年以后我们高速发展起来，而且每年加入的人都比头一年要多，夏令营里的外国人越来越多，其他国家还没有像我们一样的组织。本来我觉得这次中国人可以自己发展出独立的东西了，结果完全不是这么回事，各种技术的命名权还掌握在别人手上，比如“真实目标”原则（true target）之类的词汇都是先用英文命名的，所以它别名“TT 原则”。这一点令我相当不服，我们中国人自己弄出来的东西为什么要由别人来命名呢？

后来我才知道，我们用来描述及演绎控制模型的整套符号系统，全都是 Thomas Swann 小组创造的。在没有符号系统以前，我们就像早期人类只有语言没有文字一样，在学习新技术时笨拙而不规范。

这套系统诞生以后,我们用它来构建各种控制技术的模型,才会有很多高阶技术诞生。Thomas Swann 小组成员多为英国人,他们创造并不断改进我们的符号系统,使得它们能够简洁、相容而不是互斥,所以他们有权给所有的技术一个规范的名称。他们的工作具体到很多小细节,比如他们规定了:但凡是控制技术,都要加上下划线,就像对侧迁移、神经刀、狮瞳。

这组织名字是叫青山夏令营,也确实教给少年们一些生活技能和英语来敷衍家长:有最基本的生活技能,也有野外生存训练,还有英语培训和团队社会实践等不重要的活动。甚至每次开营和结束时还会有别开生面的"汇报表演",做样子给那些第一次送自己孩子来的家长看。

但是我们自己都知道,这组织打着夏令营的幌子研究各种控制技术,现在虽然比以前开放了,但依旧很低调,表面上我们仅仅只有营员和教师两种角色,依旧把组织称为夏令营。

这里不是哈利·波特的魔法学校,但我们确实掌握了很多的"魔法",我们称之为控制技术,所有的这些技术,归根结底都是对神经系统的控制。

就像易希日记里说的,哈利·波特使用他的魔法时要念咒语,我们激发控制技术时,需要用各种生命体验,但不同之处在于我们的每个"魔法"只需要一次生命体验激发就够了。这有点像是学骑单车(或者学游泳),只要学会了,这种动作的技巧一辈子都不会忘,以后骑车的时候直接把这些技巧拿出来用就可以了。

骑车这种技能是高度内化的,难以用语言来形容,别人只能描述动作要领以帮助你更快地学会骑车,但你不可能单听这些语言就学会,你一定要亲自实践,当学会以后,这个技能就变成你自己的东西,这种技能高度内化、抽象。

我们的“魔法”也是如此，拿运动中枢簧技术来说，只要第一次使用专注这种生命体验激发完成以后，这种内化的技术就会处于稳定的状态，以后就不需要使用什么生命体验了，只需在脑子里面把那个过程走一遍，把稳态转化为激发态就行。

练习骑车能提高自己的车技，练习各种控制技术无法大幅提高使用效果，却可以缩短运筹时间，我不断练习运动中枢簧，使得稳态到激发态的时间更短，现在我发动一次运动中枢簧的运筹时间只需2.7秒，这一项我比易希还快。

中午我洗完澡以后躺着没事，就写了以上一堆杂七杂八的话，到下午的时候，终于有人来了啊！我住的这间四人间里又住进了两个人，一个是河南人，另一个是内蒙古人，和我一样是大学生，来武汉旅游的，今天刚从宜昌过来。这两个人真是太有趣了，小小的房间顿时变得热闹了起来，大家都聊了聊旅行途中遇到的趣事和在学校遇到的奇葩。并且说好明天我来做导游，带他们去走走。他们问我觉得武汉哪里好玩，我心里面答：当然是青山夏令营。

我现在要打开手机地图规划一下，看看明天带他们去哪些地方。

十　寺庙与天使，武汉的最后一晚

武汉地处华中，这城市吸收融合了不同地域的饮食文化，在武汉众多的小吃街中，最有名的要数户部巷。今早来户部巷吃早饭的人络绎不绝，户部巷的小吃有众多花样，我只吃过其中一部分，有很多我还没尝试过，这和我不喜欢用一次性餐具有些关系。而其他食客们似乎永远吃不饱，我熟悉户部巷，但我从不像武汉人一样把吃早饭叫作“过早”。“过”字显得很有仪式感，“过年”、“过节”都凸显了仪式感，似乎人们觉得吃早饭是件重要的事，才会把吃早饭叫过早。

老周今天临时有事去了黄石，祁玥那边要到晚上才能给我答复，我只好一个人在街上游荡。我曾记得武汉有许多有趣的地名：一元路，二曜路，三阳路，四维路，五福路，六合路，七里庙，八一路，九万方，十里铺，百步亭，千家街，万松园。我深知自己不会再回到这里了，便决定再去一次古德寺。

古德寺是武汉所有寺庙里最有趣的一个，我喜欢它胜过喜欢归元寺，它像是由一座教堂改成的寺庙。乍一眼看上去会觉得它是罗马或是佛罗伦萨的某座教堂，可是这教堂前的那尊四面佛分明又是泰国的寺庙里才有的佛像。古德寺没有大雄宝殿，只有圆通宝殿，圆通宝殿上立着人像雕塑，分明又是天主教堂的风格，只不过这些雕塑是二十四诸天，最容易辨认的是八只手的辩才天女①。

---

① 辩才天女：印度教主神梵天的妻子，是智慧的化身，相当于西方的缪斯。

今天我很意外地发现这里和归元寺一样可以吃到斋饭，我曾和思思一起吃过归元寺的斋饭，味道不错，但我不可能长期吃素。

有十几种技术只有女性才能学会，这并不奇怪，有太多强烈而特点鲜明的感受已经被人们找到了形容词，当别人提到惭愧、羞怯、懊恼、遗憾、失望，或是喜悦、兴奋、满足时，所有人都能朦胧地回忆起那种感受。但是有些细微的感受似乎只属于女性，这些细腻的感受真实地存在于那些最为敏感的人身上，思思就是这一类人。我并非为了从她们身上汲取特别的体验，我知道自己永远不能像她们一样，我只是特别喜欢这些人，所以我不断追逐着她们，如果说我从大卫那里看到的是疯狂的话，那么在思思的身上，我看到的是善良。

思思是我认识的第一个素食者，和其他人不同，她吃素并不是为了修佛，也不是为了保持体形，她仅仅是因为喜欢动物，而那种喜欢与我对动物的喜欢并不一样，她不会把动物抓来解剖，也不会养宠物。她拥有一个小温室，里面养了各种植物，我第一次看见她养的鸢尾花时，就像小时候第一次看见龙舌兰一样惊异——实在是太漂亮了。

她反对伤害动物，她极为严肃地对我们说："你能吃它不是因为你更高级，是因为人比动物狡猾，而它受的痛苦，一点都没打折扣，我在4岁时才知道我吃的所有鱼和肉都是在伤害生命，然后就再也没吃过肉。"我知道很多人不会去试着理解她，反而会奚落这种想法，或是仅仅用一个"怪"字把她说的话挡在自己固有的信念之外，殊不知那仅仅是本能而不是信念，而我不同，我从少年时代起就在仰望、追随最特别的人，即便是别人眼中的异类也能是我心中的圣人。试想一下有多少人会为了如此单纯的想法坚持十多年的素食生活，她是朵百合花，不管周围是怎样的混沌，她独自盛放出自己的芬芳，那种芬芳是在一切香气都消散后清雅的尾香，在她的一举一动，她说话的方式中,我看到一个天使。

我怎么吸引这些人,让她们能够悦纳我这种局外人呢?其实并不难,对大卫,我会施展我那些神奇的小伎俩,对思思,我就学着她一样种花,我单独培养过几株葵花,我让它们猛烈地向上生长,长到两层楼那么高,思思像当初的大卫一样惊喜。后来我在各地旅行时,总会注意一些漂亮的花,如果我觉得漂亮,就会把花带回去送给她。如今我只能手拿相机,故地重游,看着这教堂一样的古德寺拍几张照,而天使早已离开了。

下午我去了黄鹤楼,这是我第二次登黄鹤楼,也是我最后一次登黄鹤楼,在我看来,黄鹤楼只是一具躯壳。蛇山毕竟还是太矮,古人登楼看到的天下止于武汉三镇,和鹳雀楼一样,就算你更上十层楼也不能目及千里。但它还是让我想起王国维所说的,那人生三境界的第一阶段:昨夜西风凋碧树,独上高楼,望尽天涯路。

我以登楼的形式勉励自己,我将努力去完成范西集,每次我去把这种事付诸行动时,即便最后失败,整个过程依然令我激动不已。之后我心血来潮跑去红楼寄明信片,买了不少明信片,我给自己也寄了一张,等我回到玉溪的时候它肯定也到了,我犹豫了一下,还是给小丹寄了一张。(我从来就没有收到过你从武汉寄的明信片,邮政把东西寄丢了?!)

傍晚时我坐在江边乘凉,直到夜幕降临,华灯初上,夜空被城市灯光投影而现出浅浅的玫红色。我看到江风缓缓吹动树叶,昏黄的灯光下,孩子们在江岸的浅水处玩水,一对情侣坐在台阶上,男人指着远处的江面上轻轻低语,女人依偎在他身旁。在台阶边的空地,老人正随着音乐欢快地起舞,我情不自禁哼唱起一首邓丽君的老歌:

午夜无伴守灯下,春风对面吹。

十七八岁未出嫁，见着少年家。
果然标致面肉白，谁家人子弟。
想要问伊惊歹势，心内弹琵琶。

这首《望春风》是很久以前我从收音机里听到的歌，也不知今天为何会想起它。这时候祁玥发信息通知我，她帮我找到了一位“元老”，要我明天去拜访他，但是祁玥自己短期内无法回来，我追问之下才知道她说的“元老”是曾老爷爷。

看起来今晚就是我在武汉的最后一晚了。

2013年7月30日　晴　武汉

我搞清楚易希这趟旅行的大体时间了，是2007年夏天，只有那年夏天祁玥离开我们两个星期，那时候易希和祁玥都是二十五六岁，我今年才22，比那时的易希要年轻，不过既然把日记寄给我，证明寄件人充分相信我的能力，那么年龄就不是大问题，所以我今天心情特别好，我带着昨天认识的内蒙古、河南小哥玩转武汉，一大早就起来了。

要过早，当然要带着人家去户部巷，尽管武汉小吃街非常多，尽管去户部巷过早有可能要排队，尽管阳鬼子对户部巷有点鄙夷：“不要执著于户部巷，那里的东西质量参差不齐！”但是户部巷毕竟是个标志，好比有朋友来济南，你肯定要带人家去蓝翔、趵突泉和大明湖游览一番。

阳鬼子对武汉吃饭的地方大有研究，他喜欢尝试各种美食。武汉能吃饭的地方，不管贵的便宜的，他都尝试过不少，他连归元寺的斋饭都尝过。梁梦盈刚进青山的时候是五谷不分的，阳鬼子则不同，虽然都是富二代，但是阳鬼子既喜欢吃又喜欢做，而且做的菜很棒，用他自己的话说，那叫“好吃不懒做”。

他会做的不单是广东菜，各种西餐他也会做，当然他最拿手的还是粤菜，那个白切鸡，还有他自己创新的那个“掉渣豆腐”……我这个假期没有口福再吃了，他做菜水平大家都得服。而每当我和小林或是梁梦盈对他的杰作提出批评意见，他就会呛着我们让我做一道。我做饭的水平怎么能跟他比呢？我是因为爹妈经常不在家不得已才会做几个菜的，我记着他第一次呛着我的时候，我做了个番茄炒鸡蛋，结果被他讽刺为“从女厕所里面掏出来的一坨”。不过这几年在他的讽刺、批评及指教下我做菜的水平有了很明显的进步。

我之所以会觉得这两个人有趣，是因为我觉得他们两个像是相声里的一逗一捧，挺像我跟阳鬼子的。那个河南的小哥要稍微内向些，有点像我，那个内蒙的小哥很搞笑，像阳鬼子，当然阳鬼子长得比较猥琐，而这小哥挺阳光的。

在户部巷过完早，我带他们去博物馆。

去博物馆就有意思了，在夏令营里，小林还有我，我们这种类型的人，天生就有种本事，它由我们极强的记忆力延伸而来，因为我几乎记得每条街道上发生的所有事情，当我再次走过那些街道的时候，只要我愿意，那些场景就会重现，然后在我眼前重演一遍。我当然不可能完全记住所有事情，所以我只是看见事物的一些影子，有的地方影子很多，有的地方影子很少。

这种天赋是天生的，这是有潜力学会控制技术的一种外在表现。这种天赋没什么大用途，不过到了博物馆会特别有趣，我记得易希第一次带我来这博物馆的时候，我是走在他左边一个身位的地方，所以今天我走在了易希的影子旁边，然后我学着易希的样子，给那两个哥们做介绍。

博物馆还是那个博物馆，越王勾践剑还陈列在原处，只不过它的好朋友吴王夫差矛今天外借了，没有放在玻璃展柜里，我倒是无所谓，还能看见它的影子，只是这两个哥们看不到。以前我还见过一把吴王夫差剑，那把剑放在山东省博物馆，是夫差的七把剑之一。我只是无意间记得这些事，其实我对这些钱币玉器、编钟古剑没有太大的兴趣，虽然我爹妈都是干这一行的，他们总是到处奔波，显得很忙很辛苦的样子，但我从小就知道我不可能继承他们的事业，我对这些东西就是两个字——不爱，加入青山后就更不用想了。

我看了看易希的影子，又看了看展柜，发现博物馆好像还是有变化的，那是因为我长高了，就觉得博物馆又变小了一点。我站在自己13岁时候站的地方，看着易希的影子在说话，真是挺有意思的。

我们今天错过了编钟表演，从博物馆出来我又带他们去了东湖边，因为我不想跑太远带他们跑到磨山公园那边了。易希常说湖北的湖很多，不过除了武汉以外，我以前没去过湖北的其他地方。单就武汉来讲，武汉的湖就特别多，不是我记不住，而是数不过来，什么沙湖、水果湖、墨水湖……当然最大的还是东湖，没有滇池大，但是比大明湖大几十倍。

看了很多遍的东湖也就那样吧，还是仙岛湖比较美。两兄弟倒是显得挺高兴的，尤其是那个内蒙古小哥，他跟阳鬼子一样，天生有种乐天派的性格。

我有点想带他们去青山那边看看，因为这里离我们的夏令营不是很远了，但我还是克制住了——没什么可玩的，而且我现在过去也不能做什么，万一我被人认出来那还麻烦了。

从东湖门口出来的时候两个人都说肚子饿了。在武汉肚子饿这件事情很好解决，因为小吃街太多了，只是我觉得让阳鬼子带着我们去吃饭比较好，他知道附近好吃的地方。阳鬼子几年前的影子就像是有点愤慨地对我说：“有好多地方，听着根本不是吃饭的地方，但是它们都等于小吃街，比如水果湖！”

“呐，就是这里！水果湖菜场！”阳鬼子右手叉着腰说。

我看着这过不久就要拆的地方，几年前的我对阳鬼子说：“行啊，鬼子，你给我们来个报菜名吧！”

“豆皮面窝热干面就不说了，牛尾火锅香草大虾还用我说？千叶豆腐夫妻肺片老鸭汤豆腐花……”

阳鬼子推荐的地方绝对是好吃的地方，在武汉我可以让这两兄弟一直在吃撑和吃饱之间转换，武汉从来不缺美食。

吃完饭去武大，武大周围比较“干净”，我是说我看到的影子不多，因为我不常来，即便过来也是一个人。他们都说武大樱花开的时候很美，很多人都是专为看樱花来武大和磨山公园的，可这么多年来我根本就没看过，一次也没有！因为我来的时候总是夏天或者冬天，都是学校放假的时候，这次也不例外，这俩哥们只能逛逛校园，买点小纪念品了。

我痛恨武汉的夏天和冬天，夏天太热了，冬天太冷而且没有暖气。中国最不怕冷的人应该是东北、新疆和内蒙古人，其次应该就是武汉这一类地方，长江沿线没有暖气的这些地方的人也抗冻，冬天没有暖气真是冷死人了。

祁玥现在几乎不会来这里了，所以不用担心撞见她，她以前常混迹于武大和周围几所大学。大部分人上大学，主要为了混个文凭而非真正学习知识，但祁玥不是，祁玥在这里学到的东西很多很杂，别忘了在那以前她是怎样的一种生活状态。关于她那种生活，我对那些对话记得尤为清楚，我记得祁玥提起它们的时候脸上几乎是笑着的，而且似乎真的是高兴："我们那时候还要'装狗叫'，知道那是什么吗？"

"汪汪汪！"我学起狗叫。

"错！'装狗叫'就是在街上帮人家叫卖，从卖水果到卖狗皮膏药都叫'装狗叫'。"

我问："那你们不会自己去卖？帮别人卖挣不了多少钱啊。"

她答："不是，90年代中期虽然不像现在，有这么厉害的城管，但那时候有不少地痞流氓，自己卖东西容易被欺负，帮别人卖有人撑腰，实在不行还可以跑啊，懂了吧？"

回忆到这里被打断了，我帮那两个哥们拍照，他们会摆的POSE实在是太多了，内蒙古小哥瞪大眼睛说："我照相从来没有用过剪刀手那个造型，那个造型弱爆了！"说完他就把手指扭曲，像是用几个手指系成一个极为复杂的蝴蝶结，我和河南小哥一看就傻眼了。"帅吧！"内蒙古小哥得意地笑了，他这性格跟我想的内蒙古人不一样，这是刻板印象作祟啊……这是我第一次接触内蒙古人，夏令营里为数不多的内蒙古人我都不认识。

武大的校园假期里人不多，我听说夏天的时候武汉有些大学的学生都跑到屋顶占位睡觉，因为太热。不过这种恶劣气候条件并不能让我们否认武汉大学是所不错的大学，青山夏令营的奠基者中有不少人出自这所学校，祁玥也可以算是这所学校培养出来的，祁玥根本就不要什么文凭，她并没有真正地上过大学，可是她就是靠着蹭课和自学，除了心理学方面的东西，其他所有领域她都比……慢着？我这是什么蠢想法，拿我自己跟祁玥比？

在青山有三个"不得不服"，第一个是Thomas Swann小组的符号系统，那一套用来演绎控制模型的系统一般人是做不出来的，不得不服；第二个是易希的师兄黄佑然，他一个人创立了D派，这种了不起的人物你不得不服,当然“上帝”对他有偏见;第三个是祁玥的繁越技术以及她本人那些传奇经历,我们没法获得她那些特殊的体验,所以无法学会繁越,“上帝”你不得不服。

祁玥和慧儿姐还有几十个人负责整个青山的数据库,里面有我们所有的资料,几乎所有的控制技术都能查得到,而且她熟悉所有的控制技术,而对于她自己学不会的技术,她也可以使用繁越来分析那些技术,这使得她能够比我们理解得透彻。所以她的水平无人能及,连易希和黄老师都比不上,更别说我了。

内蒙古小哥问我为什么发呆,我说:“我在纠结要不要带你们俩去黄鹤楼。因为那毕竟是武汉的地标之一,但是那个楼是重建的,而且重建过N次,又不像长城是真的有上千年历史,去了根本就没意思。”而且我在想:易希去那里是因为他以后都不再来了,我去那里是为什么?我明年一月还要回武汉啊!

于是我带他们去了光谷步行街,本来我还想带他们去昙华林的,时间不够就算了,我叫他们明天再去。我还把黄鹤楼安排在了他们明天的行程里,其实我强烈建议他们不要去,我说:“脑子不对头,才上黄鹤楼。”内蒙古小哥好像开窍了,决定不去黄鹤楼了,他说先前他们在宜昌看三峡大坝也是很无聊,因为这个季节大坝不会泄洪。

我是根据自己的喜好来的,所以昙华林不去也行,只是易希喜欢那里,最初到武汉的时候去过好几次,在那以前,我一到假期就被锁在家里。当易希带着我到青山来的时候,简直就是把我从牢笼里彻底拯救出来了,对此我永远感激他。不对,我要换个比喻,易希把我带到这里来,那简直是海格带着哈利·波特来到了霍格沃茨魔法学校,我看到了一个完全不同的世界。

晚上回到青旅的时候已经9点多了,这俩哥们提出要请我吃烧烤,被我婉拒了,回来写日记比较重要。

十一　背叛者的理想

早上我和老周告别，穿过武汉音乐学院的校园，从花堤街进入一条长长的小巷，我看到一栋小楼，那栋小楼孤零零的，用狄更斯的话来讲，“就像是年轻时候和其他屋子捉迷藏，后来被同伴遗忘在了这里”。在楼下，我又看到了那位二十多年前创立青山夏令营的先辈。离上一次我见他已经过去了七年，我惊讶于他拥有的浓密的胡须和红润的皮肤——当这世间所有生命都随时间的流逝而渐渐变老时，他似乎是在七十岁这个拐点上为自己的生命注入了魔力，说他驻颜有术是不准确的，他似乎在逆着生命的河流溯洄而上！

当我惊讶地看着他不敢上前时，他却认出了我：“那不是我们的淘气鬼易希吗？快进来！”他以前叫我“淘气鬼”，叫祁玥“倔小囡”。我想起第一次见他的情景，曾老爷爷是个有点古怪的人，用祁玥的话来说，他是一个“用问题来回答问题的人”。当时我还是个孩子，我看这个古怪的老头样子很像一只山羊，就用毛笔蘸蜂蜜，在他门前画了只山羊，后来吸引了一大群蚂蚁，现在想来那次“蚂蚁画”恶作剧仿佛发生在昨天。那时候青山夏令营只有两百多人，我们都叫他曾爷爷。

他把我介绍给他的老伴和他十岁的小外孙，奶奶给我们倒上茶，跟我们聊了一会儿，我和他们说起了我在宁夏旅行时，因为交通不便遇到的几件倒霉事，以及后来发生的趣事，让我阴差阳错地差点成了穆斯林。过了一会儿，奶奶带着她的小外孙出去玩了，我们才开始讨论范西集的事。

我问他：“我也不知道我的方法对不对，范西集结构太复杂，您自己以前就没有试过去完成范西集吗?”

他看着我的眼睛,用手指了指自己,摇了摇头说:“自己?你觉得范西集是我提出来的吗?不是,他们强行划在我名下的。”

我十分诧异:“不是?‘他们’指的是你们几位创始人么?谁会把自己发明的东西归功给您呢?”

“你还记得史老师吧?”

“最早离开夏令营的人,他是个数学家?是他提出的?”

“对,我们后来所使用的四阶技术中,有三个是他发明的,他还提出过很多设想,范西集是其中之一,可是我们很少提到他,你就不好奇吗?”

“好奇啊,我问过我的老师,他含糊地抹过去了。”

屋外的蝉鸣声没有盖过他的叹息,曾爷爷面色凝重,开始给我讲起多年前发生的事来:“我先来跟你讲另一件事,在好多年前,史老师曾尝试把一个复杂的四阶技术整理成一种让普通人也能学习的数学算法,那只是一个近似的表达方式,而不是真正的四阶技术。当时没有谁支持他,包括我在内,所有人都认为那是徒劳无功的,但是后来他真的做到了,他能让一些普通人也学会那种快速的运算,虽然不能像他自己一样流畅,却也能让他们在加减乘除时张口就算。当他想向大众普及这种算法时,立刻引起了很多人的反对,他们开始用各种途径诋毁他,从媒体上的口诛笔伐和人身攻击,到后来试图把他从青山历史上除名。”

我一句话也说不出来。

“在这之后,我们把他的贡献算在了别人的头上,所以范西集并不是我提出的,还有,英格玛集也不是我发明的,这些原本都是他的。”

“速算法并没有什么了不起的,现在有很多种速算法,不见得比他发明的差，你们有多恨他才会做出这种事情来？”

“不恨他，做出这些事也不是我的本意，我要说，我们热爱这个组织，”他停了停，“胜过爱自己的家庭。五十年代以前出生的人，特别容易对集体产生这种热爱。”

我听到“热爱”那个词的时候，在心里把它换成了“狂热”。

他接着说：“正是这种热爱，让他们必须赶走他。不是记恨他，是惧怕这个盗火者，他们害怕终有一天当很多人掌握了那些普通算法时，自己掌握的高阶技术会变得毫无价值，他所创造的方法还给了我们一个暗示，那就是普通人有可能掌握控制技术。所以他们拼命抹黑他，想要抹掉他的一切，所以他们会故意说范西集是不可能完成的。”

我莫名其妙地想起小时候看的一部动画短片，叫《十二只蚊子和五个人》。

“我很想帮助他，但是我没有，我很想说当时我没做这些事，但是我确实做了。易希啊，我看过很多罪恶，在过去你可以把这种罪恶推给那个时代，你甚至可以把那些罪恶说成是愚昧，但是在几十年以后依旧发生了这种恶行。有很多事情你无能为力，我告诉他们我已经太老了，必须离开青山了。”

“那看起来祁玥是找错人了，我本应该去找史老师。”

他摇摇头：“他身体不好，何况你也找不到他，即便你找到他，他也是什么都不在乎的，不管你和夏令营有什么矛盾，他是一个字也不会说的。祁玥让你来找我，我就尽力帮帮忙，把范西集算在我的名下，我对范西集当然有些研究。但我从没尝试过去完成它，现在我已经老了，老到不能再像你们一样用几十天的长周期去积蓄那么多生命体验了，我很希望你能够完成它。”

“如果我成功了，会让你觉得弥补了以前的过错，让你感到好过一些吗?”

他笑了起来,用和蔼的目光看着我:“不会,活到这个年纪,我觉得以前多么了不得的事情都不算什么,年轻时候看起来是灾难性的错误,到老了也觉得本应如此。我之所以告诉你这些,是为了让你明白,如果你成功了,该感谢的人不是我。”

他帮我修改了我原先的控制结构,我又问了他合成范西集的六种体验,但他只告诉我范西集必要的心境是宁静。如我所料,在范西集完成前,没有谁知道它的有效体验是哪六种。

这已经足够了,对范西集的整个控制结构和用于合成它的四项技术,我已经心中有数,是时候离开了。

青山夏令营曾经做过如此可耻的事情,想到这一点,我的拳头比平时捏得更紧了,紧到指节和掌骨底因为挤压而开始发痛,这在我上路以前是不可能出现的。我感觉到自己心中有只豹子,它足以驱散那恹恹的睡意。我从大桥上过了江,这是我旅途中第二次渡过长江,我头也不回地上路了,把长江、黄鹤楼甩在身后,一直骑到仙桃。

2013 年 7 月 31 日　晴　武汉至仙桃

昨晚我产生了一点点想要回夏令营找祁玥问清楚的冲动,如果易希日记里说的是真的,那么那段历史真是太黑了,祁玥从没告诉我们这些事,不过今早我还是决定学会范西集以后再回来,这是易希留给我的东西,错过这一次怕是永远都学不会了,夏令营的人,谁也阻止不了我,我必须完成它!

早晨我把车骑到专卖店,店里那个满脸粉刺,中学生模样的男孩说他们有专门的店做维护,我又花了点时间骑过去,在那里做了保养,在车子做保养的同时,我把先前买的帐篷寄回去了,出发的时候我以为易希会住帐篷,结果到这里我发现他一直是住店,想必他也没有带这东西,我先打了个电话给财神,告诉他我把帐篷寄到他那里,因为要是寄到我家的话根本就没有人。

来总结一下,关于这辆车:把之前在济南练习,以及从济南到合肥的部分也算上,这车骑了快有2000公里了,说起来我也不知道易希那辆车是什么配置,所以之前出发时,我想当然地买了一辆普通的山地车,现在觉得有点吃力。

关于时间:根据易希的日记,我差不多搞清楚了易希出发的时间,应该是2007年的夏天,那时候的单车应该没有现在的性能好,那个时候的山地车有快拆系统吗?我也不晓得。

关于范西集:易希说到的曾老爷爷肯定就是那个叫曾洪斌的老爷爷了,他是夏令营的创立者之一,我从来没见过他,实际上对于那些元老们,我都只知道名字——曾洪斌、张荣、史丰收、常子言……他们真的只是传说。但是这位曾老爷爷真是帮了大忙,他帮易希修改了控制结构,而我在11号那天收到快递时,随这本日记寄来的那张A4打印纸上有个网址,我从那个地址下载到的控制结构图(现已烂熟于心),竟然就是他6年前帮易希修改的结构图!太了不起了,没有这结构图,我和易希都不可能完成范西集!我真心想去拜访他,但是易希没有提到他具体的地址,没关系,如果他不介意,等我下次和祁玥一起去拜访他,还有些事情我一定要找祁玥问清楚。

保养完单车我又上路了,今天温度很高,虽然没什么直接联系,但是我还是想起今天是彝族火把节。我一直往南骑,武汉好大,其实许多地方我都不熟,为了不走错路我就沿着江城大道经过墨水湖一直往南骑。

我又要离开武汉了，这次是我在武汉待得最短的一个假期，我明年冬天还要回来，要是运气好的话十几天以后我就能学会范西集，那样我就不必完成全程，我会马上把车卖掉，然后回来。我在墨水湖大桥上停了下来，往动物园方向望去，易希在干坏事。你看他，人畜无害的样子，哈哈，趁周围没人，他撒了几颗生的瓜子在那边，他以前就有这种坏习惯，口袋里面装上一包生瓜子，到处乱撒，他自己说这叫“种葵花”，我看着他的影子就笑起来了。

易希本人像是他爹妈两个人性格的结合体，比较令我讨厌的那部分是他爹，他爹是狂放不羁的一个人，我多次见到他在烧烤摊上拿着酒瓶直接喝酒，其中有两次是茅台。他喜欢到处跑，做过十几种工作，人是个豪爽的人，但是他做事情缺乏责任感，易希遗传了这个特质，所以他后来毫不负责地就离开了青山。听说后来在合肥找了个工作，待遇也不错，可是根本不认真，一如既往地到处跑，对工作毫无责任感，因为跟老板关系好，才不会被炒鱿鱼。

当年易希离开青山，也是留下一堆烂摊子，他的工作没人接手。而我，作为他的弃徒，在那以前按着他的方式学，学了个半吊子，他教到一半然后就不管我了，那算是怎么回事？那以后我就跟易希疏远了，现实中没见过他一次，也没怎么和他联系过。所以在我收到日记那天，我的第一反应是：这本日记是易希用来补偿我的，但是现在张煜丹你应该摸着良心仔细想想，易希他欠你什么?!

这世上同我最亲密的人是我已故的爷爷，易希排在第二，在爷爷去世后，他陪我度过了那段艰难的童年时光，后来又把我带到武汉，让我重获自由。我要把三、四位腾出来给我将来的妻小，然后把我爹妈排在第五和第六位，因为他们总是在外地奔波，从小到大和他们聚在一起的时间很少，感情不深。其实易希他妈妈也是个大好人，只可惜去世得太早，易希家搬走以前我经常去她那里吃好东西。她是妇产科大夫，我就是她接生的，因为两家关系很好，连我的名字——张煜丹，都是她取的，我听说我出生那天，10 岁的易希跑了十几家人，去向亲朋好友报喜，脚都磨出了水泡，而后来他又陪伴了我的整个童年，我和易希很像是没有血缘关系的兄弟。易希确实是背叛了青山夏令营，可是我后来跟随祁玥学习，进步非常快，也许我跟着易希还无法学会这么多东西。

那就没什么好埋怨的，我吹着口哨过了桥，我在桥头打了个响指，反正我明年还回来，我吹着《再见》往西一拐，哎嘿？我看着里程碑发现我走在 318 国道上了！从上海到西藏，这条路是中国最长的国道！网上说这是“中国最美国道”。

这就是骑行客们最喜欢的 318，每年有很多人从成都出发，当然有的人更屌，从上海 0 公里处出发，沿着 318 国道一直骑到拉萨，今年这条线路尤其火暴。我前两天从网上看到图片，单车都扎堆了，318 国道是他们眼中的天路。对于我来讲，现在这条路，易希走过的这条路才是天路，它能带着我完成范西集！

这次就不用手机导航了，沿着国道一直骑就是了，天气热得不得了，武汉毕竟是火炉，今天是 7 月的最后一天，天气还是很热，我蹬着车一直骑到仙桃，吃饭的时候发现我又有点听不懂他们的方言了。

十二　有备无患

早晨出发时天空就阴沉沉的，像是随时要下雨的样子。平直的公路延伸向远方，看不到尽头，经过仙桃的时候我险些撞上一辆奥迪。

当时那辆奥迪停在路边，我贴着它的左侧向前行，这时候车门突然响了一声，我毫无防备，但是我预设好的条件反射对此早有准备，在我自己还没反应过来时，我的双手一拉，身体已经自动前倾，把重心压向右侧，抬起右脚朝右边用力一蹬，把推向我的车门关上了。我在出发前预见到了这种情况，就预设好了这样的反射弧联结，不然今天难免要挂彩。过了几秒钟后，车门再次打开，车主跳出车来开始冲我大声叫骂，我因为心情不好，头也不回地向西前行，一直骑到枝江。

我正坐在一家小餐馆里写日记，我厌恶青山夏令营的另外两个原因，是他们所做的一切都是为了控制技术，为了追求新技术，他们不择手段。我曾看到过很多控制技术对身体带来的危害，那不仅仅是副作用，而且是严重的后遗症，我曾见过好几个人因为使用场聆听过度而在三十岁以前就患上机能性幻听①，为了什么呢？在嘈杂的环境中同时听十几个人说话？

更让我觉得难过的是，正常人生命中的喜悦、痛苦、激情和安详在他们看来不过是精神能量，用来激发神奇的能力。他们还重新定

---

① 机能性幻听：多见于精神分裂症，患者受到外界真实声音刺激而产生幻听，多是单调的声音，如钟表的滴答声、脚步声、水声等。

义了这些体验，于是，青山夏令营所说的喜悦、痛苦、宁静等的体验都不完全是我们常识中所说的体验，也不是词典里查到的标准定义，而是可以用模型描述出来的准确体验，每当你提到“痛苦”之类的词汇，所有人最先想到的，都是那种体验的模型，我能在纸上把它画下来，言之凿凿地对自己的学生说：“看，这就是痛苦！”

而他们的兴趣，在于扇前人的耳光，每当有新的技术诞生，或是旧的理论被推翻，所有人就会欢欣鼓舞，而那些激情、痛苦和快乐都无关紧要，他们浸淫其中，难以自拔。

我问过我的老师，也问过黄佑然：“狂喜和悲伤一样是生命中必须经历的体验，为什么我们非要把它们分成有效的和无效的体验呢？难道我们不能单纯地去感受它们并从中领悟到生命的奇妙，而一定要把它们当成一种精神能量？”

他们只是冷冷地反问道：“如果你拥有这种天赋是为了去糟蹋那些有效体验，那么你为什么还要来青山？”由此看来，即便后来我没有跟黄佑然闹翻，离开青山也是迟早的事。

（你跟黄老师闹翻？我根本不知道有这种事。）

2013年8月1日　晴有阵雨　仙桃至枝江

易希不高兴是吧？我更不高兴，今天起得很早，因为我担心天气太热到不了枝江。昨天看完日记，我用手机地图查了下路，一看就惊了——易希骑了180公里，那么远啊？！

318国道边的里程碑每1公里有一个，我见一个骂一句。几乎每块里程碑上都有涂鸦。1111 公里那块里程碑上被记号笔涂得不成样子，只看得清一个大大的“切克闹”，闹哪样？！

中午还是休息了 2 个小时，37 度骑车实在太热。等我骂了 177 个里程碑，骑到天黑的时候终于骑到了枝江，旅馆老板问我怎么一个人，说前几天有十几个骑车的人来住他这里。

有一万个人都不关我的事，我问他哪有油焖大虾，然后去那里痛痛快快吃了一顿，我喝了 3 杯柠檬水，吃了 90 块钱的虾，3 碗米饭，还有个素菜，前几天在武汉我没顾上吃，今天吃到撑。易希要怎么样随他去吧！有本事你明天再来个 180 公里！晚上刚踏进宾馆的门，外面就电闪雷鸣下起暴雨。终于！明天能凉快些了。

“控制自己的情绪，做情绪的主人。”这应该是心理老师给三年级小学生上的心理健康课，倒不是说易希如果控制不住自己情绪就不如小学生，任何人情绪都有比较糟糕的时候，也包括成年人，但是要是沉浸其中的话人就堕落了。一个优秀的 T 派成员需要“善感”，但是不要“多愁”，对于易希来讲，如果他一直处在这种低落状态，这负性体验就会毁掉他正试图完成的控制技术，也就是范西集。

像是抑郁一类的负性体验，虽然很弱，但是要是积累到一定的程度，它也是能毁掉整个控制结构的，我有过失败的经验，所以我晓得。不过我不担心自己被负性体验影响，因为我会意志叩，这是易希那个时候没有的东西。

“负性体验是能够毁掉控制结构的一切生命体验的总称。”我记着这是标准定义。确实，所有的负性体验，包括绝望、仇恨、负罪感、愤怒、骄傲、恐惧、自卑等，它们会毁掉我们正在学习的技术，但是不管它们有多强，我用意志叩一下就能把它们压制下去。意志叩是易希离开以后我发明的技术，这项技术让我们能较好地压制上述负性体验,从而极大程度提升了学习控制技术的成功率。

那一年整个夏令营都为之一振,抛开它能够帮助我们更好完成控制技术不说,意志叩能帮助大家摆脱悲伤、恐惧和自卑等种种坏情绪,让人在遇到挫折和不幸的时候振作起来。所以以前小林跟我开玩笑说:“你才是大慈大悲,救苦救难的活菩萨!”当时我往祁玥那里瞅了一眼,托着腮帮说:“菩萨毕竟是上帝的学生。”

不管怎么说,这技术真的很实用,它改变了所有人对于情绪的态度——坏情绪不过如此,我能战胜它!学会意志叩的人都获得了新的精神面貌。我根本没有传递正能量,我只是发明了“正能量制造机”。

关于负性体验,我的经验是:通常坏的情绪和感受就是负性体验。不过也有例外,阳鬼子说过一句正确的废话:“区分负性体验和有效体验就像区分法语的阴性词和阳性词,有规律,但是也有违反规律的时候,仔细想想都还蛮有道理的。”

痛苦就是违反规律的体验,它非但不是负性体验,实际上很多时候合成新技术时都要用到它,而跟痛苦有关的部分,就是祁玥最擅长的部分,没有谁比她受的痛苦更多。弗洛伊德对受虐狂的成因有这样一种解释:人若落入一种无法摆脱的痛苦之中,到了难以承受的地步,就会把这种痛苦看作是幸福,用这种方式来寻求解脱,所以我曾觉得祁玥是受虐狂。

还有压力也是违反规律的体验之一,压力既是有效体验,又是负性体验。这看起来似乎有点矛盾,但实际上是易于理解的,俗话说“有压力才有动力”,但是压力太大也会让人感到不适,同时带来焦虑甚至是恐惧。所以做一件事情没有压力和压力太大都很难做得好,这有点像耶克斯和道森的研究:做事情动机太强和太弱都会导致工作效率下降,只有动机强度刚刚好的时候工作效率才高,如果你在纸上画一个动机和工作效率的函数图,你会得到一个看似 n 型的曲线。对于我们来讲,也是如此,有的控制技术必须用到压力这种有效体验,但是要是压力太大就会带来焦虑、抑郁这些负性体验,等它们达到一定程度时,控制结构就会崩溃。

今天是 8 月 1 号,也是建军节,走到这里其实也就明白了,接下来易希是要往重庆方向去,我原以为他会经过湖南到贵州,然后进入云南,现在看来他是一直往西,说不定他还跑到四川去。不管在重庆还是湖南我都有认识的人,四川就更不用说了,只是我猜湖南方向更难走,而重庆方向更远。

算了,不要胡扯了,路线又不是我说了算,我又累又困,看完下篇日记早点睡,说不定明天易希真的又走 180 公里。

第三辑　向第二级前行

十三　疲惫的一天

中国幅员辽阔，从东部的海岸线到雄伟的青藏高原，一条条山脉把中国分为了三级阶梯。第一、二级阶梯的界限是大兴安岭、太行山脉、巫山和雪峰山。我正位于这阶梯边缘，从低处往高处艰难跋涉，正是到了今天，我才开始感觉到疲惫。

从枝江向恩施前进，没过多久就开始爬坡，等到我的衣服被汗水浸透的时候盘山公路开始出现下坡，路再次变得平坦，宜昌出现在地平线上。

千百万年来流经三峡的水并未把它冲刷为平原，相反，长江在两岸青山的压迫下从奉节夔门奔腾向东，穿过奇峰林立、怪石嶙峋的巫峡，最后终于在宜昌被截住。

初到宜昌，最先映入眼帘的是大大小小的烟囱和高压线，那是电厂的烟囱，被污染的水在公路右边泛着绿色的泡沫。宜昌的上游是尚未完工的三峡大坝，那是又一个超级工程，“瞿塘嘈嘈十二滩，人言道路古来难”的情形已经不复存在，可是“白帝高为三峡镇，瞿塘险过白牢关”的壮观景象也随之消失。

从气势雄伟的宜昌长江大桥上经过，上面有同样气势雄伟的题字“宜昌长江公路大桥”，这是我第三次渡过长江了。之后吃午饭时，那加了酸菜的鸡蛋炒饭吃起来像是我母亲做的。我和店主人攀谈起来，她说我来早了，附近有个地方盛产柑橘，只是要到十月才成熟，我告诉她没关系，我也随缘，错过了也不用在意。

“跋涉”开始，从红花套镇沿着318国道70公里的盘山公路开始往上爬，行了不知多久，国道旁边出现了一条河，我开始在河谷中穿行，国道和这条河相互追逐，一会儿你在右边跑，一会儿我跨过你跑到另一侧去。

我产生了一种错觉，觉得自己身处雅鲁藏布江大峡谷或是怒江大峡谷中，若不是两岸有茂密的阔叶林、一户户农家小楼和埋在路旁地下的“西气东输”指示牌，我真会把这里当成西藏或是云南。

此后我继续前行，很长一段距离内都是爬坡，每当我以为自己已经爬上山顶时，盘山路往左或者往右一拐，更高的山就出现在我眼前，后来终于到了一个小镇，疲劳与前方未知的路告诉我不能往前了，我便停下，这确实是我自今年夏至以来感到最为疲惫的一天。

2013 年 8 月 2 日　阴有阵雨　枝江至???

今天这一路走得……嗯，果然是警察大哥说的“小川藏”。我不知道自己现在在哪里，反正大致和易希一致。至少今天我跟他同步了一样生理感受——疲劳。

易希说得对，宜昌南面到处都是烟囱和工厂，周围矗立着一座座巨大的电缆塔。而且我猜现在比当年污染更严重，在宜昌城外远远看去，整个城市笼罩着雾霾，我联想起济南重度污染时的样子。我本来想易希可能会去看看三峡大坝，不过 2007 年时也许还没开放，之前在武汉时，内蒙古小哥告诉我不泄洪的大坝没什么好看，简直是坑爹，那些名气很大的地方有时候很无聊，易希以前说日月潭就是那样，我决定不去看大坝了。

我停下来喝水，遇到了一个戴着头盔和眼镜，穿着骑行服和锁鞋的人,一问才知他是在戒毒所工作的警察,他说为了多运动,他现在都骑车在家和单位往返。

“我昨晚值了一晚上夜班,”他一边骑车一边说,“我昨晚一直在巡查,一小时一次,累死了,他们不规矩你又不能打他们或者骂他们,毕竟他们又不是犯人。”

“那些吸毒者很难管教吗?”我问。

“难,我认识好些人是第二次来的,戒毒以后容易复吸,戒不掉的,即便他生理上不再出现戒断时候的那些症状了,他还是又会去复吸。而且他们有的还吸麻古……”我脑子里面快速回想易希告诉我的知识,麻古这东西跟麻黄素有关。他接着说:“你知道麻古吧?就是冰毒渣子,那个会伤害神经,有些吸了麻古的,他们那种就好像是还有精神病,疯了,他们去厕所找屎吃,你说恶不恶心?”他提到精神病那个词时,我脑子里又短暂地闪过精神病和神经病的差别,然后联想到D派告诉我这些知识的几个哥哥姐姐,进而想到D派的各种清规戒律。

其实我们比D派要好多了,阳鬼子他们D派有各种清规戒律:修行期间不准饮酒、吸烟、食用含有咖啡因的食品,不允许服用固醇类药物……总而言之,他们要尽量避免一切对睡眠有影响的行为,这对于阳鬼子来讲真是要了命了,好多东西不能吃。

警察大哥告诉我两天是不可能到恩施的,至少要三天。“这条路号称小川藏,我们群里最强最厉害的一天能走一百二,”他拿着我手机接着说,“地图上看不出来的!你看着只有几十公里,都是山路要爬七八个小时!”然后他给我指了路,我谢过了他,然后和他道别。

如易希所说,之后,跋涉开始!

川藏线上有句名言说得好——上坡像吃屎,下坡如拉稀!今天我吃屎的路段比拉稀多多了，总体来讲我是在向上爬。爬着爬着我有点饿，拿出巧克力棒来吃，前两天天气太热，那巧克力棒都化了，看着那个样子我就不想吃。而且从热量上来讲那巧克力还比不上有些压缩饼干，好的压缩饼干，每100克就能提供2500千焦的能量，这巧克力不给力。

说到巧克力又可以回到刚才有关D派禁忌的话题上，梁梦盈最喜欢吃牛奶巧克力，但是她们D派规定了不准吃巧克力，这都怪阳鬼子，这条规定最早就是因为他才定的。

D派的禁忌很多，那些规定是为了阻止一切影响睡眠和梦境的因素出现，因为他们那种范式倚仗于梦境与潜意识。

最早并没有规定不准吃巧克力，阳鬼子虽然比我大一岁，但比我还晚半年才加入，他刚加入那一年受不了各种禁忌，幸而那时D派没有禁止吃巧克力，所以他就买了各种各样好吃的巧克力，当然酒心巧克力除外。那家伙拼命吃，很快他就吃胖了。吃胖了还不要紧，关键是巧克力这东西，吃太多绝对是影响睡眠和梦境的，他竟然吃上了瘾，结果影响了他的睡眠，所以D派因为他专门加了一条规定：修行期间禁止吃巧克力，于是阳鬼子这家伙害得梁梦盈也吃不了巧克力了。

其实在上瘾方面，有的东西更厉害。我记得奥尔兹①有个著名的实验是关于快感和成瘾的，那个试验中，他们将电极插到老鼠脑中，并且让老鼠可以自己压动一个开关，它可以在老鼠脑内形成一种产

---

① 詹姆斯·奥尔兹(James Olds)：美国心理学家，通过实验发现老鼠“奖励中枢”的存在，在奥尔兹最初的实验里，他们把电极埋在了错误的位置，结果意外发现有只白鼠特别喜欢按压电极，从而发现了“奖励中枢”的存在。

生快感的刺激。结果那老鼠从此不吃、不喝、不睡觉,也不交配,只是玩命地压动那个开关,直至精疲力竭。

我会想起这些是因为我想起来在数据库里面遗漏了一种技术,那种技术连名字都没有,到现在我们也不知道它的发明者叫什么名字。黄老师曾描述过它,并以那个技术来警示阳鬼子不能纵容自己的本能。阳鬼子给我转述的时候把这种技术叫作"爽到死",这名字取得不错,因为它的发明者最后真是爽死的。

发明"爽到死"技术的那人最早跟老鼠一样,一开始也只是刺激与快乐相关的神经中枢,也有人管那个部位叫"快乐中枢"或者是"奖赏神经",其位置分布在人的下丘脑和边缘系统。易希曾告诉我,有种极端的戒毒的办法就是通过手术切除快乐中枢,那样可以彻底解除毒瘾,但是做过那种手术的人对任何事物都不再有兴趣,人也会变得乖乖的,或者说迟钝。

刺激快乐中枢那种程度也顶多和老鼠一样,一直刺激它直到自己精疲力竭也就消停了,那个版本只能叫作"爽到累 1.0",但是那种程度,根本不能让发明者满足。

一般认为激素闸这一系的三阶技术是夏令营里面最为有潜力的技术,这一系的技术,其作用便是控制身体的一部分内分泌系统,不过到现在我们也只能控制少数几种激素或者神经递质的分泌(比如肾上腺素、多巴胺,还有苯基乙胺等),我相信以后我们能控制更多的激素,比如生长激素,到时候青山的少年们想长多高、想长多壮可以自己决定。(要是易希不研究范西集,好好钻研激素闸,也许他已经做到了,毕竟他擅长这一类。)

那个堕落的人发明"爽到死"的时候,肯定是将两种激素闸与"爽到累 1.0"合成了,但是他为了爽,费尽心机,终于发明出"爽到死"。

他因使用这种技术而死，死在自己家中，尸体发出恶臭才被邻居发现，假如是在夏令营的话，他的同伴必然会阻止他，这是我在夏令营里听到过的唯一一个死于控制技术的人。

快感这种体验的模型并不复杂，如果单纯把这种体验分离出来，快感是可以测量的，夏令营用 Ple 作为快感的计量单位，假设 30 毫克冰毒对于无毒瘾者是致死剂量，那么这 30 毫克冰毒带来的快感大概是 6.5 Ple 到 6.8 Ple 之间，这已经很高了，你不能用性、食物或是酒精饮料所带来的快感和冰毒比，因为这些东西的快感太弱。

发明者死得很快乐，史上第一瘾君子非他莫属，此人是人类史上死得最爽的人。因为按照“爽到死”的控制结构图推算，“爽到死”理论上能达到 3700 Ple 以上的快感！

他的这种死法超过吃巧克力上瘾撑死，超过喝酒上瘾酒精中毒而死，超过吸烟上瘾尼古丁中毒而死，甚至超过吸毒上瘾后吸毒过量而死。

如果看我日记的夏令营学员还是对 3700 Ple 没有直观的概念，那么我们可以引用祁玥的话——“把你这一生抽过的所有烟，喝过的所有酒，吃过的所有美食，还有所有的性高潮加起来，都比不上他在那时感受到的快感，因为那个控制技术能最大化地提供纯粹的快感。他用一个如此巨大的控制结构和三种体验来架桥完成这样一个极难的三阶技术，只为了满足自己寻求快感的本能，这在青山夏令营，乃至人类历史上都是理性给本能跪得最彻底的一次。”

今天下午还下了一场雨，但是不大，我找了一家农户的车棚躲雨，那只看家狗走过来看了看我，又看了看雨，好像明白我是躲雨的，温顺地趴下了。然后我拿出日记本写了一段，等雨停了又接着走。

我爬到爬不动为止，从昨天我骂的最后一块里程碑，到我今天停下来那个位置，一共 113 公里，可是我比昨天的 180 公里更累。

我住的这个地方根本不是个镇，唯一能吃上的热的食物就是小卖部里卖的方便面，那是我最痛恨的食物。我吃了一桶，又泡了一包，很长时间没吃过方便面了，还是记忆中一样的味道，但我觉得它不那么难吃了，因为我又累又饿。我记着小时候我被锁在家里时，因为我太小，不会做饭，中午就只能自己泡方便面，那时候如果有麻花，我就喜欢用牛奶来泡麻花，对于我来讲，牛奶泡麻花是那个年代最好吃的午餐，方便面是最差的午餐。

外面又下起了雨，明天会很凉爽，等我看看易希明天怎么说，要做好继续猛爬坡的准备。

十四　雨中曲

这里气候确实很像雨林气候，空气总是很湿润，阔叶林不知在山中生长了多少年，像昨天一样，一天中最热的时候出现在下午，随后积雨云就布满整个天空，顿时雷声大作，憋了很长时间的积雨云从天幕上压下来，我找到了一个石洞避雨。远近的群山在暴雨中隐去，整个世界一片白色，唯独剩下一条公路，暴雨洗净了泥土，白色雨滴打在318国道黑色的沥青路面上，看起来像一台没信号的老电视，它发出嘶嘶的声音，屏幕上还闪烁着无数的雪花点。

我突然想生一小堆火，不是为了取暖，也不是为了加热罐头，或是把我储备的面包烤得又香又脆。不管是否会把森林点着，我就是想要一堆火！似乎只有火堆能让我觉得安全。

然而附近竟找不到一块干的木头，更不用说焦炭或是煤块了。这时候我意外地感觉自己很弱——虽然我并没有遇到什么大的困难，仅仅是被困在雨中而已，但我却不能拥有一个小火堆，我的意识开始轻微地模糊，我问自己：我在哪里？我为什么会在这里？

没有了电闪雷鸣，周遭只剩下雨水击打路面的声音，我坐下来，开始静下心来冥想。舒展眉心，深深地吸气，缓缓呼出，然后把注意力从外在世界收回，让意识流入一个忘我的空间，但它不在内心深处，而在破晓时分水雾弥漫的湖面上，湖面上水汽朦胧，原本像在鱼洗中激荡的水面逐渐平静，意志开始慢慢从身体中脱离开来，而自己还留在原地。刚开始那种感受很轻，犹如微风拂面不觉晓，之后光越来越亮，在薄雾中我见它蹦着跳着往前进，我感受到皮肤、骨骼、肌肉以及所有的内脏器官，它们真实地存在于我的身体中，我感受得到自己心跳在变慢，越来越慢，时间快要停住了。

我睁开眼从驮包里拿出口琴，在雨中吹奏起来，刚开始因为雨声很大，如果在对面的山坡上有我的听众，那么他定会觉得这声音若有似无，似乎来自天空，每滴雨都带着一个音符从天而降；随后我开始压音吹奏蓝调，一个顽皮的孩子追逐着一只鸭子，那只鸭子拍打翅膀跳进了水中；紧接着我让火车从山谷中驶过，taka-taka, tuku-tuku，呜——，我用双音不断重复之前的旋律，声音越来越强；最后一声颤音在穿过山谷和溪流后戛然而止，这时雨也停了！

冥想和吹奏进行到这个时候我已经感到心满意足，在旅途中偶尔出现的迷惘都不用在意，我在哪里呢？答案不是具体的地点，而是在远行的路上。无需过多地回味，今天我似乎再一次感受到了一种微妙的体验，很像是我第一次听《波莱罗舞曲》时的感受，同时又不一样，因为演奏者是我自己。要是没有这场雨，今天也许会变得过于平淡，也许我还会延续两天前的低落情绪，但现在，我惊喜地发现这场雨竟然在三小时内洗刷掉了所有负性体验。想起那天在仙桃我踢了那辆宝马的车门，如果车主冲上来找我理论，我很可能就跟他打起来了，但现在我身上的那种戾气以及种种的不快都已烟消云散。

我再次上路了，世界被洗过了一遍，雨后的群山中迅速升腾起白色的雾，山谷中有如仙境，岚气笼罩山巅，云雾缭绕中我看见山间的瀑布从悬崖上流入那条河中，河谷声音隆隆，泥色的河水中我看到浑厚的波澜，之后天上出现了两道彩虹，等我拿出相机，想要拍照时它又消失了。

骑行开始变得困难，不是因为下过雨，而是因为坡度太大，国道两边的岩壁垂直向上，像是被巨斧劈开一般。我翻过一个垭口，那318 国道沿着山势一直往下，在一座桥上突然绕了个圈，从自己胯下钻过了。之后还是上坡，我在道路两旁的树上看到黑色的鸟，我看得分明，那不是八哥，而是很大的乌鸦，全身油亮的黑羽，应该是渡鸦，它的体型似乎比一些小型的隼还要大，它们站在树上大声地叫着，这一次我完全确定它们是乌鸦了，它们的叫声很难听，我并不讨厌乌鸦这种动物，除了叫声。

有很多地方要下车推行，国道两旁的农家都养着狗，见到陌生人也会冲过来，这种时候我也毫不担心，我轻巧地跳下车来，右手轻轻地摩挲着那个切·格瓦拉水壶，然后张开手掌，仿佛握着神兵利刃。我确实也保留着很厉害的一招，就算那些狗真的要咬我，我也会毫发无伤。

入夜以后我总算是到了野三关，今天真是难忘的一天。

8月2日夜间（易希那篇日记后面写不下了，所以我写在明天的日记前面）：

很高兴易希能够洗刷掉负性体验，在他那个时期还没有意志叩，去除负性体验不容易，不过易希那种冥想获得的体验我明天肯定是同步不了的，他也不是什么时候都可以那样，易希是怎么进入到那种状态的？他只是单纯地冥想？还是用了镜像意志呢？

2013年8月3日　阴　??? 至野三关镇

OK！让我跳过不痛不痒的部分直接说最精彩的，今天我被狗追逐3次，还有1次是狗冲上来我同它对峙，不过很幸运，我没有被咬！

说起来也不是那么精彩啊……好吧，我还是从头说起。

我这边今天没有下雨，从那个我也不知道叫什么的地方出来，之后还是上坡。我多么羡慕那些奔驰在沪渝高速上的车啊，一座大桥飞架在半山腰上，遇到山就钻个洞过去，不用爬坡或下坡，我看得心痒痒，想抄近路了，所以中午在榔坪镇吃饭的时候我给财神打了电话，问他能不能上高速，他给我详细说明了上高速的危险性。他这种骑车冲山不要命的人都不敢上高速，我还是乖乖走国道吧。打完电话后我发现因为附近信号不好——3G 网络显示没有信号，手机快没电了。

我走到派出所希望能够借他们的插口充一下电，结果那个又高又胖的家伙瞟了我一眼，轻蔑地对我说："没有！"

让我纳闷的是：我又没惹到他，我天天洗澡，天天洗衣服，身上也不脏，驮包和车虽然不干净，但我又不带进去，为什么会被鄙视呢？我又向他请求说我只要十五分钟把手机充上一点电，马上就走，不会麻烦他。他又说了一句我也没听懂的话，我只知道他在骂我，而且是当地方言。后来我才发觉自己怎么这么笨呢？我完全可以在中午吃饭的时候借人家的插座充电嘛！我就是瓜娃子一个！

中午吃得很饱，那一盘炒牛腩不错，吃完饭以后我开始犯困，看来我的作息规律还和易希不一样，毕竟我习惯了睡午觉。不过到下午爬坡的时候，如易希日记里说的那样，我看到树上有乌鸦在叫，哗！那叫声简直是有提神醒脑的功效！我一点都不想睡了。

爬着坡的时候就遭遇到第一条狗的攻击，那条狗从侧面冲过来就要咬我，我小时候被狗咬过，它在我右脸上留下两道短而深的抓痕，虽然随着年龄增长那疤痕逐渐变淡，可是如小林所说的："就咱这个记性，老么长时间的事都记得，有嘛不高兴的你也忘不了啊！"我对这件事情印象太深，想起来还是挺可怕的，我家又从没养过狗，我从小就对狗有畏惧情绪。

更为重要的是，我想起祁玥跟我说的，就是她小时候有一次差点被疯狗咬，她妈和她姐拼命护着她，自己被咬伤也没让她被咬，后来她们先后得了狂犬病。祁玥说起这件事的时候跟我强调了一点，这一点也是夏令营的常识课里强调的：一旦被咬伤就一定要及时去打疫苗，千万不能耽误，狂犬病是治不好的，而且潜伏期可以很长。可是看这野外，如果被咬伤不一定能找到医院呢，一旦被咬伤我就要马上去打疫苗，这很可能让我的旅行受影响！

所以我一看狗冲过来我一着急就猛蹬踏板，那条狗撵着我跑了两百多米，就放弃了，我都没看清楚它长什么样。

第二条是在我下坡减速的一段路上遇到的，追我的是条黑狗，这一次威胁不大，因为是在下坡，所以它怎么都追不上我，我估计一般的狗时速只能跑到 35 公里左右，反正是跑不过博尔特的。

第三条有点危险，那条狗很大，在一个轻微上坡的地方冲我叫，我一开始不理它，当我经过它旁边的时候，它扭过头就追在驮包后面咬，我吓得赶紧猛蹬，我和它的距离非常近，近到我能听见它的爪子高速蹬踏地面所产生的那种“嚓嚓”声，我蹬了好久才把它甩开。

这三次追逐消耗很大，后来有点骑不动了，速度就慢下来了，于是我遇到了易希之前遇到的情况，不过我的遭遇要糟糕一些。

第四次跟狗对峙时天已经快黑了，当时我快要骑到野三关镇了，我也不想用狮瞳，因为用完狮瞳以后副作用是分不清任何颜色，短时间内变成全色盲。当时我正在山腰上一个拐弯的地方，周围有房子，从一间民房或是其他什么房子里面窜出一条黑狗。这次我无奈了，骑不动了，只好下车来提起车的前轮，它要是敢上来，我就用前轮砸它。

算上从济南骑到合肥的那一段，我比易希多骑了 700 公里。本来我长得就不白，在路上这段时间太阳往往很毒，晒过以后我就更黑了。

我皮肤比较黑，这是晚上，又有黑狗，又没有月亮，看着那条狗我莫名地想大吼一声："来人呐！狗头铡伺候！"

那条狗跟我对抗了一下，然后就一边叫一边往回退，可见它不是野狗，而是有人养的。我就不明白了，318 国道上每年都经过那么多辆单车，里程碑都被涂鸦得乱七八糟的，国道边的狗应该见多识广才对，见了那么多骑行者，它们为什么要追着我咬呢？

我就上网发帖问，希望有经验的人能帮我，我那个帖子是这么写的：

求助：遇到狗了

我正在去湖北恩施的路上，318 国道，坡陡特别难爬，号称小川藏。今天我三次被狗追，有一次是在上 30 度的坡，我都不知道自己上坡能骑那么快。大家是怎么解决的？我是一个人走。

很快就有人回帖了，有人说弯腰假装捡石头要打狗，我回复他说：路面那么干净哪里有石头？跑到路边捡也来不及呀！

有人说要买一根甩棍当打狗棒，我想带着根棍子怪麻烦的，再说我现在去哪里买甩棍？

有人说不用怕，你一跑狗就追你，不跑它也不敢上来。我回复：停下来不会被咬吗？他回复：不会的，它就是想跟你玩玩，你们可以坐下来握爪言欢，对酒当歌！

真讽刺，很多人养狗是把它当成宠物，今天我被狗当成宠物玩了，这不好玩。

接着我看到楼下有一个人是这么回复的：亲，你别搞笑了，我前几天刚从恩施过来，现在在万州，你说被狗追，我能告诉你我上坡1—3档骑到20+么？我就是在路牌上留言山东—拉萨的那个，应该有看到我吧……（我认为他这句话的意思是他爬坡可以长期保持在20公里以上的时速，而不是一小段路）

他在下面放上了几张他的照片，证明他来过，照片很大，还好我流量足够。

看着他这回复，联想起了今天中午在椰坪镇遇到的那个令我相当不爽的人，人啊，总是要靠着优越感来让自己感觉活得更好的。

很多人不喜欢用优越感这个词，他们喜欢用“面子”、“荣誉”、“自尊”之类的词语，人本主义心理学家马斯洛①喜欢用“被尊重的需要”这个词，管他怎么表述，他描述的基本是这种体验：在其他人看来自己是个人物，自己受到别人重视，自己很优秀，就算自己不行，“我爹很优秀，我闺女很优秀，我们这个团队很优秀”也能体现优越感，有优越感人就能觉得自己活得更好，更有价值。

追求优越感原本也没什么问题——谁都不希望被别人无视或是瞧不起，谁都不愿是“Nobody”，它也不是什么负性体验。但如同易希以前常说的一样：“优越感和骄傲是连体婴儿。”而骄傲才是魔鬼，骄傲是排名第五的负性体验，如果一个人常摆出傲慢的态度对待别人，那此人无法学会任何控制技术，他的内心填满了骄傲，再也装不下控制结构了。那种虚妄的自大一直就有，清朝的时候中国骄傲地自称“天朝”，称西方为“蛮夷”，不过现在“天朝”这个词颇有些自嘲的意思。贬低别人抬高自己，这种傲慢从国家民族到个人身上都能看到，它真是无所不在的病毒。

---

① 马斯洛（Abraham H. Maslow）：美国人本主义心理学家，提出需要层次理论，认为人需要先满足低层次的需要（生理需要、安全需要）才能去寻求更高层次的需要（归属与爱的需要、自尊需要），而后达到自我实现，追求高峰体验。

按理说这件事情好办，用意志叩压制住优越感就能完全压住骄傲，但是没那么简单，因为有时骄傲旁边还站着自卑。作为夏令营的成员，我们需要充分理解一种体验的本质，随着我们对骄傲和自卑的理解逐渐加深，现在我知道了：有些傲慢的态度最初来源于自身的自卑，是人们在逃避自卑时反向营造出来的优越感。

每个人都在追求优越感，避免与生俱来的自卑感。人多多少少会有自卑情结，这不是我说的，这是个体心理学家阿德勒①说的，极少有人会觉得自己是完美的，所以一个正常人的一生都是在发展自己，想要有所成就来获得优越感，不想一无是处获得自卑感。

还有的人因为遭受失败或自身的软弱无法克服自卑感，于是他们就会觉得自己的人生很糟糕。对于我们来讲，自卑感也是负性体验，由于自卑感和优越感是相对的，一旦我用意志叩压住了优越感，相反的，自卑感就油然而生，如果我用意志叩压住自卑感，一不小心我又骄傲自大，二者此消彼长。

为了解决这个问题，我用了个简单粗暴但非常有效的办法：一棍子打死。

就像今天中午我的态度：如果你让我充电，我会感谢你，如果你鄙视我，我就走开；你笑我骑车爬坡慢我也不自卑。我不再炫耀任何技术，我再也没有在足球场上使用运动中枢簧，因为那是靠作弊获得的可悲的优越感，后来我干脆不再踢真正的比赛，战胜对手以后趾高气扬是骄傲，被对手战胜以后灰头土脸是自卑。

所以我的办法就是：主动避开优越感和自卑感，站在它们中间，

---

① 阿德勒(Alfred Adler)：奥地利精神病学家、弗洛伊德的同事，幼年时体弱多病，曾患软骨病、佝偻病、肺炎，又丑又矮，后走出自卑阴影，创立个体心理学，著有《超越自卑》。其核心观点认为个体都有不同程度的自卑，个体的发展需要克服自卑，从而实现自己的价值。

并且不断激励我相信自己的力量，那种感觉就叫自信。

“哈哈哈！凤姐也是这么说的！哈哈哈哈！”阳鬼子放声大笑。他说我不会分泌雄性激素了，精神上被阉割了毫无斗志，不是男人，“老蛋你已经被阉了，你以后尿尿都蹲着吧！”但是我根本不跟他争辩。

任何一种骄傲都是通过感受主体比别人更为优秀来体现出来的，而且只要当事人觉得如此，骄傲这种体验就诞生了，而完全不用在意那是否是盲目的自大，就像古代夜郎国君总觉得自己很了不起那样。每当我们说“我为××骄傲，我为×××自豪”的时候，一定是在说自己或者是自己的群体更为优秀，同时产生的就是对其他人，其他群体程度不一的贬低，不然优越感从何而来？

所以骄傲这种东西还有附加效应：偏见和歧视，虽然偏见和歧视不是什么体验，而是态度和行为，对我们的控制技术没什么影响。但是抛开负性体验不说，偏见和歧视能引发的问题很多，而且这两样东西很难避免。

十五　在纪念塔前

野三关镇让我想起自己出生时的地方，峡谷里面有一条长长的街，但不同的是镇上没有很多苏联式建筑，它并没有经历过三线建设的大潮，而是改革开放后兴起的崭新小镇。我从雄风宾馆离开，看到街道旁宾馆饭店林立，非常繁华，我骑了十分钟找到邮局，之前在武汉没有写完的明信片，今天我把它们从这里寄出。

野三关镇·川藏公路起点

在拉萨，人们可能会留意到拉萨河畔的一座川藏公路纪念碑，但是很多人不知道这里也有一座纪念塔，这里是川藏公路的起点，当我站在这个起点向西看去，我只能看见一座尚未完工的建筑和它后面的高山，但我知道千里之外的318国道上有人会一步一跪，磕长头前往拉萨，驱使他们的力量来自信仰，信仰的力量也能驱使穆斯林们每天五次面向麦加做礼拜。

作为一个泛神论者，驱使我前进的动力之一来源于范西集，我并没有什么坚定的信仰，有时候我会觉得生命纯粹是出于偶然，以前我在学校实验室，在培养皿中看着那些微生物的时候，我意识到那些最原始的生命是在非常极端的条件下诞生的，所以我并不觉得生命需要什么意义，只是因为世上进化出了能提出这种问题的生灵。

像昨天一样，之后又开始爬坡，地图上扭曲的公路变成了现实中一道道的发卡弯，通向山顶的公路干净得看不到一个小石子，我压住白线试图让速度快一些，到了山顶才发现还有另一座山要爬，便又开始从山顶冲下，用几分钟的时间吹干半小时流出的汗，在另一个垭口处再次开始攀登……

2013年8月4日　小雨转大雨　野三关至恩施

一早起床，镇上就在下雨，我喜欢下雨，我也说不清是为什么，一下雨我心情就好，此时易希的心态应该是很平和的才对，我觉得今天免不了还要遇到很多条狗，不过昨天我运气多好！只是被狗追着玩而已……

野三关镇不简单啊！这个小镇上各种设施都有，比西部的一些县城都要好，我注意看了一下，他们的街上还有公交车呢。我没带伞，淋着小雨跑到镇上的ATM机上取了点钱，然后买了两块巧克力作为备用能量。

我站在屋檐下看着川藏公路纪念碑，纪念碑前没有骑行者经过。怪了，这几天我没遇到任何骑行者，昨晚我住的那个地方的老板说，前一天都有人住他那里。“他那里”指的就是他开的这家“骑友之家”旅馆,因为现在沿着318骑车到拉萨的线路实在是太火了,已经有了相关的服务了,我听说现在川藏线318国道边的生活、服务和娱乐设施发展得都挺不错,不需要带帐篷也能有住处。

我坐在一家小店里吃面条,发现这里吃饭变贵了,我的意思是比武汉贵,这也是有点奇怪的。此时外面还在下雨,手机电量很够,流量很够,我就掏出手机来刷微博。

哎哟这新闻够震撼:“通麦大桥垮塌!”对于很多人来说,这新闻扼杀掉了他们骑行去西藏的希望,因为通麦大桥是川藏线到拉萨的必经之路。这新闻对我的影响就是:我接下来几天很可能遇不到伙伴了。骑行318居然遇不到人?! 我要再遇到狗怎么办? 我又打开论坛,看到昨晚我发的那个帖子有了新回复,我看着就笑起来——跟那条狗谈谈你的骑行梦想。

我有什么骑行梦想呢? 无非是学会范西集而已。

雨也停了,let's 上路! 爬坡下坡,走起! 我在半干的路面上一直蹬车,好的,今天没遇到狗! 我觉得我要转运了吧?

到下午的时候我就知道这想法是错误的,我看见里程碑上面有留言,前面又要爬大坡了,现在里程碑变成了实用的留言板——前方9公里上坡;坚持! 只有两公里就下坡了;二楼是个骗子,已经三公里了还没下坡……这比用手机地图看路有趣多了。我把头盔往前面一挂,就开始爬坡,天色阴沉沉的,预示了主人公悲剧的开始。就在我爬到一半的时候天上开始打雨点了,我不像易希一样能说出那是什么云,反正我就知道我要被淋成落汤鸡了。淋就淋嘛,我干脆把衣服脱掉,装在驮包里。

当时的情况是这样的:我正在爬坡,前不着村后不着店,如果我往前走,不知多远才能找到下一个能躲雨的地方,如果我往后退,那么我再冲下山以后依旧没有地方躲雨,除非我往回再爬三公里。从宜昌到恩施的318国道,两百多公里中间竟没有一个县城,这大概是野三关镇比较发达的原因吧。

我光着膀子,在已经准备被淋成落汤鸡或是落水狗或是“泼水节上的张煜丹”的时候,有人来帮我了——那是一辆皮卡,是一辆教练车。车上的人叫我上车,说带我一段,一开始我拒绝了——易希都没搭车我搭车吗?往前面骑了一小段,又遇到他们,当人家第二次叫我上车的时候,我答应了——易希如果遇到这情况他肯定也接受别人的帮助的,他肯定不愿意被淋成“湿人易希”。

车上有5个人,分别是教练、教练的妻子和孩子、一位数学老师,还有个妹子是大学生。教练带着两个学员在准备考科目三呢。

教练的妻子问我:“你晓不晓得我为啥子要带你?”听听!虽然现在还在湖北,但是这里的口音都很像四川了!

我想了想说:“因为你有个弟弟之类的也骑车?”

结果我竟然猜中了!她有个弟弟也经常骑车,今年才去的青海湖。她之所以带我,这叫“弟吾弟以及人之弟”,我觉得她年龄比易希大几岁吧,应该跟黄老师差不多。

她跟我说起她看到的骗子:“前段时间我在恩施看见也有骑车的,在地上铺一块布,路费没得喽,要钱,我一看就晓得他是骗子,他们身上太干净了,车上一点泥巴都没得。”我回头看了看后面的车斗里我那辆车,正被暴雨猛烈地冲刷着,花鼓肯定进了不少水,阿弥陀佛,真主保佑,但愿你能够至少坚持到重庆,阿门!

我转过头来说:“就是啊,我也见过很多这样的,缺钱你可以找警察帮忙,实在不行你把车卖掉就可以啊!其实我一般见到乞讨的人都不会给钱,但是我会给那些卖艺的人钱,因为人家是靠劳动来挣钱的,是自己养活自己。我有一次在机场坐大巴,因为车票涨价了,我现金没带够，差一块钱，我就跟同行的一个老爷爷说‘我给您吹段口哨，您给我一块钱可以吗？’，他想直接给我钱，但是我坚持不能接受他的无偿施舍，他高兴地听我吹了一曲，然后给了我一块钱，这也算卖艺了。”（说实话我口哨吹得很好，如果易希教我吹口琴的话，相信我水平也不会差，哈！）

她比易希大几岁，我管她叫大姐，我们在网上会玩的所有社交媒体她几乎都用，我们了解到的资讯她都知道，跟易希一样，她也是喜欢旅游，不过没有易希那么狂热。她给我推荐了两个江南小镇，一个叫木渎，一个叫井溪，两个地方我都没听说过。

雨依然在下，雨滴在挡风玻璃上逆着风像花一样绽开，然后被雨刮刷掉重新开始再画几朵。我的单车放在教练车后面，汽车在山间穿行，森林和小瀑布在雨中模糊了，要是我没有搭车的话今天估计是要被淋个透了。

大姐是土家族，她儿子虎子随她，但是我看不出她们的少数民族特征，我指的不仅仅是着装，还有风俗习惯。她说少数民族好处是高考能加分，我告诉她在云南，白族、彝族和回族这三个民族太多啦，高考不加分。以前我以为易希作为一个白族人，高考应该能多加10分，后来我自己高考的时候才知道，白族并不加分。易希这种，就属于被汉化了的少数民族，他只会说几句白族语，而他全身上下，除了以前扎那个小辫子看起来有点民族特征，其他时候他跟汉族没有任何区别。我曾问他：“你扎个辫子干什么？白族男人又不扎辫子！”他答曰：“我后脑勺难看！”

我跟他们聊得很欢，大姐说她弟弟之前去青海湖环湖了，三十多岁了也没结婚。她周围有几个朋友也是三十多岁没有结婚，但是她赞赏她们的生活方式，自己选择自己喜欢就好。

我说那没什么不好的，不要被传统观念束缚了，一辈子要做自己喜欢的事而不是讨别人喜欢。我要做什么事情我爹妈说了根本不算,自己的事情应该自己做主。

我想到这跟“百善孝为先”的儒家的传统思想相悖,不过去他的如家汉庭锦江之星,孔夫子的观点拿到青山简直就是笑话,人生下来又不是为爹妈活的,如果非要挑一个我们喜欢的古代思想家,那我们选墨翟。我们从不讲“礼”,我们只讲“理”,我们总是在想办法发展更为先进的理论,为此我们必须不拘礼法。

一种思想在古代是先进的,随着时间的发展做些小修补,可是到了它该淘汰的时候很多人还在拿着它用。在青山这种事情绝对不会发生,如果理论与事实不符,我们就对它做小修改,当它与事实差异很大时我们就直接抛弃它,然后建立新理论。没有人会对被淘汰的旧理论留恋或心生歉疚,靠这种很极端的方式,我们在二十多年的时间里做到了那些圣人们一辈子都没明白的事情。《庄子》说:子非鱼,焉知鱼之乐?呵呵,我们现在已经搞清楚快乐的本质,熟悉整个生理过程,并且能用模型来描述它了。

我们在车上聊了很多,长时间不怎么说话,我今天觉得自己特别啰嗦,人家说一句我要说三句,话唠一个。大姐现在没有上班,帮助教练打理各种事情的同时还要带小孩,她儿子小名叫虎子,大姐常带他去旅行,我没有这种童年经历,9 岁以后一家人聚在一起最长的一次是 20 天,但是我并没有什么可埋怨的,如果不是因为这个,我不会去青山夏令营,那么今天的我就是另一个完全不同的我。当然没有如果,我喜欢现在的自己并且由衷地觉得:能有这趟旅行是极为幸运的。

车一直开,等到车开到恩施的时候已经是下午,大姐请我吃火锅，因为她家里住满了学员，她又帮我找了住的地方，在这里我已经基本能听懂他们的方言了。只是感慨一下，从出发以后我总算是找到了可以和我畅谈的人，今天我在恩施交到新朋友了，而且也是年龄比我大，用易希常说的话，这叫有缘。

好了，洗完了衣服，明天我在恩施停留一天，今天车上的土家族妹子跟我聊了恩施比较有意思的地方，明天我去大峡谷看一看吧，我等等易希，他还在路上。

十六　蝴蝶和螳螂

以前杨老板批评我，问我为什么不愿意安心工作，我没有说出真心话，其实真话是我害怕那种感觉。

很多人都有自己害怕的东西，有的人害怕具体的事物，比如某些动物，但更多的时候，我们害怕的是某种感受。大部分人难以忍受寂寞，而我作为一个敢于在雨夜独自走坟地的人，最怕的东西是那千篇一律而又浑浑噩噩的生活，我无法像别人一样从平静单调的生活中获得乐趣。

我体验过那种无声的折磨，当我每天坐在电脑前时，每一秒我都能感受到自己的生命在枯萎，一个星期以后我记不清那时发生的任何事，时间就是这样凭空被偷走的，就像王小波描述自己在云南下乡时的生活，他每天都有足够的时间看着太阳升起来又落下去，那种对时间流逝，而自己又无所作为的恐惧会随着黑夜一起袭来，实在是太恐怖了。

我不是个只有简单反射的动物，而是个有血有肉有情感，会哭会笑会害怕的人，我还不到二十七岁，我不想在百无聊赖中耗尽这青春，我无法忍受那钟摆一样的人生。若是浑浑噩噩地生活，我所有的激情便会消逝，对吃饭在内的所有事情都毫无兴趣，整个世界变得索然无味，那不是生活，那是慢性自杀，如果我的人生活得像韩国家庭剧一样，那我宁可被狮子吃掉。

拯救自己的唯一方式就是上路，以任何方式，我虽然不至于像大卫一样事事都即兴发挥，但也不愿意在二十多岁时把自己进坟墓前的生活规划好。每当我上路以后就会重获新生。以往脖子上和手指上常常湿疹，额头上的动脉有时会轻微曲张而凸起，这些小毛病都会在路上不治自愈。于是我不断地走路、骑行、搭车到达没去过的地方，背井离乡，在星夜中穿越森林和峡谷，呼吸清冽的空气，现在我心中不牵挂任何人。我看不一样的人和风景，遇到不一样的事，每一次时间都超过一个月，当我回到这种状态时，时间就变长了，我开始能记住路上遇到的人，我能记住我看到的蝴蝶或是其他动物。

所以疲惫的感觉根本不算什么，我骑行在路上的时候，种种不适都会被我忽略。这几天骑行在318国道上，基本上都是上坡和下坡，我压住白线骑行来减少阻力。这里极少有平路，但是看到的风景很好，从此地向北两百公里，跨过长江就能到达神农架；而向南两百公里，越过湘鄂交界则可以到达张家界；这里位于两地中间，因而既能看到神农架林区一般神秘寂静的森林，又能看到张家界武陵源那样鬼斧神工的山峰，真是个好地方。

在通过一个垭口的时候，我刚好看见那只蝴蝶在花丛中拼命拍打翅膀，停下来以后我仔细观察，其实还有一只螳螂倒挂在一朵花的下面，保护色让它很好地掩蔽在花丛中，它抓住了一只黑色的凤蝶，正在吃它。在那朵花上有另一只黑色的蝴蝶，它对下面垂死挣扎的那只凤蝶毫不在意，即便那朵花的枝叶因凤蝶的垂死挣扎而左右摇晃，即便凤蝶的腹部已经完全被螳螂吃掉，另一只蝴蝶依旧在那朵花上大快朵颐。

恩施·螳螂与蝴蝶

就在我拿着相机拍照的时候，从后面赶上来了另一个骑行者，他正在独自前往拉萨的路上，我同他一起开始向西骑行。他年龄比我大，十几天前从上海出发，准备沿着318国道一直骑到拉萨。

从合肥出发以后我第一次遇到了个同伴，我们没能骑到恩施，原本他打算像前几天一样住帐篷，后来到了一个小镇后，我还是说服他和我一起住旅馆。

如同祁玥说的，我们一开始的聊天只不过是心存芥蒂的信息交换，在这个信息交换的过程中，你知道对方姓甚名谁，来自哪里，但是你根本没有认识他。待我们互相把那些不是"问题"的东西问完后，我们开始讨论一个真正的问题：为什么我们要骑行？

于是并不违心地，我将上面写的话告诉了他，上面的一切是我开始旅行的理由，却不完全是我开始这次骑行的全部原因。我知道每次旅行并不能产生数个月的积极影响，实际上就算是宁静这种体验也不能，我还要完成范西集。

2013年8月5日　多云　恩施大峡谷

哈,我又认识了个新朋友,也是三十多岁,不过他是外国人。

是这样的,我今天算是等着易希,我也不觉得累,就不用待在酒店休息,昨天跟那妹子聊了一下,最后决定去恩施大峡谷。

这大峡谷是近几年开发出来的,2007年易希在的时候这里还没有这个景区吧,不过我觉得没关系,说不定今天能像易希那样,在旅行中认识新朋友呢。

结果在云龙地缝那个景点我就遇见个老外,我心想:老外们真厉害,什么地方都能找得到,这地方又不是桂林一样中外闻名,他们竟然也能找上门来。

地缝这个景点设计得不科学,出口比入口窄,所以出口堵了很多人,我们被挤在人群中间,我试着和身旁的老外搭话,当然只能用英语,其他外语我不会,幸好他的英语讲得很好。他让我猜猜他是哪国人,我猜了两次都没猜对。原来他是德国人,聊天中我得知他是前天坐飞机到的恩施,他来中国旅游,他女朋友在中国学针灸。刚开始我没听懂“针灸”那个词,后来在他的解释和比画之下我终于明白了,老外学针灸? 还真厉害。

当我们终于从那个景点被人群裹挟出来的时候,我才仔细看了看他,这老外长得挺帅的,他体形和易希差不多,但是他个子高很多,有1.85米以上。他跟易希多年以前一样扎着辫子,不过他是一头金发,魔术头巾在头上围成一圈,显得很利落,易希那种辫子太随意了,难看。他脸型比较瘦,留着金色的浓密的胡子,但是不邋遢,有一双深邃的深蓝色眼睛，当你讲话的时候，透过那双水蓝色眼睛，你能知道他是在认真听，并且自己也在思考的，我脑子里闪过了德国队的几名本土球员的脸，我觉得他这张脸不是非常典型的日耳曼人的脸。

果然他母亲就不是德国人，而是西班牙人。他自己会讲西班牙语、德语、英语、法语，会一点意大利语，真是挺厉害的，总是有些人语言天赋很强，像他，还有阳鬼子这样的人都是会好几门外语的高手。

我们就是这么认识的，他叫 Mark Schultz ，来自德国汉诺威，我今天义务担任他的导游。其实我并不了解这里，所以把我叫作翻译更合适一些，不过我的英语水平也是很凑合，这一点从我们俩相互讲家乡的故事上可以得知。

他给我讲的那个民间传说肯定没有被收录在《格林童话》里，因为我小时候，爷爷还在世时，曾给我念过《格林童话全集》，一共三本，当时我的超强记忆力已经显现出来，到现在还都记得，所以今天 Mark 讲的那个有趣的故事一定是他们家乡的故事，而且跟《格林童话》无关。

故事是这么讲的：

Mark 的故乡是个美丽的小城，很久以前那里曾经出现过鼠患，很多老鼠啃食粮食，咬坏家具，人们想了很多办法却徒劳无功，毫无办法，眼看着城市就要因为老鼠而衰落了。

有一天，街上出现了一个穿着花哨，吹着笛子的人，他对城里的人说自己能除掉老鼠，但是大家要给他一大笔钱作为酬劳，在人们跟他谈妥了价钱后，他就离开了。

当晚吹笛人拿着他的魔笛，吹奏出魔幻般的乐曲，所有的老鼠听到了这美妙的音乐后都跑出来跟在他身后，吹笛人围着城市走了一圈，最后把所有的老鼠领到了河边，老鼠们一个个全都跳到河里被冲走了，就这样，小城得救了。

然而第二天，当他索要自己的酬劳时却被市民们拒绝了，市民们声称自己付不出这么多钱，吹笛人也没有多说，默默离开了。

这一天晚上，吹笛人拿着自己的魔笛回到城里，当乐曲再一次响起的时候每家每户的孩子都从床上爬起来，不由自主地跟在吹笛人身后，任凭人们怎样呼喊，孩子们都听不见他们的声音，吹笛人带着他们越走越远，最后消失在大山深处。

"你看，这就是为什么我们的人口增长率是负数的原因！"最后Mark笑着自嘲道，我也笑了，德国这些年人口依旧是负增长。

"我的故事讲完了，轮到你了，你家乡有什么传说或者神话？"他问我。

我在脑子里面拼命搜索，云南有什么民间传说呢？人脑又不是搜索引擎，不是打上关键字答案就能跳出来的，识记和提取它是两个不同的过程，要是我会范西集就好了，范西集能构建新的联系，只要一个关键词，就能够最快地把信息提取出来，很快就能想出答案。

不过我还是想到了，我先想到易希，然后联想到他是白族，然后联想到白族的神话传说，这个时候堵住了，因为那些故事连易希都讲不好，所以我又想起其他民族，啊哈！我想到了，撒尼人①的阿诗玛！我给他讲阿诗玛的故事好了。

我们一起坐上了景区旅游车，我在车上给他讲了这个故事，不过我英语水平实在是不如他，所以我改编了故事，用简单语言来叙述，本来我是能讲得更好的：

"从前有户穷苦的彝族人家，生了个孩子叫阿诗玛，如果你记不住这个名字，你就把她记成哮喘(asthma)姑娘吧。"Mark听完笑了起来。

---

① 撒尼人：彝族的一支，分居在云南石林彝族自治县和泸西县。

“阿诗玛长得漂亮，她很勤劳，能歌善舞，很多小伙子都喜欢她，有一年的……”我顿了一下，我在想“火把节”那个词怎么表达，不管了，我接着说：“有一年的篝火狂欢节上，她和她从小一起长大的伙伴阿黑在一起时，他们就互相表白了，阿诗玛许诺非他不嫁。阿黑是个苦命的孩子，不过他总是很勤劳，他有着坚强的性格，强壮的身体。”

我自己摇摇头，心里面想：我这英语水平，就这样吧，阳鬼子常说“说得溜是种感觉”，我认为英语说得溜不单是凭感觉，还得学习多种表达方式。

“阿黑擅长骑马，他手上有祖传的神箭，他跟阿诗玛相互爱慕所以定了亲，可是这一年，有一个有钱人家的儿子，叫阿支，也看上了阿诗玛，他央求他父亲派人去向阿诗玛提亲。提亲的人来到阿诗玛的家里，说阿支的父亲有钱，是个好人家，可是阿诗玛因为心里面只有阿黑，所以她拒绝了，提亲的人说：‘他们家是有钱有势的人家，你要是不嫁给他，小心被报复。’可是阿诗玛无论如何就是不嫁。

“有一天，阿黑在很远的地方牧羊，阿支家派了很多人抓走了阿诗玛，他们想让阿诗玛尽快嫁给阿支，富人拿出很多钱，又带着她到谷仓里，指着牛羊和粮食对阿诗玛说：‘只要你嫁给阿支，这些财产都是你的！’阿诗玛说：‘我不在乎这些，我就是不嫁给他。’富人看到阿诗玛不爱钱财，就对她说：‘如果你不答应，我就把你们家赶出这里。’阿诗玛说：‘恐吓是没用的，我们从小就生活在这里，这个地方又不是属于你一家人的。’最后他叫人用鞭子抽打阿诗玛，把她关了起来，阿诗玛被打得遍体鳞伤，但是她始终相信阿黑会来救她。

“阿黑收到了阿诗玛被抢走的消息，从远方骑着马赶回来，可是到了阿支家门口，却发现大门紧闭着，阿支提出要跟他对歌，唱赢了才能进去……”

我停了一下，我看出 Mark 的蓝眼睛里有点迷惑，就解释说：“呃，对歌就是……大山里交通不方便，当他们想要远处的人听到他们说话的时候，他们之间就会相互唱歌，这种习俗在中国中部和西部的山区里面很普遍。”

“阿黑和阿支唱了三天三夜，阿支没有阿黑聪明，到最后想不出该唱什么词了，最后阿黑赢了。阿支又提出了种种竞赛来刁难阿黑，比如砍树和播种，可是这些竞赛根本难不倒阿黑，每一样他都赢了。最后那个富人想出了一个卑劣的计谋，他安排阿黑先休息，说好第二天让他带走阿诗玛。当晚他们在阿黑住的地方放出了三只老虎，阿黑却拿出神箭，连射三箭射死了它们。第二天阿支父子看到老虎死了，惊讶得说不出话来，但是他们依旧不想放出阿诗玛。

“阿黑生气了，他再次拿出神箭，连射三箭，射穿了阿支家的大门，整个屋子都在摇晃，阿支父子惊恐万分，放走了阿诗玛。可是他们还是不甘心，所以他们贿赂了山神，当阿诗玛和阿黑在山下的一条小河里准备涉水走过小河时，山神放出洪水把阿诗玛卷走了。阿黑挣扎着爬上岸，到处去寻找阿诗玛，可是找不到，从那以后当阿黑对着山呼喊阿诗玛的名字时，都能听得到回声。”我终于用英语磕磕绊绊讲完了简化版的故事，不禁长吁了一口气，低下头去拿出手机。

“多么悲伤的故事啊。”Mark 说道，这个时候景区旅游车也停下了，我们准备下车了。

“不不不，阿诗玛没有死，她被仙女救走了，和她们生活在一起，最后她变成了一块石头，当阿黑对着山喊的时候，听到的实际不是回声，而是阿诗玛同样的回答，那块石头就是阿诗玛的样子，你看，她在这里。”我把网上搜索到的石林阿诗玛的图片拿给他看。

他看着我的手机说：“啊！我的故事没有图片，你的还有证据，多么精彩的故事！”

“如果你想去的话，这座石峰在这里。”我在手机地图里找出了石林的位置,指给他看,他也拿出手机。

“那座石像和这些山一样高吗?”Mark 指着我们面前的绝壁问我。

“没有这么高,不过它不是石像,它是天然形成的,这种地质……我不太确定那个词在英语里怎么说,应该叫作喀斯特地貌。”我在他手机里找出了石林的位置,然后标记上。

“太棒了,下次我一定去,你能给我你的联系方式吗?”马克手上拿着手机问我。

我耸了耸肩,告诉他:“我被那座‘墙’挡住了。”他马上就明白是怎么回事了,最后我把我的电话号码和那个难用到要死的谷歌邮箱地址给了他,阳鬼子我们这批人当初统一用谷歌邮箱作为工作邮箱,哪知它现在这么难用。

我们开始爬山,边走边聊,我问:“说起墙来,你见过拆柏林墙吧?”

“有印象,那时候我年龄还小,不过当时我还没去过柏林,那时我梦想当个田径运动员,后来受了一次重伤,就放弃了,如果我当了运动员我就不会学设计了,也遇不到现在的女朋友,也许也不会到处旅行。”Mark 又拿出他的单反相机开始拍照。

“但是没有如果,你现在生活得很好,不是吗?”我问。

“是啊,当我还是运动员的时候,生活比较单调,现在比以前好,”Mark 说,“现在我认为为了拿到好的成绩,让运动员受伤是不对的,运动员并不健康,事实上有很多人一身是伤,运动应该让我们更强壮、更健康,而不是让我们受伤。”

我以前听过这种论点,他们不喜欢竞技体育,可是不喜欢有什么用,竞技体育是残酷的,但它的发展是大势所趋,你又阻止不了。我问他:“好吧,好多球员都经常受伤,就像罗纳尔多和欧文,你就是因为‘运动带来伤病’这种原因反对竞技体育吗?”

Mark 拿起相机,然后又放下了,顿了一下说:“这是一个原因,还有一个原因。”

“嗯哼?”

“2006 年德国世界杯的时候我看到满大街都是国旗,那让我想到纳粹德国的时候,我猜那时候就是这个样子。我看到所有的球迷都很狂热地为自己的国家队加油。”

“那不是很正常吗? 我们也会给自己的国家加油,虽然我们的国家队很差,但是很多人还是支持它。”我说。

“足球很像小型战争,为了自己的国家获胜,所有的人会想尽办法,他们会大声抱怨裁判的不利判罚,然后在自己的球员跳水时视而不见。”我愣了一下才反应过来,他说的跳水(diving)那个词在这里是指假摔。

他接着说道:“那还不是最严重的,我曾见过球迷间的可怕冲突,他们烧掉了对方的球衣,互相投掷酒瓶,去年我听说有两个巴西球迷因为支持的球队起了冲突,其中一个用枪打死了另一个。置身事外的时候你会想:为什么他们会为了一场球赛(游戏)做这种疯狂的事情? 最后我的结论就是,并不仅仅是足球,确实有很多比赛都是另一种战争,在这战争里,所有的参与者团结起来,然后你会失去理智,在激情中做出你自己都难以相信的疯狂事情。也许这就是七十多年以前发生的事,但那时候他们用的是真正的武器。”

“所以每次我们看德国队比赛时我都会停下来,重点不是足球,而是集体,跟很多人在一起的时候你必须留几秒钟,尝试从那种狂热里面脱离出来,那使我能够避免自己做出疯狂的事情。困在一群人里,随着时间变长你就不会自己思考了,然后你会迷失自己。”他说完又拿起他的相机开始照相,我看着他的侧脸没有说话。

今天的峡谷里面有薄薄的雾，我用了一次逆狮瞳，结果还是没有觉得看到的色彩变得艳丽，只好作罢，怎么会有人发明这种无聊的技术？

我跟着 Mark 一直爬到了峡谷的绝壁上，绝壁上有一段很长的栈道，低头就能看到下面的万丈悬崖，比之前我在五祖寺白连峰看到的还危险，我想象着如果换成是易希，从比这高几倍的地方坠下，那几秒钟是怎样的一种体验呢？他那时想到了什么呢？偏偏这时候后面一个游客高兴地在栈道上面蹦，有几个女的吓得都不敢过去了。

之后我们见到一种要钱的新模式，一个小学生把书包放在栈道旁边，然后在那里写作业，他应该是景区里某户山民家的孩子，有游客过去问他："上几年级啦？""在哪里上学？"

然后当那个小学生如实回答以后，游客们就掏出钱包给钱，十块、二十块不等："阿姨给你钱买书，要好好学习啊！"然后那个不算可爱但是很聪明的小学生就大大方方接过钱，我心里面想：昨天大姐说的那些假装成骑行者要钱的骗子就是一群蠢货，看看人家小学生，不要什么成本，不需要太多伪装，没有说谎，人家就是在那里写作业，你愿意给钱你就给。

我把他们的对话解释给 Mark 听，Mark 说："人们愿意做这种施舍给穷人，是一件好事，我在印度见过其他的花样，那才是真正的欺骗。"

"同样恶心的第三世界国家，是吧？"我想听听他是怎么评价的，因为偏见由骄傲这负性体验产生，特别难避开。

结果他摇摇头说："不，不，我不觉得中国是第三世界国家。"

我并没有因为听到他的这种评价而沾沾自喜，我觉得他不了解中国，最起码比不了我，所以我问："那么你之前去过哪些地方？我的意思是城市和农村都算。"

“我去过北京、上海、深圳、杭州、青岛、武汉、长沙、桂林、张家界、丽江……”(还有两个地名我没听明白)

看吧,他去的这些城市最起码都是二线城市里比较好的城市,要么就是桂林、丽江这种旅游产业开发得很好的地方,他没有看见中国极为贫困的地方,他没有看见贫富差距带来极高的基尼系数,果然啊,他看到的太片面。

“除了中国你还去过哪些国家?”我问。

“我去过荷兰、法国、西班牙、美国、南非、英国、印度、牙买加、意大利、澳大利亚……让我想想……啊,两年以前希腊经济一团糟的时候我去了希腊,”马克说,“当时人们都不信任银行了,要知道他们加入欧盟的时候说谎了,他们根本没有资格加入欧盟……”Mark 跟我聊了很多自己对于欧盟和欧元的看法,我都不太懂,反正他不喜欢欧盟,也不喜欢欧元,我调侃说:“要是你们抛弃欧元就会回到你的时代。”

“什么意思?”

“马克时代啊。”我依然记得德国在使用欧元以前的货币叫马克。

我们一直聊到云梯那个地方才停下来,台阶实在是太陡了,他跟我一前一后,小心翼翼地走下了那段极为难走的扶梯,当时他就走在我前面,他这么高的个子,但他的背包都碰到了我的膝盖,而他的辫子几乎扫到了我的大腿,可见那云梯有多陡。

等我们下完楼梯以后我问:“恕我冒昧,Mark ,你去过那么多地方,那你今年多少岁了?”

“我上个月刚过完三十三岁生日。”Mark 微笑着答道。

看着他脑后扎的辫子,又听到他说自己三十三岁,这难免让我难过起来,易希要是还活着,今年他也快要三十三了。

从大峡谷出来我和 Mark 都不累,原本我想跟他一起吃顿饭,可是他今晚就要离开恩施，所以我和他在车站告别了。回到宾馆时，宾馆的老板知道了我是从山东骑车过来回云南的，就跟我聊起了他曾经的单车旅行，原来二十六年前他和另外两个伙伴一起骑着三辆“永久”（北方俗称二八大杠）自行车，带着三百块钱，从恩施出发，用二十天的时间一直骑到了北京。

他们真的很强啊，那种车没有变速器，前叉还是硬的，整辆车没有任何减震装置，二十年前的国道肯定比不上现在。他们才是先驱啊，无论哪个时代都有一些人骑着车旅行在路上，易希和我，我们这些人都是追随着他们的足迹上路的，想到这里我不得不提醒一下自己：张煜丹别忘了你这趟旅程的目的是什么。

可是我还是发自内心地佩服他。

刚才大姐请我出去吃烧烤，她忙了一天，又带着虎子过来看我，太感谢她了。我把我的一块魔术头巾送给了虎子，我自己还留着那块切·格瓦拉头巾。昨天和今天认识的朋友都比我年龄大十几岁，这是我出发前没有预料到的。收拾好衣物，明天接着上路！

十七　隧道狂飙，在利川的分别

昨天晚上我得知与我同行的骑行客是第一次骑长途，他说自己讨厌同事间的钩心斗角，所以才会想骑着车去西藏，以前他常常会幻想去隐居来逃避现实，现在骑行在路上的时候，就不会去想这些事情。

我告诉他所谓的隐居是种幻觉，你无法切断自己与外界的一切联系，你还是要使用人类文明创造出来的东西来生存下去，要是你真的做到与世隔绝，在没有信仰的情况下，你马上又会受不了精神上的贫瘠而拼命想要回到文明社会。

很多事情只有你亲身体验后才能明白，内省是永远无法明白的，心中那些看似不可动摇的执念可能会在行动中发生巨大改变，改变你的不是骑行，不是去西藏，每当你开始尝试用不同的态度对待自己，开始尝试一种新的生活时，改变就开始了。

今天我们继续沿着 318 国道骑行，209 国道和 318 国道在到达恩施前并作了一条路，山势依然陡峭，有时公路的坡度还是很大，我们沿着盘山公路开始爬坡，眼前的道路看不见尽头，隔着峡谷，我看到几乎是垂直的绝壁挡在我们面前，当我还在疑惑着，这么陡峭的地方如何下山时，一个隧道就出现在我眼前，这就叫"车到山前必有路"。

恩施·朝东岩

这是此次旅途中遇到的第一个隧道,名叫朝东岩隧道,原来几分钟前看到的气势雄伟的绝壁名为朝东岩。然而隧道里竟然没有灯,我的伙伴打开了强光手电,由他领路。

我们担心后面来的车看不见我们两个骑行者,会把我们撞倒,所以在隧道中越骑越快,狂飙起来,让我回忆起十年前,自己曾在幽深而黑暗的铜矿井中穿行的经历,但这一次我们只有一把光线微弱的电筒,而我们面对的是一条看不见尽头的隧道。隧道内的空气湿热而混浊,我觉得自己的意识开始变得模糊,那种感觉像梦境一样缥缈,但是自己急促的呼吸和心跳,还有回响在隧道中那轮子飞速旋转发出的蜂鸣声却告诉我:这绝不是梦境。我们保持着车距,开始一前一后地大声呼喊起来,好知道对方离自己有多远,或者是为了避免自己的意识堕入幻境,把自己的灵魂叫回来。骑了好几分钟终于穿过隧道,再次看见了阳光,穿出隧道的一刹那,我们都松了一口气,他说在隧道里,他就像是闭着眼在骑,我表示有同感。

今天是立秋，在利川我离开了318国道，也就告别了刚认识的骑行客，他沿着318国道北上穿过万州继续他的旅行，我则骑上326省道一直向西，不同的路导向不同的终点，但是这世界上任意两条路都间接地连在一起。我一定要把他的名字记下来，他叫刘浩天，是上海人，多年以后我翻看日记时，一定会想起我们曾真诚地谈论自己为什么要骑行，也定然会回想起今天这一段隧道狂飙。

利川的街上车水马龙，我看见有人在卖蜂蛹，大概是胡蜂的蜂蛹。这里的蜂蛹个头很大，比云南和四川的都要肥，和湖南的差不多，我不喜欢吃蜂蛹，便接着往西一直骑到汪营镇才住下来。

汪营镇上的米酒非常好吃，我吃完忍不住又吃了一碗，之后控制住了自己，毕竟是处在体验积累的长周期，要是不知不觉吃醉了就不好了。

8月5日晚间

易希的日记那页空出来的地方太少，所以我把这个写在明天日记的前面：

我看易希这篇日记的时候搞清楚他日记的具体日期了，依据是易希日记里提到的立秋，2007年的立秋是8月8号，而我今天是8月5号，时间接近，很好。

有的控制技术是增强记忆力的，比如激素闸里面那几个，但是有的副作用太大，就像那些考试前喝乱七八糟药水的考生，那些药对大脑确实是有伤害的。我们的几个控制技术也是如此，而且效果不怎么好，所以使用那些技术的人不多（Camp-DHA单向拮抗什么的直接无视吧!),D 派则直接禁用,把它们列为他们的“十禁”之一。

不能用控制技术来提升记忆力,那么只好用一些小技巧,对于夏令营的其他人来说,那些小技巧挺有用的,比如他们惯用中国传统的 24 节气来记忆时间和对应事件,这个习惯是有点用处的。

我和小林这种人可以记住某年某月某日发生了什么事,但是大部分人不能,所以他们的办法就是用 24 节气来记忆,把一年的 365 天分成 24 个小单元,每个小单元里面就有差不多 15 天的时间,这种方法,比起把一年分成 52 周来记忆的效果要好。立春、雨水、惊蛰、春分、清明、谷雨、立夏、小满、芒种、夏至、小暑、大暑、立秋、处暑、白露、秋分、寒露、霜降、立冬、小雪、大雪、冬至、小寒、大寒,民间也有《节气歌》,虽然没多少科学道理,但听起来多么顺口!相比起来就比第 1 周、第 2 周……第 52 周要容易记忆。每天早上起床时易希他们会下意识地想到:今天是什么时候?是霜降后第 4 天?或是惊蛰后第 7 天?这样就会比较有效记住一些事情和对应时间。他们还有些记忆重要日期和数字的方法,我都不知道是怎么用的,大概是这种原因,易希写日记根本不写日期,害得我现在才搞清他写日记的具体时间。

还有很多小窍门,有的是帮助你记忆购物清单的,如果某人想要去超市买十几样东西,他可能就会列一张清单,只是一张纸片装在口袋里,有的时候就会弄丢,遇到那种情况就必须靠自己的记性了。大家都说:记性这东西不可靠,有时候话到了嘴边却忘了,手上拿着手机还拼命找手机,明明知道自己忘了件事情可是就是想不起来。(那得看是谁的记性,我和小林的记性就很可靠)

所以列清单不是好办法,夏令营里大家会用联想的方法记住清单。假设易希要去买这些东西:黄油面包、铅笔、老干妈辣酱、纸杯、枕巾、一斤橙子、剃须刀、一打鸡蛋、手套、鼠标垫……行了,再多他拿不下了,他不喜欢用塑料袋。

一般人记忆这些东西可能会把它们分类,可是如果他们尝试过分类以后就会发现:一旦东西多了他们照样会漏掉东西。而夏令营的人会用一些场景把这些物品串联成一个连续的故事,这样在复述这故事的时候他们就知道自己该买哪些东西了,编的故事越荒诞越好,那有助于记忆,当然也可以把故事编得有趣,千万不能波澜不惊,没有特征不便于记忆,如果我是曾经的易希,我会这么编:

我在去超市前瞥见老七往脸上抹了很多老干妈辣酱,然后用他的剃须刀在剃胡子,他觉得剃得不顺畅,所以加上了用来涂面包的黄油,真惊悚!小丹说他没看见他的枕巾,天晓得我昨天下午拿它当鼠标垫了,这件事情要怪到陈诚(联想橙子)头上,他要是带了手套就不会因为手滑把鸡蛋汤洒在鼠标垫上面。今天街上卖热干面的人真诡异,平时都用纸碗和一次性筷子,今天改用纸杯盛面,用铅笔当筷子!

编出这样的荒诞故事,就把要买的东西都串联起来了。

不行,我编的东西没有他们好,因为我从来不用这些方法,对这些我只知道点皮毛。记得以前阳鬼子说过:"我经常把这些段子编得又黄又暴力,因为黄段子比一般的故事更好记。"阳鬼子都这么说了,我就信了。

2013年8月6日　多云　恩施到汪营镇

今早离开恩施的路上,我一边骑车一边想着Mark昨天说的话,有关集体中的狂热。我知道在夏令营时间久了,你就不得不认同他们的价值观,他们在同化我。有的人只是单纯地热爱这些技术,对它感兴趣，比如阳鬼子，要是你逼他去学他不喜欢的东西，他就会想办法逃避。而他叔叔黄佑然老师则不止是热爱，他对技术的渴望远超过我们，以至于他没日没夜地研究。还有一些人，像我，则是为了达到我们共同的理想而不断努力，我知道我们终有一天会做出一些了不起的事情。

可是我们为了获得一个控制技术而刻意地去回避那些负性体验，为学会一个技术而否定了自己最原本的感受，像我那样放弃了所有足球比赛，这样对吗？

我因为要完成控制技术，而迫使自己遵从于一些我原本不认同的想法和做法，为了我们所追求的真理，去认同夏令营的价值观，对父母的意见也毫不在意，之后开始为夏令营的一切辩护，那我还是我自己吗？

这些不是我今天才想到的，我近两年来都在思考这类问题，还有，像之前易希的日记写的一样：我们确实在使用专注、喜悦、痛苦这些体验激发或是合成控制技术，这些体验被我们细化，重新定义，它们不再像体验，而像是一种工具。为什么我们非常功利地认为它们只是构成某个技术的一部分呢？

正当这时候路边走来个女的打断了我的思路，她太亮眼了，我不可能忽略她，她大概十五到十七岁。为什么我会留意她呢？因为这小姑娘那个扮相是杀马特风格，头发有4种颜色，左手还拎着只布猴子玩具，虽然我骑着车，但这么扎眼的扮相我不可能无视她。

看到杀马特就让我想起她们常用的火星文，想到火星文，我就想起我拿到这本日记时候那快递包装上的火星文署名：鈅僋唏朢。

我认识的人里面没有哪个是非主流或杀马特，那这名字是谁想到的？快递实名制大概要到明年才能实行，我唯一知道的，就是这快递是从昆明寄过来的，但是我无论如何都推测不出这日记是谁寄给我的，只能靠猜，最可能的人还是易希。我不能排除这是易希寄的，易希可以在几年前托人寄给我。有的地方，特别是一些旅游景区，那些文艺范儿的小店提供“慢递”服务，可以让店主在预定时间把东西寄出，有的人会利用这个给未来的自己写封信，易希可以利用这方法把日记寄给我。

除了早上遇见那个杀马特，其他就没事可写了，本来我就没有写日记的习惯，重要的事情我都能记住，但是被手机地图坑这种事情也能记住！记忆力好也有不好的地方。在整个夏令营里，有一些人和我一样天生就有极强的记忆力，我只有一样绝技，那就是我对时间有极为准确的感觉，这是后天练习得来的。

十八　最好喝的饮料

早晨出门的时候风很大，随着海拔的升高，路旁的森林由阔叶林变为了针叶林，我在逆风中努力爬坡。骑到山顶的时候，我看到一只逆风飞行的大鸟在我左侧努力拍打翅膀，那不是鹞子或隼，而更像一只长途迁徙的鸟。

天空格外清朗、明澈，一朵朵积云从头上几十米的地方掠过，像阿拉斯加的银杉森林中蒸腾的水雾一样触手可及，它们迅速遮住阳光又迅速飞走，给我一种时光飞逝的错觉，我在山顶停下，那里应该就是到重庆以前的最高点了。

没有其他人，听不到其他的声音，目之所及之处都是松树，我聆听着山风拂过松涛时"飒飒"回响，开始再次感受到久违的平静和安详。岁月漫长，世事如白云苍狗，慢些，慢些，且听风吟。

我想起童年时代的一天，我穿着母亲给我织的毛衣走在松林中的小路，冬日的阳光穿过低矮的松树，暖洋洋地照在身上，我呼吸着林中的空气，清冽的空气透过每一个肺泡，那就是我第一次感觉到宁静时的情形。

我想象着远处的城市中，无数的事情正在发生，无数人正在劳作，吃饭，打瞌睡，练习跳舞，全然不知在这远山中有一个孤独的我和一辆挂着切·格瓦拉水壶的单车与我同行，假如你试过一个人旅行，就会发现在旅行途中，孤独感经常能产生出两种最基本的独特体验——自己既超然物外，又身在其中。

下山的路上，我追着云的影子，沿路看见无数盛开的葵花，它们在对着我笑，那景象让我嘴角不由自主地上翘，这真是完美的一天。

不过人们常说乐极生悲，为了看葵花我没戴墨镜，刚好有一只虫子撞进了我的眼睛。

旅行就是如此，即便你对可能出现的厄运做过几个星期的准备，突发事件也能在一秒之内让你狼狈不堪，我为这次旅行中可能遇到的意外提前训练出了五组反射弧联结，可是到头来还是挂彩了，我连人带车摔倒在公路边，还被车压着滑行了几米，手臂擦破了很大一块，一粒粒沙子嵌进了血肉模糊的手臂上。

水壶也摔破了，那个切·格瓦拉水壶陪着我去过了很多地方，而且还是小丹送给我的，我站起来，依旧疼得直咧嘴，叉着腰瞪着眼看着里面的水撒了一地，这个水壶终究还是在旅途中寿终正寝了。

之后我在荒凉的路上没有遇到任何可以喝水的地方，更不用说清洗伤口了，我忍耐着疼痛和极度的口渴，继续前行，但无心看风景。水——这是我脑中剩下的唯一一个字，口腔干得像被砂纸磨过，待我渴到难以忍耐时，终于看到路旁有一户养蜂人家，我把车扔在路边，直接跑进去问养蜂人要水，他用蜂蜜给我冲了杯水，我抬起来一饮而尽，又连喝了6杯。

（多年以后，易希面对死神，一定会想起那个让他永生难忘的中午，他喝到了这辈子喝过的最好喝的饮料。）

养蜂人给我的那几杯蜂蜜水太好喝了，他说那些蜂蜜是他舀蜂蜜时洒在玻璃板上的，所以不要钱。不过在清洗完伤口后，我还是买了一小罐蜂蜜来表达谢意。

当我十八九岁，还处于愤青时代的时候，我觉得养蜂是一件简单的事，那不过是养蜂人给蜜蜂一个蜂箱作为繁殖的环境，然后蜜蜂们会发展自己的群落，而养蜂人要做的事情，不过是夺走它们的蜂蜜，至于赞美蜜蜂勤劳这件事情都交给吃蜂蜜的杨朔们就行了。

不过今天我知道了养蜂是一件很复杂的事情，远比我想象中有趣。

养蜂人不到20岁，他领着我看他养的蜂，我希望看看蜂王。我小时候特别喜欢掏蚂蚁洞，寻找蚁王和蚁后，我会刨开整个蚂蚁洞并乐此不疲，但是我却从未看过蜂王。他小心地打开蜂箱，指给我看蜂王，虽然没有蚁后在蚁群中那么显眼，但我们还是可以在蜂群中找到它，以前我总觉得蜂王这种说法不对，蜂王是雌性，应该叫蜂后，英语中蜂王就是用 Queen bee 来表示的。

养蜂绝不是简单的事，养蜂人说他父亲以前常常开着车追着蜜源到处跑，把他一个人留在家里。他继承父亲的事业后，现在也很忙，秋天要选育新蜂王，冬季还要帮它们越冬。

我想起一件有趣的事情，所以我跟他聊了起来，就是我听说日本蜜蜂会围攻胡蜂，它们拼命地震动翅膀发热，最后胡蜂会热死，而日本蜜蜂能忍耐的极限温度，仅仅比胡蜂高3度，那是很微妙的差异。我忘了问他是怎么保护蜜蜂不被胡蜂咬了，要知道之前我在利川看见了有人卖胡蜂蛹，而胡蜂的幼虫有时是以蜜蜂的幼虫为食的。

他告诉我他没养过日本蜜蜂，这里养的蜜蜂都是中蜂。"也就是中华蜜蜂，这种蜜蜂好养，如果你诚心要养，我可以给你个把蜂王，但是最多给你三个。"

那正合我意，我并不准备养很多拿去卖，我只是想像思思一样自己养些花草，然后送人。有趣的是整个过程，有朝一日我一定要试试养蜂。

今天下午的时候我穿过湖北和重庆的省界，然后一路下坡到了石柱县，我去处理完伤口，然后去超市买了个新水壶。

现在我可以花点时间来悼念一下那个切·格瓦拉水壶了，在我所有的行李中，这是我第二珍视的东西，仅次于父亲给我的手表。几年以前，小丹送我那水壶的时候，街上的年轻人开始背上复古的背包，上面印有毛泽东头像或是"为人民服务"的题字。他们穿上切·格瓦拉头像的T恤，尽管大部分人不知道T恤上的人是谁。所以小丹稀里糊涂地给我买了这个水壶作为毕业礼物，或许他仅仅是觉得它很时髦。（没错，另一个原因是因它容量大，足够你在没水时装三泡尿，在沙漠里慢慢喝。）

老周收藏的M88式汉阳造步枪很珍贵，因为那把枪有资格放在博物馆里供人参观，而一件普通的用品会让人觉得珍贵，一定是因为这东西伴随着很多独特的记忆。过去我常把这水壶挂在背包上，然后我、背包和水壶，不可或缺的这三样东西参与了我每一次旅行，它跟着我走过四十多度到零下三十度的地方，认识了包括大卫在内的很多人。其实还有几件事我想提，不过刚才我发现这支笔剩下的墨水不允许我这么做了，今天暂且写到这吧。

8月6日晚间

看完易希的日记，非要扯我送他那个切·格瓦拉水壶我也想不出其他的，我身上只有一样跟切·格瓦拉有关的东西：魔术头巾。

先前我在网上买头盔的时候店主发错了尺码，戴上太大，售后服务那个女的一口一个"亲"地求我不要给差评，我心想：你要不赶在我出发前换货，就是你管我叫亲爹也不灵。后来达成协议，她保证两天内到货并且送我一块魔术头巾，喏，就是我现在戴着的这块，上面有切氏的头像，这家伙的发型和胡子标新立异，还戴着个贝雷帽，易希以前扎个辫子多半是受他影响。

还有一件事情，不知道有没有关系，先写上再说，易希提到反射弧联结，也就是那天他在仙桃用脚蹬人家车门那一招，我是根本不会的，那技术太难，能学会的人很少。

其实很多人都可以把一个简单反射联结起来，那就是膝跳反射。只需把前脚掌踩到椅子或是桌腿的横木上，让脚后跟悬空，迅速踮起脚尖给它一个初始力量，腿就会欢快地抖起来，这是因为人生来就有膝跳反射，在抖腿的时候膝跳反射会让人不由自主地抬腿，等脚落下去，膝盖感受到压力变化后就又会触发到第二次膝跳反射，这就是很多人一抖腿就根本停不下来的原因，不过这种最原始的联结起不了什么作用，如果你不停抖腿还招人厌。

易希所做的事情是把他想要的几个反射（不管是哪一类反射）连成一整套动作，只要触发了他预设好的第一个反射，身体就会像执行电脑程序一样快速完成一整套动作，这样易希的动作就会变得灵巧而迅速，而且众所周知，反射是不过大脑的，这就要用到反射弧联结，这是三阶的控制技术。

说得简单些，如果有人突然间给易希一拳（可能是闹着玩的），而易希又恰好预先进行过一个条件反射训练，那么他很可能会迅速闪开这一拳，然后反射弧联结会自动接上第二个动作——前倾一步，用肘猛击对方下巴，这种动作会快而连贯，连易希本人都没反应过来，对方就被打倒了，可能还会被易希踢一脚，直到易希反应过来把动作收住。

所以我们知道，如果某人不幸成为了易希的女朋友，就一定要有这种觉悟——绝不能和易希打打闹闹，因为很可能被误伤。以前有人还提到李小龙很可能会反射弧联结，我不想去扯这个，这种事情也是瞎猜，不可考。

我们这几个朋友里面只有梁梦盈学会了反射弧联结，但她并不训练自己的搏击技巧,而是用它来练习弹吉他,她弹得非常好,可是我总觉得那样演奏的话,人就变得有点像机器了。但是她不以为然:“你试过才会了解,一个和旋和另一个和旋这样连在一起时,实在太美了。”

2013年8月7日　晴　汪营镇到石柱县

果然啊！离开了国道我又是路痴的说！今天走错路不怪手机地图,怪自己蠢。

早上出去的时候我走的路肯定是对的,跟易希的描述一样,风很大,天很蓝,爬长坡的时候我还被冷风吹感冒了,之后下山的时候我也看见很多向日葵。然后就不对头了,我骑上了一条很烂很烂很烂的路,我从来没见过这种满是大坑和烂泥的路,而易希根本就没有提到,再往后,我走上了一条很好的柏油路,我意识到不对劲,因为我没有看到什么养蜂人,倒是看到很多风车,可见那个地方确实风大,之后一路上没遇到人,再后来我问了别人才知道那条路是近几年修的,果然我又走错路了！还好这条路也能到石柱。

我每天只读一篇易希的日记,因为我觉得总会遇到些始料未及的事情,要是我提前知道就不好了,会影响我获得有效体验,进而影响同步效果,可是走错路这种事情绝对不是我想要的！

之后我骑着车一直下坡,前几天那样上上下下、翻山越岭积累起来的海拔高度在两个小时内没了,我忍着全身的不舒服,终于到了石柱县城,这里温度至少比山上高15度。

感冒了不舒服,我吃了点药,日记不想多写,今天要早睡觉,明天肯定不能再走了,要休息一天。

2013年8月8日　多云　石柱

醒过来的时候我竟然回到了夏令营，我没有学会范西集，可是我却心安理得，一点都不着急。这是绝对不能容忍的，我马上就意识到自己身处梦境了。

所以我睁开眼坐起来，这次醒过来的时候我躺在家里的沙发上，家里只有我一个人，这并不奇怪，奇怪的是家里变化很大，很多东西都被摆错了位置，我再一次意识到自己还处在梦魇当中，我努力想醒过来，那种感觉非常难受。我拼尽全力睁眼睛，整个家都在倾斜，所有的家具和电器都向左侧倾倒，这时我先努力睁开了左眼，看到了墙壁，然后努力睁开右眼，这个时候才彻底醒过来。

好一个噩梦，大概是生病了才会做这种梦。

我住在一个小宾馆里，向左侧躺着面向墙壁，今天是2013年8月8日，5年前的今天北京奥运会开幕，6年前的这个时候，易希到过这个县城并住过一晚。而我现在还没到家，还没学会范西集，我有点感冒，嗓子疼，不过我现在很清醒，我没有在梦里，还好，还好。

起床后第一件事情，就是把体温升高到39°C，然后吃点药。

我做梦时很少能清晰地意识到自己身处梦境，毕竟我不是D派的人，实际上我常常想尝试使用D派的方法来进行同步，但实践证明我是地地道道的T派人，根本用不了他们的方法。

有些外显的小特征可以让我们辨识出一个人属于哪一派，比如D派有35%左右的人看机械表或者带有指针的挂钟时异常吃力，比如梁梦盈，每次她看挂钟的时候，都要盯着两根指针看上10秒以上才能说出那时是几点几分,如果多一根秒针,看起来就会更吃力,她小时候常会因为看不懂手表而大发脾气,以为自己比别人笨。她并不比别人笨,正相反,我们几个朋友中,她的天赋最高。

为避免看不懂的尴尬,她不戴手表,看时间全靠手机,她们能看懂数字时钟。这毛病并不是智力问题,而是一种认知障碍,D派剩下的65%的人能看得懂挂钟,所以这方法不可靠,最可靠的方法还是做天赋测验,对D派来讲,是看控制梦境的能力和在梦境中的自主意识,这是硬性指标。

像今天这样,有时我还是可以意识到自己在做梦的,但是我没有很强的控制力,不像D派,阳鬼子他们能很清楚地分清现实与梦境,并且有效地在意识边缘学习控制技术。

D派是我见过的最有趣的也是最神奇的流派,因为他们用于研究学习控制技术的那种范式很特别。他们还有自己的设备——一个安静、舒适的房间,里面放着一张小床,那是一张特别舒服的床。

我体验过阳鬼子那张床,我发誓那是我这辈子睡过的最舒服的床,什么床都比不过它。它价格很贵,但是D派的人出得起那个钱,他们人数虽然少,但是他们都很有钱。

那张床的特别之处在于床的上方有一个检验眼动的装置,而那个装置的特别之处在于可以检测人闭眼时的眼动情况,床边还配有一个扬声器。

D派是用最舒服的床做最不舒服的事。

他们在学习一种新的技术时是这么干的,我第一次看时肚子都笑疼了:首先,在不服用任何药物的情况下,躺在那张舒服的床上面,把脸面向眼动装置。那张床非常舒服,他们似乎很快就睡着了,但是这个时候他们其实并不是要睡觉,他们脑子里面在做着运筹,正在建立他们想要学习的控制技术对应的控制结构。然后,当他们进入梦境一段时间后，那个类似于眼动仪的东西能准确识别出他们正处于快速眼动期（即便他们是闭着眼的）。这时提示音会提示即将叫醒，高音扬声器发出“轰！”的一声，他们就会从床上惊醒过来。我看到阳鬼子惊醒时从床上弹起来，一口气没上来差点笑死。“别笑，这比你们的笨办法强多了。”阳鬼子一边说一边摸着自己的脑门使劲做深呼吸。

生理学上讲，人的梦境出现在快速眼动期，如果看到一个睡着一会儿的人闭着眼睛，眼球却在快速乱动，那他很可能在做梦，这个时候把他叫醒，立马叫他告诉你梦境的内容，他能说清楚，但是过后他就忘了，就像人半夜醒过来知道自己做了什么梦，过后不一定记得。有趣的是在这一点上我也一样，因为做梦时短时记忆只能持续很短一会儿，并没有转化为更持久的长时记忆，那个扬声器就用来把人从梦境中叫醒的，不然时间太长梦里的内容可能就完全忘了。

必须承认，D派虽然人少，但是每个人的平均水平更高，他们这种范式很棒，我们认为其中的原理是这样的：人的梦境并不会呈现全部细节，梦境无法清晰到和清醒时候一样，会缺少部分视觉、嗅觉和大部分的触觉、听觉、味觉，以及更复杂的心理活动，在梦中，虽然人的潜意识会被充分释放出来，但是因为梦境本来就该缺失一些细节，因此潜意识反倒不会抵抗那些不真实的生命体验，它会把那些体验当成是他们自己真实体验过的东西，只要它足够强。

他们就是靠着这个原理，违背了真实目标原则！违背了真实目标原则！

OK，我淡定点，我承认我有点嫉妒，因为他们可以不像我们T派一样必须去真实地经历并获得有效体验，他们甚至可以看一些文字和视频资料，用想象尽力补全细节，然后去“睡一觉”，就能获得一种新能力，这也太轻松了。

所以D派就是在梦境里激发控制技术的流派，对于阳鬼子他们来讲，最关键的一点就是完成控制结构，在梦境中激发它，然后“轰”的一声就完成了，而我只能乖乖遵循T派范式。

D派开创者黄老师说这“轰”的一声就是灵感的源泉。说得那么漂亮，实际上他们还是要受点苦的，他们在自己睡着的时候用那种“虚假”的体验来激发出对应的能力。他们总是反复尝试，一次又一次在自己刚入梦一会儿时惊醒，那种感觉特别不爽，睡眠不好让很多人挂着黑眼圈，阳鬼子就是这样。

不过这因人而异，梁梦盈就没有，只是她常告诉我，说她才回到家那几天睡觉时总会想起那“轰”的那一声，然后不由自主醒过来，这应该算是D派范式带给她们的阴影。

吃这点苦也值得，用梦境学习控制技术往往效率很高，我们T派在青山“学习”，因为我们只是交流合成技巧之类的东西，或是学习控制技术的模型，或是练习一种技术缩短运筹时间，真正掌握一种技术是在平时，在生活中获得各种真实的体验后才能激发出能力。而D派在青山是“修行”，他们利用那张床直接学习不少技术，有时候他们一个假期学会的东西比我们一年学会的东西都多。

易希的师兄黄佑然开创了这个流派，他也是阳鬼子的叔叔，所以这辈分有点乱，我还是管他叫黄佑然老师吧。他在我心中是当之无愧的大师，他的水平仅次于祁玥。他最大的贡献，就是创立了D派以及梦境拟态的范式。

我问祁玥：“为什么D派的人都那么有钱？”祁玥眨眨眼扬起眉毛说：“因果关系不对，他们又不是因为加入D派才有钱的，他们所有人家庭条件都好，天真烂漫喜欢做梦，喜欢幻想，才加入了D派。”

虽然他们人数比我们T派少很多，但是依靠黄佑然老师创造出的新范式，D派平均每一个人掌握的技术要多于我们，从这个角度来讲，他们更强。所以我觉得真正了不起的人自己会走出一条新的路，而不是跟在他们后面吃他们掉出来的饼干渣，我现在就在吃某人掉出来的饼干渣。

当然范西集是了不起的技术，把它说成是饼干渣实在不恰当，一开始只有易希和祁玥相信它存在，最后易希完成了它。

下午：

今天感冒就不敢吃西瓜了，中午的时候我去吃了碗牛肉面，这里的牛肉面对我来讲辣味适中，我喜欢这种面，我胃口不差，只是感觉身体有点虚、嗓子疼、流鼻涕，尽管如此我还是把体温保持在39°C。我现在养成了一个不好的习惯，就像很多人生病时不管有没有炎症就滥用阿莫西林一类的抗生素一样，我生点小病也习惯性地把体温升高，主动让自己发烧，好像这能让感冒好得更快，其实不一定有用。自发控制身体代谢这习惯不太好，不过有很多人利用这种方式改变自己的代谢以达到减肥或是增肥的目的，所以小胖子们只要学会后就能很快减肥，为此那些少年的家长们总是对夏令营赞不绝口，以为青山夏令营真的很棒，让他们的孩子增长知识和技能，还锻炼身体。与此同时以阳鬼子为代表的一拨人正山吃海喝而从不担心体重，哈。

下午又睡了一觉，这次没有做噩梦，醒来时感觉好了一点。

易希这几天心态太轻松啦，对范西集只字不提，那我也没什么多说的，他自己的东西他最懂，我说不好范西集，那我说说繁越好了，相比起范西集，我对繁越了解得还要多一点。

祁玥的繁越技术，是在她得了一场大病后发明的，这种四阶技术的用途在于解析各种控制技术——对象为控制技术本身，因而祁玥对于一些技术的认识和理解，远超过其他人。我之所以想提它，是因为它需要的六种体验中有一种很特别，这种体验在祁玥生重病的时候获得，而一般人根本就模仿不了，那就是濒死体验。

祁玥曾得过疟疾，易希带着他对中医的偏见给我讲过这件事："疟疾这种病只能靠奎宁才能治好，当然你要是相信中医能有什么祖传偏方治疟疾那你也可以尽管试试。当时她们不知道祁玥是什么病，以为只是感冒拉肚子，隔一天就是一次，就是这么折磨她，她就越来越虚弱。等送到医院的时候祁玥已经被折磨得不行了，祁玥在快死的时候都没有放弃，你可以问问她，据她自己说要死之前确实是看到了白光，好像还看到路和门之类的，但是她真的很强，最后撑住了，被救了回来，那是非常强的生命力，非常强的求生欲望……"他边说边点着头，表示对祁玥佩服。

所以说濒死体验最特别，繁越这种技术只能说是祁玥个人的技术，因为她在加入青山之前就掌握了繁越，而且到现在也只有她一个人会。

算了，我还是不要胡思乱想了，我即便生病也学不会繁越，那种得疟疾后又冷又热的感觉必然也不是有效体验，不然我现在就可以试试，我还是把烧退了早点休息吧，明天还要往重庆接着骑。

第四辑　重庆，现在不一样了

十九　奉节的三峡好人

石柱到涪陵的路并不是那么好走，105 省道就在长江边，我原以为它会是一条长而平直的沿江公路，但事实是只有丰都附近的路是平直的。在丰都县城里，我看到很多张贴在墙上、写在旗子上的标语，都和三峡移民有关，让我想起半年前看的电影《三峡好人》。

穿过丰都，我看到长江里有几艘客船，它们逆江而上，速度不快，我试着和一艘白色的游轮比赛，怎奈后来爬坡环山的路段太多，被它甩开了。这时候江面上飘来雾霭，开始起雾了。

下午的时候到达涪陵，我总觉得到了涪陵会看见很多地方做榨菜，这种臆断显然是荒谬的。实际上涪陵像是小重庆，城区里陡坡很多，我一不小心走错路，骑进一条死胡同，看到破败而低矮的平房周围有很多高楼，这种反差太大，我在薄雾中看到时，仿佛这一切都不真实。今天天气不算热，我便离开涪陵又向前骑了一个小时，最后在铁路附近的一个镇过夜。

独自骑行在路上的时候头脑无法思考很复杂的东西，而今天在路上很长的一段时间，我的脑子里都被《三峡好人》占据着，电影里的情节和台词在脑中一直重复，这电影太真实了。

故事并不是发生在丰都，而是在丰都下游的奉节，刘备托孤的白帝城就在奉节。电影中煤矿工人韩三明从山西农村来奉节寻找分离多年的妻子和女儿，他不知道妻子叫什么，因为他的妻子是当年买来的，就知道叫“麻幺妹儿”。奉节老城在三峡大坝建起以后已被淹没，库区的移民很多已经不在这里，韩三明一边卖苦力一边寻找妻子。

与此同时护士赵涛也从太原到奉节来寻夫，她丈夫几年没回家，杳无音讯，原来他在奉节当上了黑社会老大，有意无意地躲着赵涛。

一个寻妻女，一个寻夫，韩三明和赵涛两个人，自始至终没有见过面，两个人之间只有间接的联系——赵涛的丈夫郭斌是黑社会老大，手下有小马哥，而小马哥和韩三明是朋友；赵涛在江岸边遇到一个十六岁的姑娘，想要当保姆，很可能就是韩三明始终未见的女儿。

韩三明坐在船头，船上的男人打着赤膊，打牌、算命、看手相；他叉着腰，看着拆迁工地上破败的建筑。赵涛走过脏乱的街头，无言地注视着江滩边的杂草和乱石堆；他们遇到的男孩声音沙哑，用重庆口音唱着《两只蝴蝶》，那个孩子的神态举止，就像我在西部很多地方真实遇见的小学生。韩三明和小马哥在那时还住着一天只要一块二的旅店，难以想象现在还能找到这种廉价的地方，而到了晚上，人们就围在旅店外的路边看廉价的歌舞表演。

这不像是电影，也不像是纪录片，没有刺激的冒险，奇迹几乎不会出现，这像是真实的生活，我们就跟在主人公身后，看到了最底层的人，他们绝不会像我一样，仅仅因为生活太乏味就声嘶力竭地嚎叫，他们必须省下力气，遇到了委屈和阻碍，也不会轻易就哭，就像韩三明一样，睁着眼睛看着，半天才说一句话。

韩三明身上有一种特有的木讷，那种独特的隐忍和坚强，即便别人上来踢他几脚，他也只是呆滞地注视着对方，沉默一会儿又接着说："我就是想看看孩子嘛。"赵涛也是极有耐性，丈夫躲着她，她也不发脾气，跟丈夫提出离婚时，她显示出了不卑不亢的态度："我已经有喜欢的人了，是谁对你不重要。"

电影太过真实，以至于导演故意安排天空飞过 UFO，一幢楼像火箭一样升空这种超现实的场景来提醒观众：这依旧是一部电影。

我觉得强烈的、浓厚的各种情感和体验已经被人们找到好的形容词，描述起来不困难，但是更为细微的内心感受却难以名状，你能感受到它，却描绘不出来。《三峡好人》跟很多伊朗电影一样，整部电影很安静，只是片头和片尾的川剧《林冲夜奔》音乐响起时，能让我想到两个词：如泣如诉、长歌当哭。说到这两个词，总能让我想起几年以前我看到的一个彝族老太，当时她在垃圾房边哭泣，自言自语，然后一边哭，一边唱，曲是山歌俚曲，而词是她自己唱的，歌词里能知道她已经六十多岁，亲人都嫌弃她，没有人照顾她，所以她只能靠捡垃圾为生。所以每次看到如泣如诉、长歌当哭这两个词，我就能想起她，反之亦然，我想起她时也能想到这两个词。

祁玥说她自己在穷困时获得了相当宝贵的东西，她不明白，世袭的贫穷和落魄后的贫穷是不一样的。在世袭的穷人自己看来，穷人没什么好说的，就是穷，没有太多的目标，说到底还是多挣钱。

正如电影中拆迁办的人说："一个两千多年的县城，两年多就拆了，肯定会有问题。"三峡工程带来的好处不言而喻，却也改变了丰都、万州、奉节和三峡沿岸众多的农村与城市，人们的命运随之改变。电影中韩三明和其他工人拆除的建筑里，能看到挂在墙上的书法，写着"努力"两个字，墙上贴着周杰伦照片，还有过去获得的奖状，移民们并没有带走这些东西，那曾经的理想，钦慕的偶像，过去的荣耀，伴随着喜怒哀乐的回忆一起拆除，最后没入水中。

影片的最后赵涛与丈夫离婚，没有大吵大闹；小马哥出了意外，韩三明和工友们把他的尸体抬到江边运走；旅馆老板因为拆迁只好离开自己的旅馆；韩三明找到了失散多年的妻子，为了从她的现任丈夫手里赎回她，韩三明决定回到山西的黑煤窑挖煤；先前和他一起拆楼的工友们得知挖煤能挣更多钱，也不顾危险，跟着他一起出发了。而奉节移民只是三峡众多移民的冰山一角，从奉节、丰都和其他地方又会演绎出无数的《三峡好人》的故事。

我先前也看到一些纪录片，记录的是几户移民到广东、湖南和湖北的人家，他们背井离乡，在新盖好的安置房内，他们开始努力融入新的生活。要适应的变化有很多，要做出的改变很多，但是无论怎样，生活还要继续，就像电影的英文名，它字面上的意思：*Still life*。

2013年8月9日　晴　石柱县到藺市镇

难得易希走错路，他方向感明显比我好，我主要是靠手机来导航，而易希在2007年智能手机还没流行起来的时候，他靠着纸质地图和张嘴问的方法竟然很少迷路，所以他走错的地方我肯定也会迷路。

其实前面这一段是想为我今天在涪陵瞎折腾了半个小时作个铺垫，当时我手机没电了。没电了我就是路痴，只好张嘴问人，在南方问路跟在北方不同，北方喜欢用东南西北作为方向词汇，南方喜欢用前后左右，我两种都能适应，只是今天我问路的时候发现这里的方言很好懂，无论是语法、发音还是俚语词汇都跟四川话很像了，我完全能听懂。

所以中午吃饭的时候，我就试着用我那蹩脚的四川话跟面馆老板说话，我的四川话不地道，说着怪怪的，毕竟我妈说的语言不等于母语，还是说普通话吧。

我来的时间跟易希来的时间相差6年，刚好错开了重庆历史上不得不提的一页，就是打击黑社会和犯罪，面馆老板说起这个来就没完没了，从他的叙述里，我知道了现在的治安比2007年那时候好得多。

我问他除了这个以外还有哪些东西有变化,他伸手指着对面的长江说:"气候不同咯,以前这个季节雨水很多。"

"所以长江水也流得慢,今天还停水了,是吧?"我想到这几天的高温。

他再一次指着长江说:"停水,分时段供水。长江嘛……下游有水坝它怎么流得快?有三峡大坝在那里堵着。"当然他是用方言讲的,只是有的字我写不出来,听他的意思应该是觉得三峡大坝改变了气候。

感冒几乎好了,明天就能到重庆了。

二十　重庆的棒棒军

伦敦是英国的雾都，重庆是中国的雾都。

末伏已过，早晨醒来我便在薄雾中穿行，长江上白色的游轮在江面上逆水而行，隔着一层薄纱影影绰绰，朦朦胧胧。我又和那游轮竞赛一般逆着长江你追我赶，它在江上，我在岸边。待我赢了它的时候一条条隧道又出现，我再次穿行于灯光昏暗的隧道中，刚从隧道中出来看到白色一片，不久便又坠入昏暗。

没有明确的开场白，迷雾中渐渐出现高大的建筑，山还未消减时重庆便登场，猛然一想那山也不会消减，不然怎能叫山城呢？

我对重庆的印象已经模糊不清了，在我很小的时候，我姑妈在重庆开着一家巴掌大小的面馆，每天只卖半天面，下午收拾好面馆就叫来邻居一起打麻将。所以我一时兴起想要去找找她家以前开的面馆。

在菜园坝附近，绕过狭窄的小巷，我似乎走进了一个死胡同，但我马上发现，只要我把车抬上几级阶梯就又能向前。在我把车推上一个陡坡后，终于找到了它，那面馆还是原来的面馆，只是多年前姑妈把它转让给了别人，这是不是能叫作物是人非呢？毕竟这面馆依旧是原来面馆，连招牌都没换，店老板似乎也是上午卖面，下午把门虚掩着，几个人在里面打麻将。

距我上次来重庆已经过去了十几年，那时候我还太小，印象都模糊了，重庆那时候还属于四川的一部分。自古重庆为巴，四川为蜀，不过四川和重庆一直就是分分合合，在重庆独立成为直辖市以前，四川是中国第一人口大省，有一亿多人。

我对重庆更深的记忆来自于九十年代的一部叫《山城棒棒军》的电视剧。

以前我在武汉的时候，人们把三轮车与它们的驾驶员一起称作“麻木”，到了重庆，人们就把人力挑夫和他们的工具一起称作“棒棒儿”。重庆棒棒儿们的历史由来已久，因重庆出门就是爬坡上坎，有很多重物需要他们来搬运，自然就需要棒棒来帮忙，他们是重庆独有的民工，靠着一根棒子，几根绳子，扛着沉重的货物来讨生活。

当年那部《山城棒棒军》很受欢迎，那时候方言电视剧不多，在《山城棒棒军》以前比较著名的有《傻儿师长》，这两部方言电视剧在西南地区收视率很高，如果观众能够听懂“拉稀摆带[①]”之类的俚语，就会觉得更为有趣。

当时并不是没有以小人物为主角的电视剧，但是围绕着一群最底层人物来讲故事的电视剧屈指可数，赵亮演的“梅老坎”演得传神，他和他的伙伴们大都是农民出身，每天把货物从朝天门码头挑到解放碑，就是这样的人物设定，导演把它拍成了喜剧。他们偷下水道井盖，自己却掉进下水道；有钱人的狗死了，就叫他们来哭丧。梅老坎和同伴们在城市中努力生存，同时竟然还可以苦中作乐，就像卓别林《摩登时代》里扮演的工人一样，无论如何艰辛都能乐观地生活下去。

电视剧的最后一集，伙伴们都有了各自的归宿，他们将来的路明朗起来，不再是棒棒军的一员，新来的棒棒儿又加入到了大军之中，他们开始扛着沉重的担子在石阶上艰难前行。

除了这部电视剧外，我对重庆的印象剩下的就不多了，十几年前

---

① 拉稀摆带：四川、重庆一带常用俗语，通常用在否定句中，“不拉稀摆带”意思是说到做到，言而有信。

我姑妈在菜园坝开面馆，到现在这附近已经发生了巨大的变化，不过我相信，明天我边走边看时，模糊的记忆自然会清晰起来。

2013 年 8 月 10 日　晴　蔺市镇到重庆

热、渴、爬坡、累，这几个词语是关键词，客观事实无所谓，主观体验才重要。不过我还想陈述一下客观事实：今天气温高达 39 度。重庆真是个炼丹炉，是的，炼丹炉，我彻底没脾气了。

本来我出发的时候跟易希一样，心情还行啊，可是温度超过 36 度的时候我就吃不消了，天气不一样——易希来的时候是起雾的天。我这里又是晴空万里！

重庆的隧道比之前在恩施时好多了，因为有灯！今天钻隧道我是钻够了。一个又一个的隧道，最短的有 248 米，最长的有 2.45 公里。

最让我难受的地方来了：中午快到城区的时候，本来准备按地图导航走，结果一个开长安的平头大哥把我拦下来，说这里走不通，那边是高架桥，算是高速公路。我一看，果然地图再一次坑了我，于是我按照大哥说的走——沿通江路走，然后转向过子母山隧道，过朝天门大桥。

气温超过了 37 度，我谢过了大哥接着骑，那时我的两个水壶都空了。地图上显示的距离并不远，在山东半小时就能骑完的距离到了重庆一个小时都骑不到，当我上坡下坡连续穿过三个长隧道时……

哎哟老子信了你的邪！什么情况？路被堵了！逼着我上了高

架桥！

该来的总是会来。易希那天遇到没水喝的情形我遇到了。高架桥上没有地方能买到水，我忍着渴，安慰自己一个小时后就能喝到水，却因为找不到出口而无限推迟，当我从立交桥上下来时，已经渴到能喝下半条长江并无限续杯整条嘉陵江了。

这时候我看见了一家便利店，我冲进去直接拿了一大瓶冰红茶拧开瓶盖，在平时我还会看看自己有没有中奖，在那时我都顾不上付钱，直接抬起来把它全部倒进胃里。店里面的人都诧异地看着我。

改编易希的话，我这个版本叫作：多年以后张煜丹要翘辫子以前，一定会想起他喝的这瓶冰红茶，那是他这辈子喝过的最好喝的饮料。

那几秒钟喝冰红茶产生的幸福感比喝任何饮料都强，让我回想一下我以前所有关于喝饮料吃冰淇淋的感受：舒服的情况不过是坐在一个看起来不错的环境里面跟朋友一起吃冰淇淋并且“谈笑风生”。但是那种感觉跟我今天的感受比起来差得实在是太多，因为在高架桥上面的每一秒钟我都深刻地感受到自己快要被渴死，当我看到有水喝的时候我心中产生那种得救的感受，我现在竟然不能准确地描述出来了，因为我已经吃饱喝足，洗完澡，正躺在一张舒服的床上写日记。

我常说主观体验比客观事实重要，就是这个意思。

没有人明确告诉我这句话，这是我自己的主张，我上初中时，脑子里被灌进的东西里面有一条很重要——尊重客观事实。可是在青山待了那么长时间，我开始觉得，不同的人对同一件事情能产生完全不同的主观体验，即便这两个人是一起长大的双胞胎——林家两兄弟应该属于同卵双生①的双胞胎，我现在能分清他们谁是谁了，可是他们俩有时候分歧很大。而且小林跟我是祁玥的学生，而大林跟阳鬼子是黄老师的学生，黄老师和祁玥是完全不搭界的两种类型。

我明白的另一件事情是，即便同一个人在不同时刻，他们对同一件事情也能产生非常不同的主观体验，就像我现在觉得那瓶没什么营养的冰红茶仅仅比垃圾食品稍好一点，我当时应该买运动功能饮料。

很多时候并没有什么客观事实，大家觉得某件事情客观，是因为大部分人主观感受基本一致，主观感受不同时，就无法“客观”，比如英国媒体前几天评出来的“对人类历史影响最大的100人”，无论他们怎么排都无法令人信服，无法“客观”，因为每个人都有不同的主观感受，这种情况下根本就没有“客观”，他们把牛顿排在第一位肯定有不少人不服。

因此我后来的想法改变了——不是尊重客观事实，而是尊重主观体验，试着站在别人的角度看问题，努力感受别人所感受到的东西（尽管我还是有些迟钝），这种做法很像是D派的风格，他们需要深刻地体会别人的有效体验，然后在梦境中把那些体验当作是自己的亲身经历。他们甚至能靠看一部电影或者戏剧就能激发出相关能力。

不过有的技术他们还是无能为力的，像是繁越、范西集之类的四阶技术，结构复杂，需要的体验很多，即便是清醒的时候把这些东西组织起来，大脑也要承受很高的负荷，梦境里面就更做不出这么复杂的结构了。小林曾不屑地说：“做梦时天上最多掉馅饼，掉金块的时

---

① 同卵双生：双胞胎通常分为同卵双生和异卵双生两种，同卵双生的双胞胎由同一个受精卵分裂发育而来，两个个体具有完全相同的遗传物质，因此这种双胞胎看起来会更“像”对方。

候你就得担心自己能不能接得住。”所以D派的人学习大部分一阶和二阶技术是很简单的，但是三阶四阶技术还是得回到我们T派的最原始的范式上。

喝完饮料没骑多远，我在南岸区爬着上上下下的坡，39度的高温下，我体力不支，感冒还没完全好，后脑勺开始疼，那是胡说胡萝卜斯基敲了我的后脑勺一下，对我吼道：“停下！停下！张煜丹你要中暑了！”我赶紧找地方住下来，喝了万能神药——藿香正气水以后才得以缓解。

易希对这种药肯定很不屑，他和祁玥对中医有偏见，有一回我吃鸭肉以后上吐下泻，按照中医的说法，我这是胃寒，这件事情在阳鬼子做凉茶给我们喝的时候就应验过一次。那时候凉茶还没有像现在一样流行起来，阳鬼子做了些凉茶给我们喝，其他人喝完什么事都没有，而我喝完凉茶以后上吐下泻，症状与吃鸭肉完全一样。

可是易希偏偏说我那是吃的鸭肉不干净，什么沙门氏菌感染，这就是偏见。偏见是很难杜绝的，因为每一个人都会觉得自己的看法是客观事实，他们大声地争辩：“我说的是事实！”

重庆真是厉害，我在武汉虽然曾经一天洗四次澡，但是我从未中暑。今天我给重庆跪了，我因为轻微中暑居然没能骑到渝中区。

二十一　故地重游，涂鸦艺术街

我把以前去过的解放碑、朝天门都重游了一遍，好在今天没有雾，而是晴天，朝天门让我想起都江堰，只不过都江堰是把岷江一分为二，而朝天门相反，是嘉陵江和长江的交汇处。我还去了洪崖洞，洪崖洞和以前大不相同了，以前很古朴，现在很时尚。

今天我特意去体验了一下重庆的索道。重庆并非唯一一个把索道当成交通工具而非用于观光的城市，我坐索道过江只是为了感受一下《疯狂的石头》里的场景，不知道是什么原因，近几天我总是提起电影。

在电影的一开始，谢小萌在缆车上打开一罐可乐，并尝试和旁边的美女调情；黄渤等三个盗贼伪装成搬家公司行窃，因为乱停车正在和交警理论，并试图打昏交警逃跑；王迅作为徐峥的下属正从自己的宝马车里拿出喷漆，开始在墙上涂出一个大大的“拆”字；与此同时，郭涛开着厂里的面包车从索道下方经过。

这四个看起来相对孤立的系统似乎没有什么联系——交警将要被打倒，“拆”字将要写完，郭涛的小面包车也会平稳到达目的地。可是就是这时候一个小小的扰动引发了蝴蝶效应式的戏剧性变化：被谢小萌激怒的美女狠狠地踩了他一脚，他疼得大叫，手上的可乐从索道上掉落；他的可乐罐正好砸到郭涛那辆小面包车的挡风玻璃上，惊讶的郭涛和同伴跳出面包车往空中痛骂，却忘了拉手刹；小面包车在斜坡上逆向滑下，在郭涛骂得起劲时滑出很远，等郭涛察觉时却怎样都追不上，最后撞上了王迅的宝马车；正准备处罚黄渤等人的交警看到这边出了事故，对黄渤乱停车也就没有继续追究，其实交警自己也躲过一劫，不然他将会被黄渤用扳手打倒。

所以这种轻微的扰动，能够让整个系统产生巨变，“牵一发而动全身”太过直接，有的时候需要一个复杂的系统来实现这种改变，这种联系可以机械地构建出来。至于如何建构，怎样控制扰动和变量，这些问题要等我完成范西集以后才知道，我相信到那时我会这一切的理解会全然不同。（哦，你这几天提都不提，我都以为你把范西集忘了呢。）

因为电影，我还特意去了罗汉寺，电影里的罗汉寺给我一种乱而嘈杂的感觉，晚上门口应该还有人卖羊肉串，原本我对这里没有很高的期待，结果却发现罗汉寺是个不错的地方。实际为了电影本身的黑色幽默，导演宁浩没有刻意展现寺内收藏的好东西，罗汉寺有五百罗汉堂，除了五百罗汉以外寺里还有很多佛像，像孔雀大明王、地藏王，大雄宝殿里还有寺庙里常见的迦叶和阿难，这种好地方可不会像电影里那样，因为要建写字楼就被铲平的。看完这些佛像我萌生了去趟大足的想法，那里有很多石刻佛像。

趁着时间还早我决定去一趟黄桷坪，去看看最近新开放的涂鸦艺术街，黄桷坪街本来是重庆的一条老街，现在经过四川美术学院学生和老师的辛勤改造，不再是一条破败的街道，而是一个五彩缤纷的世界。街上有很多人在拍照，我用逆狮瞳来让我看到的颜色更鲜艳，视觉效果很惊艳，我看到的色彩比平时更艳丽。

其实涂鸦艺术在国外很常见，把整栋建筑从内到外涂满的比比皆是。但是在中国，涂鸦艺术街还是第一次出现，最为难能可贵的一点是川美征得了居民的许可。他们把整条街所有的建筑和墙壁都赋予不同的主题进行涂鸦，这样才有了这条独具一格的街道。

川美的校园位于黄桷坪街中间，校园不大，刚好今天在办展览，必须说这应该是西南地区最好的美术学院，也只有他们会别具一格地将整条街道变得与众不同，敢于想象的人很多，付诸行动的人太少。

在回来的路上，我在下半城下车走回住地，重庆的下半城十几年来就像没有变化，还是低矮破旧的房屋，我看着灯火辉煌的江岸想着：为什么多年以后这种巨大的反差毫无变化，反而还有扩大的趋势呢？

2013年8月11日　晴有阵雨　重庆

不骑车的时候重庆也没那么热，跟武汉差不多，反正不至于中暑，今天只不过是红色高温预警嘛，紫色高温预警我都见过！黑色的我都见过！

早上我骑车到渝中区，找到昨天订好的青旅，我在青年旅社遇到了个重庆妹子和一个自称是American-Born Chinese的男孩（以下简写为“ABC”）。一开始我看他讲话会时不时带出两句英语，我还真以为他是ABC，跟他聊了一会儿我明白了：什么ABC，不就是英语说得比我好吗？

他来自广东佛山，在海南大学上学，我看他第一眼我就觉得他跟阳鬼子在气质上有点像，巧合的是他也姓黄，也是广东人，好巧，我跟着他们一起玩好了。

拿ABC男孩跟阳鬼子比较不恰当，阳鬼子是真正的海归，把粤语（Cantonese）算上，阳鬼子会8门语言，精通其中6门。他的语言天赋大概只有Thomas Swann小组那几根老油条可以匹敌，认识阳鬼子

让我明白了:

1. 记忆力更好的人英语不一定更好。我的英语水平比他差远了。而且在夏令营的常规课程中,他算是我们名义上的英语和烹饪老师,这两样也确实是他的强项。

2. 并不是所有富二代都是饭来张口的,有的人做菜水平很高。阳鬼子最为得意的时候就是在我们面前露一手,我记得他第一次在我们面前做菜时,对我们夸口说:“你们吃了我做的菜肯定会有杀掉你们老母认我当妈的冲动。”我当时很不屑,但是吃完后我们都服了,他做菜是专业级别的,小林常夸他,说他做菜的水平要比他的控制技术高得多。

ABC 还带着个重庆妹子,所以这个妹子当了我们的导游,她跟 ABC 男孩是在火车上认识的。她带着我们先去了重庆人民大礼堂。这妹子是苗族,不过我觉得她是跟易希一样的被汉化了的少数民族,没有很多的少数民族特征了。她长得倒是很有重庆特征,或者说四川特征,就是大眼睛,鼻子不高,小圆脸,皮肤很白。我在夏令营里看到的全国各地的人多了,通过回想各地人的长相,大致能总结出一些特征,就算用语言描述不出来也能有感觉。

ABC 呢,跟阳鬼子一样,比较典型的客家人长相,不同的是阳鬼子戴着眼镜而且看起来猥琐,ABC 不戴眼镜且挺阳光、有自信,“我这只眼睛再高 0.1 我就是共和国一名优秀的飞行员!”ABC 指着自己的左眼说,他普通话说得不错,不过我还是能听出一点点的口音,所以先前在青旅时,我猜了三次竟然猜中了他是佛山人。阳鬼子就不一样,他讲普通话发音真是无可挑剔,很标准,考级的话最起码也能考一级乙等。

我们跟着重庆妹子先去的人民大礼堂,我不得不说这是奇葩建筑,看着像天安门+天坛,里面看着像个剧院,空间很大,重庆妹子在二层等着我们,她说她爬不动,我跟ABC爬上最顶层从上往下俯视整个礼堂,ABC竟然大声唱起歌来了,这个人真有意思。

阳鬼子肯定不做这种事情,那家伙不爱运动,我跟他成为朋友是在他吃巧克力上瘾吃胖以后,我带着他跑步减肥,那家伙意志力太差了,不过我还是想了各种办法帮助他减到了以前的体型,后来他送了我一双顶级猎鹰作为感谢,这么好的球鞋根本不适合在破草皮上踢。以前非常令我费解的一件事情是:他收集了这么多篮球鞋和足球鞋,但是自己怎么不会打球或者踢球?后来我觉得这跟集邮一样很正常,除了研究控制技术以外我们都有点小嗜好,在青山这样一个到处都是怪胎的地方,这种爱好算是中规中矩的。

人民大礼堂对面是三峡博物馆,今天来了不少游客,有的是跟团的,我们就顺便听听导游怎么说。我看了那些游客几眼,然后跟ABC说:"你信不信,左边那几位是北京的,右边那几位是韩国人?"他没有表态,不过后来导游跟游客说:"来,北京的朋友们请跟好……"以及韩国的几个美女说韩语验证了我是对的。我辨出韩国游客是看长相,而辨认北京游客光看长相还不能确定,更重要的是听口音。其实我猜得准也是个几率的问题,因为我觉得在国内遇到的北京游客最多,而外国游客中韩国人最多。

ABC没有听我讲我这无聊的理论,他直接跑过去调戏韩国美女了,他不会讲韩语,所以当她们在博物馆里照相的时候,他跑上前去用两只手扭捏地指指点点,对着她们唱"非诚勿扰"里男嘉宾入场时那首歌,我不知道歌名,但歌词是"gee gee gee gee baby baby baby……"

结果我今天知道了韩国人也是咬紧牙齿,收缩膈肌,让气流快速流出齿缝,发出一个类似于"切",但是声带并不震动的清辅音来表达不屑和鄙视的。这个音中韩通用,由此我发明了一个"嗤之以鼻"的同义词,这个词叫“切之以齿”。

ABC 还是比较猥琐的,虽然他有着较为阳光的外表,相比之下阳鬼子是表里如一的猥琐。

之后重庆妹子要去上班了,所以她先回去了,我跟 ABC 在回青旅的路上顺便经过了十八梯那个地方,从十八梯出来时 ABC 一个劲儿地说:“天啊,怎么会有这种地方啊? 简直就是穿越啊! 里面是这么破的房子,外面大街上开着保时捷,这些人为什么不搬出去呢? 吃个面都是这种价格,赚的钱根本养不活自己!”

我对他说:“有什么大惊小怪的,中国哪个超过 50 年的城市没有这种地方?”其实我自己心里也嘀咕着这差距怎么会那么大,因为离十八梯不远的地方就有不少百米以上的高楼。后来我们还看到这附近的建筑上有不少拆除的标志,这些地方应该会慢慢拆掉吧。

今天我们在很多地方都看见了“棒棒儿”。泰山上的人力挑夫叫“挑山工”,那个词听着很牛,但是“棒棒儿”这个词是用劳动工具来称呼职业,具有很明显的歧视意味,就像小林说的“狗骑兔子①”一样,这样不好,还是叫人力挑夫吧。

吃完了晚饭后我们又去解放碑,结果到的时候遇到了雷雨,等雨小了一点,我们又继续走,走到朝天门的时候又开始下起雨来,结果 ABC 吓坏了,当时雨不大但是电闪雷鸣,ABC 大叫着:“啊! 妈呀太恐怖了,你看到没? 闪电就在那里你看到没! 哇! 又一道,赶紧走!”

我本来还想多欣赏一下,但是他胆子太小了就只好回去了。阳鬼子胆子也小,不过不至于怕闪电啊,打车回去的路上我问 ABC:“你是不是从小到大没打过架? 一到打架的时候就吓尿了?”

---

① 狗骑兔子:方言,对三轮车和驾驶它的农民的戏称,因为三轮车前轮从正面看起来像兔子的牙齿;而驾驶它进城的农民通常又戴着有护耳的棉帽,像狗耳朵,故而得名。

他回答说:“没啊,我小时候很厉害,一个打三个。”

我点着头敷衍道:“嗯啊,哈,我看出来你会佛山无影脚了。”

阳鬼子就没打过,是因为他爹妈从小就教育他不能打架,有一回他找到我说他看了《搏击俱乐部》,他跟里面的爱德华诺顿一样从小没打过架,想找我试试,这显然是借口,而且我对打架这种事情根本不感兴趣,最后在他的央求之下还是同意了。打架就打架,他还定规矩:

1. 不准用任何控制技术。2. 不准踢裆或者打脸。3. 事后不准记仇。

谁记仇哇? 胳膊脱臼的是他又不是我,我现在还不明白为什么他会突然找我打这一架。

今天在青旅,跟我们住一间的还有两个从楚雄来的中学生,年龄太小了,只有15岁就跑这么远来旅行,虽说我在这个年龄也开始独自前往武汉了,但是那时我没尝试过一个人出远门旅行。本来我想叫上他们,明天我们四个人一起去磁器口,可惜他们今天去过了,所以我跟ABC说好明天一起去歌乐山和磁器口。

二十二　磁器口与歌乐山

磁器口和歌乐山都位于重庆沙坪坝区，我起得很早，准备坐车去磁器口。

到过成都的人大都会觉得成都是个慢节奏的城市，其实重庆人的节奏也不快，七点左右街上很多店铺还未开张，先前吃早饭时那老人家看到我进店才不紧不慢地开始包抄手。

我在磁器口的街上闲逛，时间太早，大多数店铺没开门，一个身着白色连衣裙，披着长发的女孩踩着青石板从我身边走过，睡眼蒙眬几乎撞到我，我闪到一边时看到鑫记杂货铺旁的华子良雕塑，这时古镇才像是醒过来，人们开始了一天的忙碌。

沿街的店铺在卖冰粉和凉虾，茶馆门口种着我喜欢的芦荟，咖啡店门口的玫瑰和兰花开得正艳，棒棒儿轻快地穿过人群，陈麻花的伙计卖力地叫卖，头发花白的老人讲着重庆话招呼我进店算卦，八九岁的孩子扔出纸飞机飞过遮阳大伞，下面的几个中年人优哉游哉地喝茶，那时时间尚早，不到十点。

离磁器口不远的歌乐山跟磁器口是不同的节奏和气氛，烈士墓庄严肃穆，与市井气息浓厚的磁器口形成鲜明对比。

我还能记得小说和电影里面的情节，《红岩》里面的人物都曾在这里生活过。从山下的白公馆到山顶的渣滓洞，这里曾关押过杨虎城和小萝卜头一家。《红岩》的小说和电视剧让我混淆了历史，不知道哪部分是真实的历史。今天我看到了一面红旗，原来江姐和难友们真的绣过红旗，只是当时他们囚禁在牢中，得知共和国有了新国旗——红旗上有五颗黄星，但又没见到国旗是什么样子，绣出了错误的图案。

把仇恨略去，剩下的是苦难，像是祁玥所说的那样，苦难能在任何时候塑造并改变一个人，苦难也能把人毁灭掉。

但是这里还有更多东西，任何时代的革命者都有的东西，他们为了达到目的牺牲生命，做出完全与动物本能相反的事情——自我牺牲。像是《红岩》里的许云峰和江姐，像是不断斗争最后战死的切·格瓦拉，像是从武汉到重庆的博物馆中看到的众多革命者。但是人心容易受到蛊惑，威逼利诱之下，有的人背弃了自己的信仰，背叛了其他人，《红岩》里的蒲志高就是如此。

夏令营会说我是叛徒，不过我不觉得耻辱，需知一个时代和一群人坚守的东西并不一定都有价值，有的坚守就像是晚清遗老们留的辫子一样不值得称颂。要是回顾一下我背叛的导火索，我没有任何负罪感。

我擅长反射弧联结、激素闸一类的技术，从这些技术出发，我试图探索出更为简易的、统一的控制结构。我试着用祁玥的方法，尝试所有的可能性，结果意外发现了一种能够伤害自身神经的技术，这种技术可能会在一瞬间让人瘫痪，甚至是夺去自己的生命，当黄佑然知道我有新发现时马上就来向我学习它，我不愿意告诉他任何细节，神经元一旦损伤是无法修复的，这技术实在太危险。

黄佑然当然不会害怕，他们野心勃勃的计划让他们不能错过任何有潜力的技术，不管是谁，只要拒绝分享自己的技术，就是犯罪。他们指责我突然变得保守，要我为了我们共同的理想，为了整个青山作出应有的贡献，这句话倒是提醒了我——我的理想和他们不一样，我并不想因为他们野心勃勃的计划而变成一只牛头梗，此后我因为拒绝分享自己的技术而成了不受欢迎的人。

我决定离开，其实没有这件事我也早晚会离开，所谓道不同不相为谋，在曾老爷爷告诉我他们迫害史老师的事以后，我对他们的厌恶又平添了几分。我的理想和祁玥一样，我们想完成范西集。

必须说我对小丹有些歉疚，我多年前向他爸爸承诺帮忙照顾他，后来带着他到了夏令营，最后却自己先离开了。

我尤其记得很多年前我问小丹："你为什么又吃方便面？"

那时不满十岁的他转过来，稚气的脸上写着的是无奈，就像四十岁的人语重心长地说："生活所迫呀！"

我又想笑又可怜他，亲人不在身边的孩子特别容易孤独，所以我下定决心一定要让他摆脱这种孤独，我向他爸爸求情，后来他允许我带着小丹去武汉，他常说自己想和小丹谈谈又不知从何说起，只好在每次我们启程去武汉前对我千叮咛万嘱咐。青山夏令营的确是欺骗了所有人的家长，可是它让每一个人获得了惊人的成长，我因为个人的原因选择了退出，带着我和祁玥的共同理想上路，而祁玥分担了原本属于我的责任，小丹虽然得到她的照顾，但更多时候他也要靠自己。

现在的我能很平静地描述这一切了，现在的我不会过分牵挂谁，包括所有的亲人在内，这种时候感受到的自由才最为真实。我记不太清楚了，那大概是罗世文对小萝卜头说的：世界上最珍贵的是生命，比生命更珍贵的，那是自由。

在下午回来的路上我又去了博物馆，有些仓促，不过好在博物馆并不算很大，我还是看到了些有趣的东西，譬如他们把三峡工程开工以前三峡的样子做成了环幕电影，让我们还能看到曾经的三峡，游客能看到所有方向上的景色，更接近于真实的体验。

但那毕竟不是真的体验，曾经的三峡消失了，即便你用全息影像播放这一切，它都不复存在。我感到遗憾，未曾去过那再也到不了的三峡。

2013年8月12日　晴　重庆

我昨天写完日记以后反复读着他的日记。

易希他不欠我什么，反倒是我欠他一句感谢。易希离开以后我们就很少联系了，直到他死的时候我才最后在火化场见了他最后一面，我未曾告别，我欠他一句谢谢，最关心我的人是他，然而误会他的是我。

误会他的是我啊！我却永远无法跟他说抱歉了。我越想越难过，这种时候有谁能听我说说易希的事呢？

我走出去的时候雨已经停了，我在灯火通明的街道上给我妈打了个电话，她接电话的时候大概很意外，因为我很少会给她打电话。我告诉她我在重庆旅行，但是没说日记的事，她承认当初他们确实拜托易希照顾我，她反问我："你们两个后来是咋个了？好像都没说过话了。"

听到这里我开始悔恨了，只好做了一次意志叩来压制这种情绪："没有，他有他的自由，你晓得嘛，后来也很好，我在夏令营学了好多东西，照顾自己根本没问题。"

她接着说："我跟你爹也没有那么多时间来管你，上初中以后家长会也没开过，我们确实很……对不起，我们家永远欠着易希家，你是他妈妈接生的，名字也是她取的，后来你爷爷不在了，易希又经常照顾你。"

"但是我始终是你儿子，还是要谢谢你们能准我参加夏令营，这几年我在夏令营一直很快活，有很多朋友，谢谢你们。"我觉得这句说得有点突然，电话那边我妈可能有点哽咽，因为先前做了意志叩，我自己情绪很稳定，又接着说另一件事："现在易希家只剩他爹还有佳慧婆婆了，等我回到家，我们一起看看佳慧婆婆好吗?"

"啊，我们可能忙不过来，现在正在……"

我意识到这个对她们来说不太现实，只好扩充了条件："等我回到家，要是你们也在家，我们一起看看佳慧婆婆行吗?"

"好。"

她把电话交给我爹，我又跟他聊了半小时，这时候我发现，我根本不知道他们的近况，我不知道我爹的关节炎好些没有，我甚至不知道两个月前他们就离开重庆，现在他们在甘肃。而他们也不太清楚我现在在大学里成绩怎样，还有他们始终不知道我在夏令营真正学了些什么，这趟旅途到了这里，我开始觉得它变得不一样了。

回到青旅已经12点，睡着之前我模糊的意识中想起一个人，特别应该感谢——祁玥。

这一觉睡得非常好，我不记得我曾做梦，醒过来的时候觉得精神倍增，这时ABC还在睡觉，我摇醒他叫他起床，他半睡半醒地说："起不来啊！昨晚有蚊子没睡好。"我只好自己去玩了。

根据易希的经验，磁器口开放时间比较晚，所以我一大早坐地铁出发，先去歌乐山，后去磁器口。

但是去了歌乐山以后我感受不如易希那么深，主要是因为他看过的小说和电影我没看过，我看过《小萝卜头》，但是没看过《红岩》。渣滓洞、梅园、白公馆我都去了，以前跟他爬山，景色好的时候就看风景，景色不好的时候我就和他比谁先爬到顶，现在没有这种机会了。

跳过这部分去磁器口吧。

易希说磁器口市井气息更重，这是对的，不过我觉得同样都是古镇，束河古镇比这里好得多，束河干净得多，秀气得多，更明显的区别是，東河古镇上你不可能看到有人用玩具枪打气球，也不可能看到人算命、打麻将啊。

不过有个东西挺怀旧的，就是糖丝画，小时候我们管这东西叫“转龙”——一个盘子上有十六个动物图案，中间有根能转动的指针，转动这根指针，等它停住以后会指向某个动物，然后那个四十多岁的民间艺术家就会用融化的红糖在一块白板上画出那个动物图案，有时候是龙，有时候是凤，有时候是蝴蝶，等糖冷却变硬后把它从白板上拿起来，你就可以吃它了。不过这东西没什么好吃的，比的是手艺，看谁的作品更精美，我照了一张照片发给了 Mark，并且向他解释了那是什么。

后来中午吃老麻抄手，这又是一种极致的味觉体验。在学校吃饭时，餐厅喜欢拼命放酱油，仿佛酱油不要钱，在这里吃抄手，抄手里面就拼命放花椒。酱油吃咸了可以喝水，花椒吃多了喝水基本没用，从嗓子眼到舌头到嘴唇都是麻的。

人类能辨出很多种味道，但是只有在吃喝时产生了幸福感这种抽象的体验，才算是有效体验，当然我和易希都已经体验过了，他是在那天很渴时喝蜂蜜水的时候，我是喝冰红茶的时候。

下午我接着去体验索道，到了晚上我去了洪崖洞，那是个挺不错的地方，这夜景用他们的话来讲——很巴适。吊脚楼能重叠着摞上 11 层，吊脚楼上还能修电梯？我头一次见。里面是立体的商业步行街，咖啡店酒吧要啥有啥，比磁器口精致。

回去的时候已经 10 点，回到青年旅社又看到 ABC 男孩，他今天 12 点才起床，不过他说他还是暴走了白公馆、磁器口和一棵树。又看到 ABC，使我想起另一件事情来——黄熙阳是否知道他叔叔对易希的所作所为呢？

直觉告诉我他知道。

二十三　顿悟与范西集

在重庆以南90公里的大足县内有着被联合国教科文组织列入“世界文化遗产名录”的大足石刻，与敦煌莫高窟一样，大足石刻也是宗教色彩很浓厚的地方，我放弃去武隆而去了大足石刻。

净土宗祖师慧远曾听闻别人讲解《般若经》，听完以后他感慨地说：“儒道九流学说，皆如糠秕。”在表达完对儒教和道教的不屑以后，他决定弃儒学佛。而大足石刻最有趣的地方，在于它不仅有佛教石刻，还兼容儒释道三教的雕塑，有不少宗教能够容忍异教存在，不去毁坏异教雕塑，但是能将异教的雕塑放在一起的，我只见过佛教。

当然大足石刻还是以佛教石刻为主，华严三圣的文殊普贤的位置是按照密宗的习惯来排列的——这一龛的大日如来居中，左边是普贤，右边是文殊。

大足石刻最著名的一龛佛像是涅槃佛，但我觉得最壮观的一龛是无量寿佛经变相，解说告诉我们，观无量寿佛经变相是根据净土宗的《佛说阿弥陀经》、《佛说观无量寿佛经》、《佛说无量寿经》来刻的，敦煌的《西方净土变壁画》也是根据《佛说观无量寿佛经》画出来的。

天上下着小雨，给我们解说的姑娘撑着伞，穿着一双布鞋，她是本地人，声音很细，解说时面带微笑，看到她我又想起敦煌的解说员，我现在想出形容她们的词语了——她们长得像菩萨，美但是不妖艳，从内到外有一种如水的温柔，很像画中的菩萨。

大足石刻大部分的造像都有着丰满的脸，慈祥的笑容，这种笑容跟祁玥对着镜子练习出来的假笑显然不同，宁静而安详，但是也有的造像很像一些藏传佛教的造像，它们凶神恶煞，表情狰狞，如六道轮回。

所有雕塑里我最喜欢六道轮回像，比它精美的作品有很多，千手观音就是其中之一，可我看着千手观音时，却总想起孔雀开屏。六道轮回也不是宝顶山石刻最为核心的造像，但对于大部分人来说，它却比其他雕塑更易懂，以前我只见过六道轮回图，今天终于见到雕塑了。

大足六道轮回石刻

六道轮回表现的是佛教独有的世界观，宗教都需要解决信徒对死的困惑，大部分的宗教都在人死后安排一个较为稳定的“归宿”，而佛教的世界观则是轮回。在六道轮回图中央，结跏趺坐的修行者需要克服身旁的贪（猪的形象）、嗔（毒蛇的形象）、痴（鸽子的形象）这“三毒”，避免产生恶业。修行者外的第一层将六道轮回分为天道、阿修罗道、人间道、饿鬼道、畜生道和地狱道，天、人和阿修罗这“三善道”受苦较少，而地狱、饿鬼和畜生这“三恶道”受苦较多。众生都脱离不了这六道轮回，人如果行善积累善业，就能上升到阿修罗道和天道，作恶积恶业，就会下降到“三恶道”。第二层说的是生命在“无明”到“老死”中的十二因缘，展现人间之苦的原因；最外层的动物应该是表示具体轮回的方式吧。转轮圣王支撑着这轮盘，它面目狰狞，死死咬住轮盘，表示六道轮回不可打破。

要想跳出三界外，仅仅是行善积德是不够的，因为即便是在天界享福，福报也终有享尽的一天，还是不免要受轮回之苦。真正的解脱之道是修佛，至于具体的方法，佛教的各种派别又有他们自己的见解。

我会接受佛教世界观吗？当然不会。这倒不是因为我是虔诚的基督徒，实际上我对各种宗教的世界观都报以同样的态度，我站在佛像前心中没有佛祖，小时候外婆带我去教堂的时候我的心中又没有耶稣。你难以令我相信处女怀孕，还有腋下产子这种事情，某种意义上来说，我这种泛神论者等同于无神论者。但我和无神论者又不一样，我可以单纯地感受唱诗班天籁般的吟唱所带来的陶醉，或是欣赏壁画和雕塑；我可以靠着《心经》里“舍利子，是诸法空相，不生不灭，不垢不净，不增不减。是故空中无色，无受想行识，无眼耳口鼻舌身意，无色声香味触法，无眼界，乃至无意识界，无无明，亦无无明尽，乃至无老死，亦无老死尽……”进而进入到一种超然状态，同时我又可以忽略掉带有神话色彩的宗教世界观。

那么，我想不想脱离这轮回之苦呢？当然不想！我大概属于那种乐于享受轮回的生灵，我觉得要是没有喜怒哀乐和大起大落就索然无味了，为此即便是经历十二因缘中的种种疾苦，也都是必须的。有一次我在火车上遇到一个和尚，聊天时我对他说：我这辈子是四处游荡的人，下一个轮回我就是“流浪鬼”，再往后我又变成终生迁徙的角马或是海鸥。

除了欣赏各种宗教创造的艺术作品，我还有别的收获，我指的不是练就坐禅入定的本事，而是我从这些宗教里吸收一种独特的智慧，它与范西集不无关系，所以现在我可以大致描述一下范西集了。

很多人曾问我："什么是范西集？"而祁玥显然完全理解这种问题，她不解的是："你怎么实现它？"

我觉得其他人对范西集的理解有偏差，范西集并不是关于想象力的控制技术，因为想象力不是简单的一种心理机能。说范西集是关于联想的技术也不准确，对于这一点，祁玥的领悟很准确："范西集是机械地构建联系的控制技术，而不是想象力。"

同其他四阶技术一样，范西集是在反向分析思维本身进而获得一种智慧。其本质是一种在思维过程中机械生成联系的方法，它们不像我们使用的思维策略，但却有用。

多数人还是不明白："你说的'联系'是什么呢？"

我举出了这样一个例子，那是一个无提示词谜语："开阔的地方比狭窄的地方好，有风比无风要好，两个人比一个人要好，你知道我说的是什么吗？"

大部分人不知所云，他们不知道我所描述的是放风筝，但是当我公布答案的时候，所有人的脑海中不但会浮现出风筝的样子，同时还会产生与它有关的场景和记忆。为什么我在进行复杂描述的时候他们没能产生相关的场景和记忆呢？是什么阻碍了这个过程？答案似乎很简单：因为他们没想到那是放风筝。

这种答案就如同大部分人看到苹果成熟、落地时觉得那是自然而然的事——因为苹果太重，树枝挂不住就落地了。没有多少人觉得这背后还有万有引力制约着一切。这种答案满足不了我，在那种阻碍的背后，存在着某种规则。而范西集的作用，好比是在两个跨度极大的事件之间架桥，它又不同于巴甫洛夫对于狗的训练，而是只有人才能学会的东西。

那么范西集的用途就仅仅是猜谜语吗？当然不是，如果你问一个人：你能说出多少种筷子的用途？他可能需要一些时间来想到：除了吃饭以外，还可以用来沾水在地上写字，可以用来烧火……随着时间的增加，他们能够想到更多的用途，但是难免会有想不到的用途。这种实验可以测试人的发散思维能力，而范西集却可以在一瞬间想出这些功能，因为它在筷子和它的用途间机械构建出了联系。

我猜想就是这种原因使大家会误认为：范西集能提升想象力或者发散思维。范西集确实能够帮助我们想到别人想不到的东西，但那不是想象力，那是事物间的联系。它能从一堆混沌无序的问题中看到事件的关系，在解决问题一筹莫展时创新地想出办法。

现在我知道了，范西集实际上是史老师提出的，他一直没能完成完整的控制技术，后来我和祁玥对控制结构做了改动。

范西集确实是一个难题——每当你试图思考关于思维本身的问题时，你依然处在固有的逻辑框架之内，你不能超越逻辑来检审自身，因为你的逻辑依旧根植于自己的理性之中。

所以唯一的方法是把它当作一个控制技术来做：先构建出它的控制结构，然后用有效体验来激发它。

我们并不会迷信数学，不会觉得它是“万物的本质”，史老师看到了范西集存在的可能性，提出了大致的样子，但是还远远不够。范西集要达到的效果是在各种事物间建立联系，创造出的不是单一的方法，而是一系列的解集，而如果是一系列的解集，那它就必然是四阶技术。

范西集和佛教不无关系，禅宗强调“顿悟”，六祖慧能认为修行的方法并不是靠渐修——“迷闻经累劫，悟则刹那间”，这恰好和四阶的控制技术相似，我需要“顿悟”出这种技术，它就像阿基米德看见浴缸的水溢出以后，跳出浴缸大叫着："原来如此！"对于范西集这种智慧，控制结构只是脚手架，真正有用的是那一瞬间的顿悟，灵光一闪——原来如此！以后就不再需要那种顿悟，也不再需要脚手架。

现在有一个亟待解决的问题——范西集所需要的体验中有一种最为特别，那就是宁静。小乘佛教说：诸行无常、诸法无我、涅槃寂静，而我们所说的宁静，和"涅槃寂静"是不同的境界，简而言之，就是这种宁静并不是心中空无一物，而是一种安静祥和。今天在回重庆路上时，我就在思索着达到宁静的方法，我觉得以往的那些方法都不行，因为我得快一些，随着时间的流逝，积累体验的长周期将要结束，留给我的时间不是很多了。

2013年8月13日　多云　大足

易希解释了范西集，先前同日记一起寄来的那个网页上有完整的范西集的控制结构，我把它打印在一大张纸上，后来觉着带着这么大一张纸旅行不太方便，走之前就花了些时间，把它记在心里，现在易希的解释并没让我加深理解，反而是迷茫了，他要用什么方法呢？还是让我先放下范西集，这两天的事情让我难以平静，我需要缓一缓。

跟着易希去看石刻，同时也是去找秦琴。坐在去大足的车上她给我发条信息，我才意识到今天是七夕，所以到了大足以后，她就赶紧帮我找地方住，还好找到了，再晚一些怕是订不到了。

她问我前几天吃过火锅没有。

我说："我一个人怎么可能跑去吃火锅？"

“没吃火锅怎么能算到了重庆?”她说道,所以她就请我去吃火锅。那家火锅店挺不错的,我吃辣的能力有长进,虽然还是比不过我们家的四川亲戚,但是重庆火锅我已经可以接受了,衡量自己吃辣的水平,不单单是看嘴的感觉,也取决于你吃辣的时候是否被辣得流鼻涕,我今天就没流。

我认识秦琴的时候是2011年12月24号,那天我和几个大一的学弟在济南做完实验,在回学校的公交车上我跟秦琴同时给人让座,于是就那么认识了,当时我听到她在用四川话跟她同学说话,我就用四川话跟她讲话,结果得知她是重庆人,后来竟发现她跟我是同一天生日,很巧。

我们吃完火锅之后秦琴带我去了宝顶山石刻,先是遇到一群老外,听他们说的语言应该是法语,我看到其中一个的T恤上印着巴黎圣日耳曼的球队标志。之后我们在宝顶山门口又遇到三个台湾游客,她们中有两位已经不是第一次来了,秦琴喜欢广东福建和台湾,不知怎么回事,秦琴就自告奋勇提出要给她们当导游,虽然不是专业导游,但是对主要的几个雕塑她还是比较了解的。

学历史的她开始给我们介绍那些石刻,可是这些知识长期不用容易忘啊,讲着讲着她就迷糊了,一脸无奈地看着我,说自己记不住那些佛像的名字了。我真是爱莫能助,我要是看过那些书我肯定能把它们背出来。我只能安慰她说:“没关系,她们没给你解说费呢。”台湾那几个游客更幽默:“没关系啦,我们不收你练习费。”

那些佛像很逼真,我这么说是有凭据的,因为当我拿着我的手机照相时,手机会对人脸自动对焦,我的手机把那些佛像的脸识别成了人脸。

今天比较遗憾的是千手观音正在修缮,我只看到了露出来的一点点,就是那极少的部分也让我觉得很精美。秦琴介绍说千手观音一共是 1007 只手，我只看到那张图片，很漂亮、精美，遗憾的是我错过了。

宝顶山石刻的有些部分没能保护好，被侵蚀了，台湾那位游客也说三年前她来的时候侵蚀得没这么厉害，秦琴告诉我们，节假日的时候这里的游客多到挤破头，门票收入能有好几百万，重庆又湿，保护这些东西总是很难。

台湾的三位游客日程很紧，回到重庆吃完饭就要走，我们在景区入口处和她们告别。从宝顶山下山的途中，我们遇到卖玫瑰的中学生们，他们过来让我买玫瑰送给秦琴，让我们有点小尴尬。

我跟秦琴聊起来就没完没了，什么都聊，她考上了研究生，但是没有去，明年 2 月就要准备出国了，去的是莱比锡大学，我对这名字很敏感，不过仅仅是对于我，因为这个地方是心理学诞生的地方。

讲着讲着她就由普通话切换到了重庆话，我也开始讲方言。我们又聊到星座，她说她周围的人都整天聊着星座运势，但她对这东西根本不感兴趣。我跟秦琴同年同月同日生，可是我们还是有太多的不同的特质，别的不说，刚才我回宾馆的时候她就差点把她的微单相机忘在我的背包里了，我问她："你是不是忘记什么了？"她想了半天还是没想起来。

"告别的时候是不是该拥抱一下啊？"

"啊，你说这个啊。"她走过来，我们互相拥抱了一下。

"还有啊，你是不是想送我个相机啊？"

"啊？哈，忘了忘了。"

我们互相告别，留学生们总是很忙，我也不知道什么时候能再见到她了。

我坐在桌子边开始写日记，昨天发生的一切和以往的记忆又在我脑中不断重复，我开始思考我这趟旅行的意义，我一心为了范西集，到了重庆却知道了这样的真相，就像我得到这本日记就为了知道这些一样，接下来我该怎么继续？我不知道回去该怎么办，我甚至不想回夏令营了。我正在想着这个的时候，Mark 给我回了个短信，他说他早就见过那个糖丝画了，问我除了“哮喘姑娘”以外，中国还有什么神话传说可看，我回复他说可以去看看《封神榜》和《山海经》，这两本书应该有英文版。我又在给别人推荐我自己都不想看的东西了。

不是说我离开夏令营就没有朋友，只是夏令营更像家，而我被家里人欺骗了。

二十四　离开重庆

有的人会说，中国的城市千篇一律，毫无个性，街道和建筑看起来是从同一套模型里复制出来的，但是我知道重庆是与众不同的。

重庆绝不是骑自行车的好地方，太多的陡坡让人们不得不选择动力更强劲的交通工具，这些天来我从未见到过自行车道，也没发现街道上有自行车，因为骑车的人不多，今天早晨我骑了很久才找到车行做维护。

重庆让我每天都能想起一些影视作品，在这些作品里，人们挣扎、奋斗，隐忍但绝不向命运妥协。但是我知道，那些作品所产生的感受再深，也不是自己的体验，那些感动、悲伤、喜悦会在自己的小世界里翻腾一会儿，然后蒸发掉，留下的只有恹恹的睡意，唯有自己亲身体验才能真切地感受到它们。

重庆很像西部的缩影，城市里也崎岖不平，就像多山的西部。靠着数千年来人们的努力，在山丘间建起了一座城市，它的上半城繁荣，下半城破旧，人们对生活有着独特的态度，像我姑妈一样，她从来不会为了多赚几个钱而放弃下午的娱乐时间，打麻将和摆龙门阵像是必做的功课。

重庆是雾都也是火炉，几天以来总是又湿又热。给自行车做完保养，我在薄雾中向南骑至綦江，前路漫漫，还剩下一千多公里，昨天在大足时，我想好了接下来要做的事情和为达到目的所必要的手段，我会在最后完成范西集，只有一个难点，就是我需要宁静的心境。

2013年8月14日　晴转多云　重庆到綦江

今天一早我离开大足，上午回到重庆，顺路去了一趟涂鸦艺术街，本来还想去川美的美术馆里面看一看，结果大门紧锁，我以前还以为四川美术学院在成都。顺便写一句，我记得刚好是去年的今天，那个持枪抢劫，杀了好几个人的周克华在重庆被警察当街打死，地点就在沙坪坝。

好，我也总结一下吧，重庆最赞的一点是街上很多地方有中国电信的Wi-Fi热点，不过有人抱怨说手机可能会自动连上网开始计费，这是个问题。

重庆的轨道交通也不错，有地铁，也有轻轨，今天离开的时候，轻轨线路就架在渝南大道上方，悬在空中的单轨列车从我头顶驶过，在空中形成了一道景观，地铁数量不算多，但是很便利，也不算挤，只是有的地铁站很深。

至于我自己，一言难尽，几天前我终于知道易希离开的原因。易希、祁玥、我的父母，我真心感激他们，在这趟旅程开始我认识的是曾经的他们，在这趟旅程到达这里的时候，以如此独特的方式，我重新认识了他们，多么深刻的印象，真是永生难忘。我觉得易希和祁玥都希望我能学会范西集，除了这个我还能做什么呢？做什么易希都活不过来了。

顶着38度的高温骑向綦江，我沿着江边的公路骑行，从中午一直骑到傍晚，直到夕阳西下，那原本绿色的江水映出夕阳的波光，河畔戏水的孩子穿好衣服准备回家。我在江边的公路旁坐下，不多一会儿，夕阳慢慢下沉，光与影的界限被越推越高，它掠过河面，爬上河堤，拂过我和我的单车。当最后一道光芒消失在我身后的山顶，暮色开始向我袭来，上弦月被云层遮住，隐隐约约透出些许灰白，启明星在西方的夜空中刺出第一个亮点，江水被夜色渐渐描成了黑色，远方的山峦逐一被夜色吞没，山谷另一侧的点点灯光在一片黑暗中微微摇曳，夜空中出现了更多闪烁的星，周围变得安静下来，我这才再度出发，骑向城市。

我在认真考虑着明年不回青山了，但是不回去意味着我再也见不到小林、慧儿姐、梁梦盈他们，这让我很舍不得。

第五辑　范西集需要这些

二十五　云贵高原的边缘

从綦江沿着国道一直向南50公里，就到了东溪古镇。这古镇建筑有自己的特点，飞檐小青瓦和白色的墙让我想起了启程那天在三河镇看到的徽派建筑，但整体的竹木结构又有些像是吊脚楼，古镇上还有一条盐马古道，不过凌乱的电线和装在楼上的空调破坏了那种古香古色。其实我很想沿着青石板台阶往上爬，好好看看整个古镇，可附近无处寄存单车，这时候我再次意识到，比起徒步，骑行也有不好的地方——你不能随意把车扔在一个地方，径自远离公路去游览，这种时候我就很希望能把山地车变为登山包。

继续往南，沿着綦江一直骑，江边茂密的竹林和灌木下现出墨绿色的江水。我在江边坐了好久，这不是单调的绿，而像是用绿色水彩作画，由近及远每画一部分就往水彩中加入一点水，层次分明的绿描出了一幅山水画，我的车和驮包也是绿色的，它们毫不唐突地出现在这幅绿色山水画中。

綦江

连绵起伏的山再一次出现，薄雾中的一座座山显得层峦叠嶂，我知道那最远处近乎是灰白色的大山后面还有一座座山，无穷无尽。

眼前的云贵高原，是中国第四大高原。不少生长于平原的人到了云贵高原都会有轻微的高原反应，其实它远没有青藏高原那么高，但老周曾告诉我，他曾在哈巴雪山上对别人大声喊了几句话，就是那几分钟的高原反应几乎要了他的命，而我现在要骑着车在这群山中穿行，一定会比平原更累。

糟糕的路况与大幅度上坡几乎是同时出现，大型货车把路上的尘埃掀起，带着炽热的尾气从我左侧呼啸而过。所谓国道不过是一条以三位数命名并在前面加上G字头的路，那路面可以是柏油、沙土甚至是带有一个又一个大坑的碎石路，我被迫推车前进，绕过了一个大弯，进入贵州境内。

狂风把乌云一股脑推过来，远处的山被暴雨盖上一层薄纱，很快积雨云就随着狂风吹到了我这里，暴雨如期而至。

贵州号称“天无三日晴，地无三尺平”。我今天再次感受到了这一点。当我等到暴雨停止再次上路时，路上有不少被狂风吹断的树枝，轮子压过带刺树枝时被荆棘扎破了，我只好向一户人家求助，耳边的风声让我听不清漏气小孔的位置，于是我用一盆水来找到扎破的孔，老人家给我打了一盆水，口中直念叨：“在家靠父母，出门靠朋友！”我点头称是，用几分钟时间补好轮胎，老人家还在念叨那句话，我谢过了他，又继续上路了。（好！好！好！终于易希也被扎胎了，俗话说得好：出来混总是要扎胎的。）

高原上的太阳总是从山头落下去，若是攀上了那座山，就一定会看到太阳从西面另一座更远的山头落下。昨天在綦江看日落时我就意识到，那可能是此次旅途中最后一次看到太阳从地平线上落下去。

立秋以后，天黑得更早了，我担心自己到不了下一个镇，在穿过一个峡谷以后我在松坎镇住下了。

2013年8月15日　晴有阵雨　綦江到松坎镇

我今天的收获比易希大得多，易希只是遇到扎胎这种对他来讲不痛不痒的小挫折。而我则是经历了非常难忘的一天，不管我得到的那种体验是否有效，它都强到远超过我的唤醒水平。

让我来跳过其他部分直接说重点。

贵州不是天无三日晴，而是天无三时晴。我今天碰到三次暴雨，虽然我喜欢下雨的天气，之前下小雨的时候，我都淋着雨骑，但遇上暴雨不得不躲，何况暴雨伴随着每分钟至少一次的闪电。

耽误了很多时间，天已经暗下来了，我还是没能骑到松坎，轻微的挫败感在我心中产生,并且难以回避——这时候我又遇到狗的袭击了,一只在房檐下躲雨的土狗在我艰难爬坡的时候叫着冲过来。这一次,老子再也不跑了,来不及用任何的技术,我跳下车来。记得张爱玲曾经说过:"千辛万苦行了这么远的路,于荒郊野岭处,没有早一步,也没有晚一步,刚好碰上一条笨狗咬你,那也没有别的话好说,唯有怒吼一句:'阿拉拔出坐管打死侬!'"

我拔出坐管把车扔一边,直接迎了上去,对那只狗穷追猛打,完全忘记了我是怕狗的。等我打跑那只狗我开始轻微感觉到另一种体验了——勇气。

越往前走,这种感觉越强。小雨又开始下起来,我一个人骑行在黑暗的210国道上,没有手电筒,我试着用了狮瞳,但是周围几乎没有光源,眼前还是很黑,我仅凭借闪电照亮下山的路。方圆几公里内只有我一个人,我不可能退缩,只有前面有住的地方。听着雷声隆隆,我淋着雨从山坡上慢速滑下,我心中无所畏惧,我多想易希现在也在这里,不是因为我怕了,而是因为我希望他也看到那壮观的景象,他轻描淡写的那个峡谷在我看来真是无比壮丽,我看到闪电斜着撕裂整个天空,照亮峡谷,那一瞬间我看到无数雨点被闪电照成银色,不到一秒的时间内,一个炸雷把我的耳朵都震疼了,因为闪电离我实在是太近了。那雷声盖过了山谷中那条河的隆隆声,我高兴得在雨中大声地笑起来,在雨中,我觉得自己像轻灵的滑翔机那样滑下山,几分钟以后我看到了小镇的亮光,我像是赢得了胜利一样,那种体验远远超过了我的唤醒水平。

任何体验都要达到一定的水平才算有效体验,或者用心理学的话来讲,要达到固有的阈限。这和生理学阈限一样,好比安静环境下,一个纯音要达到一定的强度才能被人耳听到一样,我们获得的那些生命体验也要达到一定水平才行。

今天的这种感受已经足够了。

稍微镇定一点以后，我开始找住处，我看到一家旅店很明亮，就直接推车进去了，进去以后发现有几个女人躺在沙发上，其实长得还挺漂亮，我笑着想道：“你当时也遇到这种情况了吧？你住的是哪家？”

我先去吃完饭，然后住了下来，这个镇不大，却繁荣昌盛，有好多发廊。这件事情告诉我，红灯区不一定是亮着红灯且光线昏暗，光线明亮的地方也可以是红灯区，其实当时我刚用完狮瞳，辨不清颜色，我也不知道那些灯是不是红色，哈。

晚上9点，吃完当地很有特色的黑豆花以后，旅店老板娘说前方有个“七十二弯”，还有个“娄山关”，说我明天到不了桐梓县，我根本不怕，易希能骑到哪里我就能骑到哪里，我今天耽误了那么长时间，最后还是跟着易希到了这里，我还有什么好担心的？再多困难都是可以克服的！

二十六　雄关漫道真如铁

早上起来雨一直在下，恰好就是这个时候我认识了一个做黑豆腐的人。

五十多岁的中年人，不知做了多少年豆腐，跟我认识的每一个做豆腐的人一样，他心平气和，点着一支烟，在小雨中看着街上人来人往。他出生于多雨的贵州，在他的生命中，除了做豆腐之外似乎重复着两件事情，看雨和等雨来。

他不是在等雨停，而是等雨来，等雨停的人无法心静如水，而他知道雨总会停，它迟早也会回来，他的眼中透出一种特别的气质，我以前在一些人身上看到过那种从容镇定。

豆腐是中国人最为了不起的发明之一，有两个外国人曾对我说："你们总是想方设法地把不能吃的部分做成最好吃的东西。"当时他们指的"不能吃的部分"是猪蹄。他说得对，中国不能像他们一样，不能养一只鸡或一头牛而只吃一小部分。在人口稠密的地方，人们想出各种方法来获取蛋白质，所以很多地方会把各种虫子作为食物；四川人把让人不快的牛头、牛心、牛舌等"废料"做成色泽红亮而又麻辣爽口的美味，并把"废"改成"肺"，发明出夫妻肺片；在云南程海湖，当地人从水中捞出混杂着各种藻类的螺旋藻，在石头上晒干，直接食用这种自然界蛋白质含量最高的食物。

豆腐是中国人为补充蛋白质而发明出的最自然最科学的食物，我所去过的很多地方都能看到它的身影，豆腐脑、豆干、臭豆腐、腐乳、豆腐皮……它千变万化，但是做豆腐的人仿佛是同一个人，就是我眼前这个人，几十年的经验让他看一眼就能判断出豆腐的质地口感，他指着自己做出的豆腐告诉我，他点豆腐，用的既不是石膏也不是酸水。黑豆腐跟一般的豆腐不同，黑色的表皮包裹着白色的豆腐。下面渗出的汁液有微微的甜香，果然，他用了特别的卤水。

做豆腐跟过去养蚕一样极为辛苦，凭着经验摸索出的技巧远胜过科学理论，几十年如一日的经历淘汰掉了像我这样不甘于平淡或是那些懒惰而意志力薄弱的人，剩下的人特征高度一致，就是我眼前这中年人，内敛的气质下有着坚强的意志，看似瘦弱的身体中隐藏着强大的力量，使我想起祁玥的老师。

我认识她的时候实在太年轻了，对于她经历过的那个疯狂的时代，我都无法评价，更遑论理解她本人了。相比起来，祁玥自己只是在不断地反抗命运，就算是被凌辱践踏，就算是垂死挣扎都绝不低头；而她的老师却明白在无法反抗的命运面前轻蔑一笑，低下头来在心中积累出无限强大的力量，等到乌云散去，阳光普照之时浴火重生，那才是对痛苦最为深刻的理解方式。

眼前的中年人不一定经历过很多磨难，如同在寺庙中修炼的僧人，他内心的平静通过几十年如一日的修炼得来，但这种境界又不及那些有所修为的和尚。我无法几十年一直做同一件事，我毕竟不能像他们一样心无旁骛。

雨已经停了，此时云淡风轻，我碗中的豆腐也刚好吃完，像往常一样，对于我到不了的地方，我只能是后退一步，在心中默默鞠个躬。

与店主告别，我再次骑向往南的路。

之后经过娄山关，这里地势极为险要，在长征时期，毛泽东在很多地方都留下了诗词，尤其是在翻越山峰的时候。在行军至岷山时，他写过《念奴娇·昆仑》，在六盘山，他写过《清平乐·六盘山》，我在六盘山曾见过刻着这首词的石碑。而在这里，毛泽东写下了著名的

《忆秦娥·娄山关》：

西风烈，长空雁叫霜晨月。霜晨月，马蹄声碎，喇叭声咽。

雄关漫道真如铁，而今迈步从头越。从头越，苍山如海，残阳如血。

这首词里“雄关漫道真如铁”很贴切，我在上坡的时候真切地体会了这种艰难，我赤裸上身，用尽全力推车前进，很难想象这样一个“一夫当关，万夫莫开”的关隘是怎样被攻破的，当时在战斗中必定死了很多人。我请别人帮我照了一张照片，发现在这幅字下的自己显得极为渺小。

娄山关·毛泽东《忆秦娥·娄山关》

傍晚的时候我到达了遵义，这是我第二次来到遵义，明天我不作停留，直奔贵阳。

2013年8月16日　晴有阵雨　松坎镇到遵义市

早晨出发的时候老板娘告诉我很多人是搭车到遵义的，然后她指指对面说："那里坐车。"

我怎么可能主动去坐车？我是为什么来的?！我要不是为了范西集，最初我绝不可能骑着辆车一直骑到这里，从济南到昆明的飞机平均时间只要2小时50分钟，早上出发，中午我就能在家里包好饺子，煮上豌豆尖汤好好吃一顿了。我是为范西集而来的，并不能因为路途艰难就搭车，那些人搭车无可厚非，我跟他们目的不同。

何况易希只是轻描淡写："骑往向南的路"，吃碗黑豆腐都能爬的地方想来比不得宜昌到恩施那段"小川藏"。

果然这山不是很难爬。前几天在重庆时，我就想着自己到现在怎么还没摔跤？易希都已经摔过一次了，所以我预感自己的处女摔要摔在贵州。结果我遇到的事情比摔跤要惊险得多。

在到达娄山关前我一边骑一边发呆，公路的坡度并不大，只是那盘山公路一旁的山势很险，不是90°垂直向上，而是与路面构成一个小于90°的夹角，鬼斧神工，像是屋檐一样架在公路上，沿路都有小心落石的标志牌，我低着头爬坡，时不时抬头看看。

那块石头落下来之前还是有征兆的，我听见小石块落地的声音时赶紧抬起头，突然就看见一块大石头从山上带着泥土和石块砸下来。

那一瞬间时间就变慢了，我看见那块石头上的纹理，看见土块打到旁边的树叶。那块石头落地发出了很大的响声，把先前落下来的小石块砸飞，从我左脚旁边飞过，打在我的驮包上，我不可能躲过它，但我确实感觉它的速度比想象中慢，一切像是在放慢镜头，时间似乎变慢了，似乎过了很久那块石头才静止下来，我还在原地呆立着，我知道那是因为我在那一刻注意力高度集中了。

我对时间有着很精确的感受，这种能力不是天生的，更不是什么技术——整个青山就我一个人有这种本事。这种能力是练出来的。

习得这种本领时最典型的场景差不多是这样：高中的语文课上，做阅读题，有一篇文章作者是蒋子龙①，所有人都表示不知道这个人，语文老师愤愤地说："你们这些理科生，连蒋子龙都没听说过，文学修养太差呀。"我吊儿郎当地坐在第一排，两只手各拿一支笔，我用着对侧迁移，笔在我手里转得飞快，我懒洋洋地用方言对她说："你可听说过奥本海默②是哪个？你们这些文科生，连奥本海默都认不得，科学素养不高嘛。"

我心想每个人都有自己了解和擅长的领域，别人不了解你的领域没必要批评别人，要想人尽皆知，只能把头像印在钞票上，还不能是5毛或者1毛的，那不管用，也不能是反面人物——袁大头③就不行。

当时语文老师并没有被激怒，教书教了几十年，比我还恶心的学生她必定见过，于是，像往常的语文课一样，我又被罚站了。

我经常被语文老师罚站，而且是面壁，最初的时候真是无聊到死，后来我找了一种消遣的方法：我看着手表，用右手拇指戳一下墙

---

① 蒋子龙：河北沧县人，中国作家协会原副主席，以中、短篇小说见长，曾获东方文豪奖。
② 奥本海默（Robert Oppenheimer）：美国物理学家，"曼哈顿计划"领导者，原子弹之父。
③ 袁大头：即印有袁世凯头像的银元。

算是开始计时，一分钟以后，我又用右手拇指在墙上轻轻戳一下算是停止计时，那小动作幅度不大，不会被发现，渐渐地，我不看表，然后估计1分钟时间有多长，后来是2分钟，再后来是5分钟，到最后我能在不分心的情况下估计15分钟的时间，并且一秒不差。经过长期的练习，我练出了别人不屑的数秒绝技。

我被罚站的那个地方有一个污点，那是我拇指留下的痕迹，班级大扫除的时候大家发现那个污点很难擦掉，这个痕迹说明了两件事情：第一件是我被罚站时手汗很多而且手脏；第二件事情比较悲摧，因为那个污点说明了我高中几乎没长高，要不然那痕迹就该是一条直线而不是一个点。

我在恐惧中惊醒过来，那块石头离我只有六七米，我要是爬坡更卖力一点，我就变成肉酱了。

我赶紧用颤抖的手推着车猛跑，那几分钟肾上腺素肯定飙到很高了，因为我没有主动控制它，离开危险区域后，我才镇静下来，当时没有吓出冷汗，不过现在写着日记的时候手心上全是汗。

之后爬山简直是小意思，72弯大概比不上318国道上那个传说中的72拐，因为它的坡不陡，路况比较好。但是之后那个娄山关确实难爬，有的地方居然需要全力推车才走得动，我像易希一样，脱了衣服打赤膊拼命推车，这条公路真有趣，路面是彩色的，这可能是因为贵州冬天容易下冻雨，这层彩色涂料是为了防滑用的。

山上有人养蜜蜂，蜜蜂撞在我头盔上“砰砰”响，撞到我手臂上时，把我手臂都撞疼了，像是被玩具气枪的BB弹打中一样，我强烈怀疑易希日记里说那天被虫子撞到眼睛，摔得很惨那次，撞他眼睛的那只虫子是蜜蜂，因为之后他提到了附近有人养蜂。

娄山关真是好险的一道关，好在不是很高，没有爬多久就到顶了,这是个景区嘞,顶上有毛主席的题字。我只能看懂1/3,其他字太抽象,我看不懂。不过昨天易希日记里面提到了这首词,我现在能全文背诵,只是易希是否写错字了呢?因为我觉得有几个字很抽象,而原文是不可能写错的。

之后骑车狂飙下娄山关,爽得不得了,迎面遇到两个骑行者,赶紧刹住车打个招呼,他们俩是广西人,大四毕业,前几天从广西柳州骑到贵阳,现在要前往重庆,然后到成都,最后到兰州。个子比较矮的那哥们脸上有伤疤,他说那是昨天下坡过弯的时候在石子上打滑摔的,我心里面想:这就是论坛里那些人说的“脸刹”,即用脸刹车啊!我可得小心了,看到路上有碎石得慢点。

我们互相交流了一下路况,然后就道别了,没走出多远居然又下雨了,我找了个加工白菜的地方躲雨,雨停后接着上路,不过我也没有摔,骑得很稳。

好吧,反正我到现在还没摔,我总不能故意摔一次吧?

路好走一些了,骑到遵义。

二十七　衣带渐宽在路上

云南人喜欢吃米线，而贵州人喜欢吃米粉，然而我知道这些食物热量太低，如果早餐吃这些东西，骑不到一个小时肚子就会开始学鸽子叫。今天早晨吃早饭时，为了迅速提升血糖，我往豆浆里加了6勺糖，这已经接近一个成年人一天的正常热量消耗了。店主笑我说："你是要吃糖还是喝豆浆哦？"好在那豆浆没有变得很甜腻，我意外地发现这里的油条炸得特别好，不管是口感还是味道，都和我吃过的最好的油条不相上下。

吃过早饭以后我出发了，我有这样的一个经验：如果国道、高速公路、铁路这三者距离很近，那么这条国道既不会很难走，也不会很轻松。理由是：如果国道很难走，那么它附近无法修铁路，如果它很好走，就没有修高速的必要了。

这条国道十分有趣，小小的上坡连着小小的下坡，一会儿是直线，一会儿是抛物线，有时甚至是物理老师曾说的最速降线，喝下去的那碗"糖水"保证了我的体能，我不断调节变速器以适应坡度的变化，傍晚的时候导航仪没电了，我也刚好到达贵阳，跟着很多摩托车一起进城了。（什么？！我一直以为你路感好，原来是有导航仪，没有智能手机的时候用的是这个啊！）

我选了一家名叫"背包客"的青年旅社，我好像很长时间没有住过青年旅社了，我住在这里，是因为附近有一座基督教堂、一座天主教堂和一座清真寺，这下选择多了起来。青旅还算干净，空气里有水果香味。

洗澡的时候，我从镜子里看到手臂上那块因摔车留下的血痂已经快要消失了，我觉得这次不会留下疤痕。我察觉自己瘦了一些，骑行已经改变了我，上半身的肌肉变弱了很多，胳膊变细了，但腿没有，大腿上的肌肉变得很紧实，那早已过时的用进废退的理论仿佛在我身上复活了，昏黄色的灯光下我看着镜子里的自己，我看见了紫红色的皮肤和消瘦的上身。

第二重境界，叫衣带渐宽终不悔，为伊消得人憔悴。

我住的那个房间只有两个人，那个大学生手上拿着一本很新的《在路上》①，好像这本书能体现他正在进行的活动，我便跟他聊起这本书来。

我看这本书的时候也是在大学时，同学的那本封面泛黄的《在路上》旧得相当有感觉，如果只能用一个关键词来描述这本书，我不会用“垮掉的一代”，而是用“漫游癖”。

《在路上》的作者凯鲁亚克和他的朋友金斯堡、卡萨迪等人是小说里几个主要人物的原型，他们都有漫游癖，卡萨迪作为主人公迪安的原型，一辈子都在四处游荡，他偷过500辆车，他勾引过无数女人，最后死于吸毒过量。作者凯鲁亚克酗酒成瘾，他和卡萨迪一样，一生行走在路上。金斯堡稍好一点，他是才华横溢的同性恋诗人，他似乎不像凯鲁亚克和卡萨迪一样“垮”得彻底，从写出《嚎叫》到后来被学院派接受，这个大胡子诗人保持着他嚎叫的态度。

我知道心理学家会说漫游癖是“在精神刺激的作用下，突然发生外出游逛的冲动。行为受到感情冲动的驱使，自己无力克制。在漫

---

① 《在路上》(*On the road*)：是美国作家凯鲁亚克(Jack kerouac)于1957年创作的小说，具有自传性质，描写一群生活懒散、四处流浪的青年人的生活，作者凯鲁亚克被认为是“垮掉的一代”中的代表人物。

游过程中自我保护良好。患者会不由自主地脱离日常生活进行长距离旅行,他们频繁旅行,热衷于体验不同地域风情,以旅游为重点,甚至不惜放弃家庭、工作和其他社会角色”。

心理学家们说得比我好,而且我毫不介意他们称我们为“患者”,不过我知道,不管他们概括得多么全面,对行为的描述多么正确,他们也无法了解那究竟是什么感觉,他们也找不到方法来“治疗”,所以依旧是毫无意义的空谈。

但是我自己了解那种感受,因为我感同身受,这本书里的所有人物,包括作者在内,也知道那是什么感受。

凯鲁亚克在写这本书的时候把打印纸用胶带连起来,用三个星期的时间在老式打字机上打出了一卷几十米长的书,也就是眼前的这本几乎有5公分厚的书,这本书的英文版比这本还厚。但是这本书却不是那个时候完成的,早在凯鲁亚克行走在路上的时候,就已经完成了,凯鲁亚克要做的,不过是把它们用打字机打出来而已。

有的人会说小说里的萨尔如果不遇到迪安,就不会踏上这条路。可是我要说的是:漫游癖不是后天染上的,而是天生的,它来自于一种无法忍受平庸生活的野性。翻开这本书的封面能够看到上面印着的凯鲁亚克的底稿,打印机油墨的模糊的字迹写着,在遇到迪安前,萨尔的生活是这样的:

“我第一次遇见尼尔(迪安)是在我父亲去世后不久的事……我大病初愈,病因我不想多说,不过那确实与我父亲的死和我的万念俱灰有关。”

当你开始感受到生命中的无味,一切都索然无味,吃喝只为续命,又不知为何如此难受时,你就已经患上了漫游癖,只是你还不知道如何解决。等到有个人领着你上路,你又能感受到振奋、欢愉和狂喜,之后你就开始上瘾了,萨尔就是如此,在遇到迪安以后就一发不可收拾地踏上旅程,所以我说漫游癖不是别人引导的,不想上路的人,即便为他安排好一切他也会找种种理由打退堂鼓。

治疗漫游癖只有一种方法,就是上路。萨尔毫不犹豫地这么做了,从美国东部一直往西部去,他并没有很多钱,总是步行和搭车前往。这种快乐一定要亲自尝试过才能体会,当我脚上磨出血泡,小腿充血发胀时心中却无比快活,而说到搭车,我觉得比起在人烟稀少的西部,在中国东部搭车要困难很多。

萨尔在旅途中也曾当过临时警察,与墨西哥人一起摘棉花来挣钱,但小说主人公迪安比他厉害得多,他总是能够精力旺盛地投入到性、毒品、偷车和狂欢这些活动中去,他身上难以置信地有一种人格魅力,吸引了萨尔和很多人跟着他一起上路。可是他的人格中缺失了很重要的一种东西,那就是责任感,他根本不知道自己对家庭或对社会负有责任,他可以在一段旅程结束的时候抛弃自己的同伴,作为好几个孩子的父亲还是像无业游民一样整天瞎混,不,他本来就是无业游民。

你可以去问问经常在路上的背包客们,正如小说里卡洛问迪安的那个问题:“你们到处跑来跑去是为什么?”那样你通常会得不到真正的答案,他们会用增长见识等标准答案来敷衍你,因为一些人知道答案但不屑于对牛弹琴,另一些人直接摸不着头脑。

我来替第二类人回答这种问题:为了痛快。一个人轻微患上漫游癖并不是什么坏事,等过一段时间后,他还是会心甘情愿或不由自主或言不由衷或迫于生计或大彻大悟地回去工作,只要不像迪安一样就没问题。

所以这本书名和路相关的书,实际上跟大部分中国人的旅游没有很大的关系,这是关于漫游癖患者在美国的一个特定历史时期的“奇怪”行为和思想的书。

小说里我最喜欢的人物是卡洛·马克思,他的原型是美国诗人艾伦·金斯堡,我见过各种类型疯狂的人,金斯堡和凯鲁亚克等人不同,他属于另一种类型的疯狂,只要你看过他的诗就会明白他是多么伟大的诗人。我们恭维某个诗人时总可能会说“他在某某诗派中出类拔萃,是他们的代表人物”云云。但是对金斯堡却不能用这种词语,因为没人能写出他那种诗,原本我对诗毫无兴趣,但是看了金斯堡的诗以后,我却能感受到他思想中那极为强大的精神力量,那种诗绝不是躺在床上冒出来的无病呻吟,不管是原版还是中文译本,我都能看出他的精神和意志到达过一般人到不了的地方,而且那绝不仅仅是大麻和安非他命的功效。

我当然不能吸食大麻,或是像魏晋时竹林七贤一样使用酒精或致幻剂,我有另一种方法达到特别的境界,我只需要一座教堂或是清真寺,这就是我今天住在这里的原因,此处位于教堂和清真寺的中间。

2013年8月17日　多云有阵雨　遵义到扎佐

有一条路它姓国,走着走着它就姓县了,由于旁边姓高那条路我不能走,所以在路况突然变差的情况下,我车胎又被扎破了。

这次我就一点都不急了,冲着天空竖了个中指,其实我是冲着宇宙大爆炸竖中指,然后唱着艾薇儿的新歌把车胎补起来,接着骑。

不过天无三日晴真不是瞎说的,下午又下大雨,好在我找了家农户躲雨,那座房子的外墙上挂着块银色的牌子,上面用金字写着“国家彩票公益基金资助”,我躲雨的时候那个妹子还给我倒了杯水,不过被我谢绝了。现在两壶水已经足够喝了，之前在山东、安徽和湖北时一天喝八壶水的日子已经结束，现在彻底凉快了！连住宿都不用找带空调的了，甚至不用电扇。

又一次，我慢了易希一步，一次扎胎一次躲雨，我没能骑到贵阳，不过没关系，明天我会早点出发。他既然点了名要住那家青旅，那我也去吧。

而且明天到了以后我会去找光点兄，在合肥到武汉前易希认识的人比较多，但是过了宜昌以后每个省都有我认识的人，即便他去湖南、广西或是四川。

顺利的话，明天到达贵阳以后要去教堂，去教堂是为了获得一种最特殊的有效体验——宁静。

按理说范西集一共需要六种体验来把四种技术联结起来，但实际上它必须建立在一种心境之上，那就是宁静。

祁玥以前是这么说的："一阶技术不过是用有效体验来激发能力，把两个技术复合成一种新技术时还需要生命体验来连接对吧？"她一边说一边拿过一张纸和一支笔。

"两种技术复合成一个二阶技术时，"她在纸上打了两个点，然后接着说，"需要一种体验对吗？"她用一条线把两个点连起来。

"对，一种体验连接两个技术嘛。"我回答。

"如果是三种技术复合成三阶技术，"她在纸上点了三个点，然后把它们连接起来，形成一个三角形，"那就需要三种生命体验，只不过体验越强，三阶技术效果越好，所以我的是镜像意志-1 而易希的是镜像意志-5，那是它们的特殊性质。"

"所以他能用那个站着睡觉，你只能用来止疼。"

她接着说："如果是四种技术复合……"她在纸上打了四个点。我觉得她应该会先把四个点连起来形成个四边形，然后再连接对角线，那就是六条线，所以我伸出食指和中指，抢着说："那就需要六种生命体验。"

"对，但也不对。"她接着在纸上用实线和虚线把这四个点连成了一个四面体，而不是我预料中的四边形。

"知道我为什么画的是四面体吗？"

我耸了耸肩，那个时候我已经敢讽刺她了："因为您想展现自己高超的空间想象力以贬低我获得优越感。"

祁玥没有说什么，她接着在那个四面体中间画了个球体，边画边说："你要是学不会四阶技术那也没什么，大部分的人学不会任何四阶技术，不过想要接近易希的水平，最起码要学会两个四阶技术才行吧。"那句话对于那时候的我果然管用，我开始认真起来。

"画四面体是因为四阶技术也有个特别的性质，四种技术复合在一起的时候的确需要六种有效的生命体验，但除了这六个以外，四阶技术还需要一种心境，"她用笔指着那个球体说，"对于英格玛集来讲，这种心境就是宁静，如果要做范西集的话，它需要的心境也是宁静。"

"所以就是6+1对吗？"

"我要再强调一遍，心境跟其他的体验不一样，真正的宁静心境很难获得，这一点你以后会明白。"

当时我还在上高一，后来我在大学学了心理学以后能理解得更透彻了，心境(mood)比起一般的体验，最大的区别在于它稳定而且持续时间很长，而当一个人感受到真正的宁静的心境时，心里面就没有杂念了，那种醍醐灌顶的感受我只有过一次，我用那一次学会了英格玛集，这也是到现在我唯一会用的四阶技术。

"有没有五阶的技术？"当时我问她。她在纸上画了五个点，然后反问我："五阶技术需要多少种体验呢？"我在脑子里把这五个点之间所有的连线都画出来，它就像是个五边形，中间有个五角星，很快回答说："十种！"祁玥把笔放在一边："你想得简单了吧？你画的是平面图形么？"

"啊，应该画三维的……"我顿了一下，想起先前她画四阶技术就是立体图形了，突然觉得很惊讶："难道是四维的?！那怎么画?"

她摇了摇头，然后在纸上打了个问号："就算有五阶技术我们也做不出来，资料库里面有一个联合证明，你可以去看看，它阐述了五阶技术的实质，计算出了五阶技术的工作量，后来又有人证明了这个工作量人脑是承受不起的，所以我们认为四阶技术就是最高阶的技术。不过话不能说死了，要是以后谁能发明出一种能极大提升人脑工作量的技术，说不定就能发明五阶技术，理论总是在革新。要是将来我们中有人探索出了第六感能预知未来，我一点都不会惊讶。"

我后来去看了那个联合证明，太复杂，我至今都看不懂。不过第六感这种事情太夸张了，听着不靠谱。

言归正传，现在我还缺少一种心境，那就是宁静，我信心很足啊，跟着易希走，我有预感，我们离范西集越来越近，我快要成功了。昨天易希日记里提到了教堂，我瞬间就懂了，真是好方法！我从来就没想到竟然可以使用宗教！

说到宁静这种心境，易希有一种一定管用的方法，他们以前曾跟随D派的印度人 Mairaj Khan 在印度 Rishikesh 森林中连做二十天冥想，整整二十天一言不发，在冥想结束的时候，每个人都获得了宁静的心境，不过现在易希没有时间了，体验积累的长周期快结束了，所以他选择用更快的方法，对他来说，还就是去教堂最管用。明天我得和他一样去教堂！

二十八　宁静致远

我从不拘泥于青山的传统，我获得宁静心境，通常是通过宗教。

青旅附近有一座基督教堂①，一座清真寺，还有一座天主教堂，它们彼此相距几条街，围成一个三角形，非常巧合的是，青旅刚好在它们的中心。我有时也去天主教堂，但是每次我去的时候，都错过他们的弥撒。

今天依旧下着雨，我穿着我最好的衣服去了天主教堂，这次我要尝试一下与他们一起做弥撒，天主教可能会觉得自己才是正宗的基督教，毕竟新教是后来在改革运动里分出来的。天主教还觉得新教轻视了建筑对人们的影响，没有精美的壁画和彩色的玻璃，失去了庄严的雕塑，人们就难以从教堂中获得应有的教益，新教仅凭《圣经》来充当自己的导师是不可取的，他们坚持认为：有美才能存善，优秀的品质与建筑是密切相关的。

有的建筑风格常会让人产生误解，比如武汉的古德寺会让人误认为那是一座天主教堂，又如宁夏的同心大清真寺，看起来像是非常典型的中国古建。

---

① 基督教堂：基督教有三大分支：天主教、东正教和新教。在中国，人们常说的“基督教”或“耶稣教”指的是新教，即16世纪宗教改革运动中马丁·路德创立的一派。

贵阳 · 天主教堂

今天看见的这座教堂也是如此，从外面看，这就是一座塔，只有彩色的玻璃窗表明它似乎是一座教堂。当我进入教堂以后发现它确实和基督教堂不同，没有哪座天主教堂会缺少画像和雕塑，我看到耶稣受难事迹的十四幅油画像悬挂在墙壁的左右和下方，还有圣母、天使和圣若瑟的雕像。

很多人之所以忠实于自己的宗教信仰，为的还是在死后有好的归宿，所有的宗教都需要让自己的信徒树立起符合自己教义的人生观，最重要的一部分，就是向信徒解释生死。我和一个维族穆斯林讨论过这个问题：假设所有人都不承认地狱、火狱或是六道轮回之类的东西，否认这些惩罚和痛苦；当人们不再逃避，有勇气直面死亡时，宗教还有必要存在吗？

我们都认为，各种宗教的存在是很有必要的。

诚然，科学一度在宗教面前卑躬屈膝，在伽利略时代，他也不得不跪下屈服于教廷，承认自己有罪，如果你敢质疑教廷的权威，他们就将你绑在火刑柱上烧死。而现在的局面却是宗教被科学逼退到了角落，可是任凭科学再怎样发达，它还是无法把人们从宗教信仰中彻底“解放”出来。

原因何在呢？和我讨论的那位穆斯林并不是那个清真寺的大阿訇，但是他对这个问题却很有见地——因为人类很强，但个人却很弱。

城市里的人们经常能感受到莫名的失落感，当我们处在一些由血缘、工作、阶层组成的团体中时，能够自得其乐（其实有时这也是表象），可是当我们身处嘈杂的车站、机场时，陌生人所带来的孤独感就不可避免地袭来，即便周围人声鼎沸我们还是无所适从，我们迫切地想要找到一种归属感。

更多的时候我们处在一个由陌生人构成的社会中，人们难免会对彼此心存芥蒂，我们会觉得周围一部分人不怀好意，或是跟自己的行事风格、道德准则大相径庭，我们难以得知他们是怎样的人，毕竟人心隔肚皮。在这种情况下，我们开始对陌生人采用一种折中的态度，如果有一面镜子，能够让我们看到自己的所作所为，或者以陌生人的身份来接触自己，我们就不难发现这种态度叫作冷漠。

更糟糕的是，有时候这种态度会被进一步误解为傲慢，当人们觉得对方是自大狂，对别人的事务不屑一顾，那原本就疏离的陌生人社会就又增添了几分敌意。

我不能不负责任地说出“这世上还是好人多”这种话，但是每次我因踏上旅途而不得不经常与陌生人打交道，我可以很肯定地说：“我遇到的所有陌生人中，很少有人是极端的利己主义者。”每当重大灾难发生的时候，我们依旧能看到陌生人又团结在一起，并没有多少人会对别人颐指气使，在一定程度上，有的人还为了陌生人牺牲自己的利益。

然而我们不能期待所有人都像我一样从旅途中亲身体会这些，更不能人工降下一场灾难来让人们消除彼此间的芥蒂而变得团结。这种冷漠并非出于本意，只是更多时候人们缺乏这样的机会来表达善意，于是冷漠的陌生人迫于无奈继续构筑隔阂之墙，同时感慨人心不古，今不如昔。

天主教想出了极好的办法来打破这面隔阂之墙，他们打破墙的方法是先构筑另一些墙——首先他们需要一座教堂，这教堂要让信众感受到它的神圣而对其肃然起敬，而打消一切想要亵渎它、实在忍不住时也可以在角落里小便的想法。在这个教堂内，信徒们遵从他们的道德标准，自觉地执行一种新的行为模式。

第二，他们需要一个偶像，人类早期的宗教中不乏对“元素”的崇拜，比如对火的崇拜，到后来这种崇拜逐渐成熟，发展为对神的崇拜，基督教需要一个完美的偶像，于是上帝就诞生了。

然后，基督教的几个分支都不约而同地告诉信徒：你生来就有原罪。

信众一开始就承认自己有罪，把自己置于一个卑微的境地，这样做并不是为了让他们产生负罪感而自惭形秽，假如他们抬起头来，就会发现周围的每个人都是如此，因为我们都有罪，所以每个人都要在主的面前保持谦卑，从而消除那种有意无意的傲慢态度。

说到傲慢就必须要提天主教所强调的七宗罪，按罪恶程度来排列,它们依次是:傲慢、妒忌、暴怒、懒惰、贪婪、暴食、色欲。各种罪恶对应着不同的惩罚方法,他们要求信徒避免这些恶行,遵循与之相反的七美德。这常会让我想起我们自己的负性体验,我们同样想方设法克服负性体验,以免它们毁掉控制结构,我们的负性体验按照强度来排列,首当其冲的是绝望,其次是仇恨,第三是负罪感,可是最难避开的,还是傲慢。

把摒除傲慢等种种罪行的观点强行喂给受众,效果不会很好,天主教掌握了更好的方式让我们补救——它能让我们忏悔。每当我们做了违心之事,负罪感缠绕于心的时候,我们可以向神忏悔;当我们由于自己的过失造成了别人物质或精神上的损失和创伤,难以弥补而自己又觉得太过内疚时,我们可以向神忏悔。有了向主忏悔这一过程后,我们就不会因为悔恨无从发泄而一直陷于自责:“我向全能的天主和各位教友,承认我思、言、行为上的过失。我罪、我罪、我的重罪。为此,恳请圣母玛利亚、天使、圣人和你们各位教友,为我祈求上主,我们的天主。”

把很多人聚集在一起很容易,把很多心聚在一起却很难。今天在这教堂里参加弥撒的人,与超市里排队的或是在广场上驻足观看表演的人都截然不同,这种不同并不体现在衣着相貌上。前来参加弥撒的人年龄不同,民族各异,但是没有人会在教堂里谈论自己的财富来满足虚荣心。人世间有种种难以承受的烦恼和痛苦,而多数人达不到祁玥那样的顽强,并不是所有人都拥有不碎之灵,人们需要一种精神力量来化解它,所以更多的人不是因为畏惧种种现世报或是死后的好归宿才相信宗教的,来参加弥撒的人更多时候为的是寻求精神力量。

我来寻求我自己的精神力量,我需要宗教来帮助自己,从而越过仇恨、绝望和傲慢等种种难以克服的魔障,获得宁静的心境。但我与周围的人并不完全相同,就如我之前日记里写的一样,对于我这种泛神论者,可以完全把它们那些三位一体的理论部分略去,抛开处女能怀孕产子这种神迹,而单纯地去欣赏《古兰经》或《圣经》里那些有趣的、寓意深刻的故事和动人的句子。我发自内心地喜欢宗教创造出来的艺术,如果没有宗教,米开朗琪罗不会给西斯廷教堂画天顶,敦煌莫高窟将只是西北的一座沙丘。而无神论者一味指责宗教制造假象蒙蔽真相,却没有看到宗教中所具有的独特魅力,不得不说是一件憾事。

对于我来讲,结跏趺坐,以佛教的方式达到宁静略微困难,而在天主教堂做弥撒则相对简单。当我们唱起圣歌时,我就开始远离绝望、仇恨与罪恶,心生希望,遗忘伤痛,而心怀坦荡,那种沐浴在宁静中的感觉再一次将我包围,这种心境回来了。

我因为没有受洗,也就无法领圣体,先行离开了,走出教堂的时候雨已经停了,我呼吸着雨后清冽的空气,街上卖丁丁糖的人用小锤敲出清脆的响声。我所获得的宁静并不是佛教说的"涅槃寂静",我与那种体验还有很远的距离,但是我也能找到一个合适的成语来形容它——

宁静致远。

这世上有太多的境界我达不到,但对于那个成语的发明者,我确信我们到过同一个地方。

2013年8月18日　中雨　扎佐到贵阳

仔细想想,在贵阳,我认识的人只有光点兄,我们管她叫"光点兄”，其实是对这姑娘的一种戏谑的称呼，本不该这么叫人家的。我今天有重要的事情要做，到了贵阳我必须先去教堂，然后再去找她。

我起了个大早，骑着车从扎佐出发，很快就骑到了贵阳，但是在市区里我又走了不少冤枉路，说实话这次不怪地图，因为到处都在盖楼、修路，我绕了很远的路才找到那家青旅。到了青旅，放下东西我就直奔易希说的天主教堂，到了以后发现我错过了弥撒时间，我看了一眼那里的一块展板，上面写了基督教和天主教的区别，说中国所说的基督教其实应该叫新教，这些基本的知识我了解，它在下面叙述了两种宗教的差别，我知道了两者的差别主要是新教可以比较自由地解读《圣经》，其他评价并没有贬他扬我的意思。

我觉得既然差得不多，那我去基督教堂效果应该是一样的，通过宗教来获得宁静体验这种做法是可取的，宗教能给人虔诚、神圣感和宁静，我们要的不是神圣感，是宁静这种心境，于是我直奔基督教堂。

到门口的时候我迟到了一会儿，门口那块黑色的牌子上写着这教堂的聚会时间，今天刚好是星期天，我看到牌子上对应的时间：“主日崇拜：……第三场：礼拜天下午14:00—16:00……”我赶上了！这是我第一次真正意义上进入基督教堂，佳慧婆婆带易希去过无数次教堂，而我确实是第一次，所以我都不知道该干什么，我从门口拿了本《圣经》，门口的一位慈祥的老太太告诉我进去坐就行。

我进去坐下，教堂大概有二十几排的椅子，虽然外面一直下着雨，但是教堂很快就坐满了人，我进去的时候有人正领着大家唱歌，那是个女人，旁边有人弹琴，我没有看到神父，教堂的两边都有幻灯片在放着歌词和曲谱。

宗教的音乐就该这样，像《奇异恩典》之类的歌都很柔和。我听说有人把《大悲咒》存在手机里用作早上起床时候的闹铃，他们说那样早晨醒来时不会被突然惊醒，会好受一些。不管这种说法对不对，

宗教的音乐一般会比较柔和,我进去的时候那首歌唱到一半,那首歌既轻快又柔和,后半段歌词我全都记得:

我愿意,跟随耶稣走任何道路,我愿与主同行,时常蒙主保护;

如今我所走过的路程,主早已经过,主必领我进那应许光明处。

跟随,跟随,我愿跟随耶稣,无论往任何地方,我愿跟随主;

跟随,跟随,我愿跟随耶稣,只愿耶稣引导我愿跟随主!阿门。

钢琴弹奏的声音和大家的歌声回荡在教堂的每一个角落,这样的音乐确实很有感染力,我深吸一口气,把双手搭在前面的椅子上,像我上次获得这种心境一样,我希望这次我能再一次感受到宁静。

接下来是默祷,所有人都不说话保持安静,台上面有唱诗班在唱歌,现场版果然比电影里看到的感受深!我在那环境中感觉越来越好,我告诉自己这感觉对了!

然后是读两段《圣经》,分别是《马可福音》和《使徒行传》中的两段,我只是静静地听着,把它们记在心里。

下一部分是唱赞美诗,这首比我进来的那首听起来更好,第 264 首《跟随我歌》,旋律更优美,更柔和,在这种气氛、这种环境下谁能够不受到影响?除非他是木头。那歌词是这样的:

我听复活救主在召唤:"跟随我,跟随我,跟随我!"

终日呼唤口舌干:"跟随我,跟随我,跟随我!"

"为救你,我摒弃一切,为救你,我流出宝血。

尝尽苦悲,经过苦穴,跟随我,跟随我,跟随我!"

我从来没感觉这么好过——"为救你,我摒弃一切,为救你,我流出宝血……"这歌词多好啊!这种沉浸体验真是太特别了,再过一会儿我就能获得我要的那种心境了,感谢上帝!那首曲子不难,我可以跟着大家一起唱第二段了,但就在这个当口上,形势急转直下!

第二段的歌词一开头是这样的:

“你虽犯罪，我必赦免！跟随我，跟随我，跟随我！”

我多想假装自己没看到那两个字，但是非常不幸，我确实看到了，我不可能把它从我记忆里挖掉，在不到0.5秒的时间内，它在我脑子里自动组了个词，并且把对应的那个英文单词拖出来了：罪恶感，sin.

我模糊的意识徘徊在圣殿前，我察觉到自己面临着悖论式的困境：如果我真心皈依了上帝，承认自己有罪，范西集就做不出来，因为负罪感是第三强的负性体验，一旦达到一定的程度，它就直接击溃我试图寻找范西集的希望；另一方面，如果我不承认自己有罪，我就是目的性极强地伪造宁静的体验，那么我就不是真正地皈依了上帝，多么虚伪，多么恶心！这也违背真实目标原则，为此我不可能获得平静的心境，没有这种心境一样做不出范西集！

5秒的时间，我似乎站在圣殿的门口，前面站着耶稣！我看见耶稣向我伸开双手，他无比仁慈，圣洁的白色光芒照在我的身上，我的睫毛上面散开了七色光芒。他赦免我的罪，只要我坦然承认：你生来有罪！

我身后站着另一个身影，是祁玥！她抱着手看着耶稣，在上帝面前，她跟我一样渺小。

“嘿！”祁玥先开口了，但不是在跟我说话，而是向那边的耶稣扬了扬下巴：“我有个朋友叫易希的在你那里吧？替我向他问好！”祁玥说完竟然笑起来了，像是她聊起自己那些关于痛苦的经历时一样，然后她笑着转向我说：“我反正是下地狱的，比起在天堂里面不痛不痒永恒不变，我倒是愿意在地狱里面试试他们能想出哪些新花样来折磨人，毕竟他们不会范西集，想象力太差！哈！90后，自己拿主意，果断点。”

时间还在走，歌还在继续唱：

“放下你的一切忧虑，跟随我，跟随我，跟随我！

我必使你福杯满溢，跟随我，跟随我，跟随我！”

后面的歌词都没有犯罪一类的字眼了，但是我依旧被困在那门口，祁玥和耶稣面对面站着。

烧灼感蔓延上来，我快要崩溃了！我呼吸的时候在颤抖，旁边的老太太可能以为我真的被感染了，她不知道我正忍受巨大的痛苦。

“天呐！”我内心中强烈地惨叫。我再也坚持不住了，旋即用意志叩强行压制了这一切。

一切都消失了，我瘫坐在座位上，歌唱完了，休止符终止了一切。

我眼泪快要出来了，全身都在发抖，我用意志叩压制住了负罪感，我没有获得宁静。上一次我获得的宁静心境是用意志叩压制住仇恨以后得到的，而这次一无所获。

只能是这样了，易希不存在这种问题，像他自己说的一样，他是个泛神论者，他小时候佳慧婆婆经常带他去教堂，所以易希不是伪造体验。虽然我保住了激发范西集的希望，但除了教堂以外我还能从哪里获得宁静呢？

我不晓得。

后来的事情我甚至都不太记得了，我瘫坐在椅子上，哭丧着脸，眼前有点模糊，呆呆地看着台上的一个男人，他好像是被请来给大家解读《圣经》的，他叫什么？他是哪里来的？我刚才根本没在听。我在座位上使劲做着深呼吸，我感觉我吸气的时候整个胸腔内部都在抖，一口气无法完全吸进去，我这是怎么了？我想用意志叩把那感受压下去，但是我完全不清楚问题出在哪里，就像狗咬镜子，根本不知怎么回事。

“听听人家讲《圣经》吧！”我对自己说，我使劲晃晃脑袋，振作起来。

台上的是个40岁左右的男人，带着眼镜，看着挺和蔼的，他今天讲解的内容，就是之前读的两段经文，一段来自《马可福音》，一段来自《使徒行传》。

那个男人从这段讲起："耶稣稍往前走，又见西庇太的儿子雅各，和雅各的兄弟约翰，在船上补网。耶稣招呼他们；他们就把父亲西庇太，和雇的工人留在船上，跟从耶稣去了。"

讲到雅各这个人，延伸到他对困难和苦难的理解，他举出了很多现实生活中的例子。果然新教可以比较自由地解读《圣经》，但是他对苦难的理解不如祁玥，祁玥真正经历过丧父丧母，忍受过饥饿，自己从鬼门关挣扎回来获得过濒死体验，眼睁睁看着自己姐姐死去，她对痛苦和死亡的感受比一般人要深，听来的永远不如真切感受到的深刻，因为那些都是真实的体验，它们没有使祁玥麻木，而是让她做事更果断。

那个男人一直讲，时而咆哮，时而大笑，他自己完全沉浸其中，受众的感受却没有他那么深。他对演讲的火候把握得不好，比我高一时候的班主任老高差很多，他表情和声音都太夸张了，夸张到受众不太能接受的程度。

我十分无奈地走出教堂，雨还在下，我心情很低落。晚上光点兄请我吃了顿火锅，我努力打起精神来，感觉才稍好一些，光点兄说贵阳在修轻轨，难怪我早上来的时候比较堵。

我根本没有心情逛街，吃完晚饭和光点兄告别，我直接回青旅写日记，跟我住同一间的两个人，一个是江西人，他在大理开客栈，另一个是山西人，在北京工作。这两个人聊得很开心，在房间里一边抽烟一边大声说笑，我根本没心情理他们，闷着头写日记，后来对门的一个姑娘过来敲门让他们小声点他们才消停。

我今天在教堂的时候没预先使用英格玛集，等我看到“犯罪”两个字时我发现自己处于一个悖论式困境中：无论我选择承认或是不承认自己有罪我都是有罪的，我都无法获得宁静心境，最后迫于无奈我做了个意志叩把负罪感压制下去了。之前我要是用英格玛集把整件事情过一遍，我就能筛查出这悖论了。

有这样的一个悖论跟基督教有关：有一个基督徒说上帝是万能的，他的邻居为了刁难他，问了他这样的一个问题：上帝能造一块他也举不起来的大石头吗？这样基督徒就陷入了困境：如果他说能，那么上帝既然造出这块石头却举不起来，那么上帝就不是万能的；如果这个基督徒回答不能，那么上帝就不是万能的。

我们对悖论的理解让我明白他的邻居只是个耍小聪明卖弄自己的蠢货而已，因为他在用人类的逻辑缺陷刁难别人，这种做法不但不地道，反而很愚蠢。悖论是人类逻辑里很难避开的黑洞之一。

“90后，把你的钱包拿出来，今天要跟你玩个游戏。”祁玥说。

我不知道她要干什么，但是我还是照做了。

她把自己的钱包也拿出来，扔在桌子上：“规则是这样的：我们两个的钱包里都有钱，我们把里面的钱拿出来，如果我的钱比你多，那么所有的钱都归你，要是你的钱比我多呢，那么所有的钱都归我。”

“那就是说谁的钱少谁赢？”

“对，这个时候你可能会想：如果她的钱比我的少，那么我就会输钱，如果她的钱比我的多，我就会赢钱，这两种情况是五五开，我赢的钱比输的钱多，这游戏对我有利。对吧。”

“嗯……对，没问题。”

祁玥狡黠一笑，说：“好，我跟你想的一样，我也觉得要么赢要么输，我赢钱比输掉钱更多，这游戏对我有利。”

我觉得不对头，就问："那怎么可能呢？一个游戏怎么可能对两个人都有利呢？"

"那你说这游戏对谁更有利？"

这时候我就回答不上来了，直觉上应该是公平的。

祁玥接着说："人类思维有种种的佯谬、似是而非，有时候思考问题的时候会出错，这时候你就会回头去找错误，有的时候你知道自己错在哪里，比如说矛与盾的规则冲突，而有的时候你虽然知道它不对头，但你就是说不清楚它错在哪里，刚才那个游戏就是。"

我问："那就没有办法来解决它们？"

"有的悖论可以解决，有的悖论解决不了，比如最经典那个'我正在说的这句话是假话'，你无法判断它的真假，你只能一直在真假之间循环。我要教给你的技术，是筛查这些思维漏洞的方法。"

"这就是你以前说的四阶技术吗？"

"对！"祁玥接着给我讲了四阶技术的理论，就是我昨晚日记里写的那一段。

她开始教我英格玛集："有的悖论具有一些特征，比如自我指涉。可悖论千变万化，藏在一切规则中间，可以是语法规则也可以是法律规则，等你订好了规则，它就跑出来捣乱，看看这个悖论：'匹诺曹只有说谎时鼻子才会变长'，这是预定的规则，但是现在匹诺曹说：'我的鼻子要变长了！'你觉得他鼻子还会变长吗？这个事件彻底击溃先前看起来毫无缺陷的规则。"

那个时候我开始有点理解什么是悖论了，祁玥也没留给我思考的余地，而是接着说："你可能觉得悖论看起来有点像，觉得它们可能有一些特征，但是单单总结这些特征不足以让你避开思维漏洞，因为世界上的悖论太多了，当悖论和其他思维漏洞藏在一个超复杂的系统里的时候你就看不出问题了，我现在教你这技术也是在概括悖论的特征,但不是用语言。”

我问:“不用语言怎么概括它的特征呢?”

她反问:“你的思维漏洞就是语言和逻辑出了问题,你还要冒险用语言来描述它吗?一开始你就处在一个有缺陷的系统里面,现在你还要用它来描述自己?你要是在一张纸的两面都写上‘背面那句话是对的’,意义何在?”

她接着说:“我们用英格玛集来描述思维缺陷,它不是语言,而是高度抽象而内化的思维工具。跟所有的四阶技术一样,英格玛集最后有个‘集’字,因为它得到的结果是无法用语言描述的一系列解集。比言语更高一层,你不能用自己的逻辑系统来检审它。”

那便是祁玥曾说的“比形而上还要形而上的东西”,所有四阶技术都是跟思维有关的,包括范西集。

“那么英格玛集的用途就是让我能够避开思维陷阱,不被别人设计的超复杂系统迷惑,对吧?”

“对,一旦别人试图用思维缺陷或是其他悖论迷惑你的时候,你使用它就能意识到陷阱的存在,另外当你自己构建一个迷宫或是骗局来欺骗别人的时候,你能够设计得很复杂,欺骗性更强,D派黄佑然就擅长这种事情。”祁玥冷冷地说,现在看起来她对D派的偏见出于黄佑然对易希的所作所为。

“我现在就设计一个给你看:假设一共有三个钱包,”她冲小林打了个响指,小林把钱包扔了过来,她接着说,“假设这三个钱包里只有一个里面有钱,你不知道是哪一个,但我知道,你的任务是找出这个钱包,现在你任选一个,里面有钱的概率都是1/3对吧?”

我拿过其中一个,说:“对,选哪个都一样。”

“先别急,我现在给你看看剩下这两个钱包中的一个,它是空的,”说着她就打开自己的钱包,里面一分钱都没有,“现在我给你个机会，你可以继续选择你手上拿着的那个钱包，或者选择换成这个还没打开的钱包，你要不要换？”

我想都没想地说：“有钱的概率都是1/2，为什么我要换呢？说不定是你误导我呢。”

“错，你应该选择换，因为你手上那个钱包里有钱的概率是1/3，而这个钱包是2/3，我不会跟你解释的，等你学会了英格玛集就会瞬间明白，自己被愚弄了，人类在处理概率问题的时候总是很笨，而英格玛集会让你在一瞬间就察觉出哪里不妥。”当时她根本就没有机会给我辩驳。

那个假期我确实掌握了英格玛集的控制结构，我也知道它需要哪六种生命体验，但是我就是没法完成它，因为我缺少四阶技术必要的东西，那就是心境，没有宁静心境根本就不可能完成它。

我后来学会英格玛集跟我高一时的班主任老高有很大关系，他的那节课让我体会到了什么是宁静，不过我知道他是无意的。

老高在我高一时候教历史，他多次被评为市级优秀教师，我承认他教书教得好，非常擅长激发学生的兴趣，在高中时他就给我们讲过慧能的故事，他上课的时候也经常会发表一些自己的看法，类似于即兴演讲。他演讲的时候很投入，比今天在教堂里面那个男的厉害多了，在他演讲的时候，那些演讲高手的影子就在我眼前出现，好人坏人都有，什么闻一多、马丁·路德·金、希特勒等。他的演讲煽动性很强，有感染力，那些情绪化的动作和表情出现的时候，我知道他自己和听众都是沉浸其中的。

我获得宁静体验那天是这种情况：那天天阴，老高像往常一样慷慨激昂地讲历史，以往他讲历史的时候就很能感染人，那天也是，他列数日本从明朝到现代在中国犯下的种种罪行，全班的人都群情激奋，义愤填膺，恨不得要到东京发动一场大屠杀以泄当年南京被屠城之愤。我当时坐在教室里跟大家一样很激愤，那场景，不愤怒的是木头，仇恨的火焰让我想要把同桌的索尼手机扔到窗外去了。就在那时候我意识到自己还处在激发英格玛集的长周期内，而仇恨会毁掉这一切，于是我做了个意志叩强行压制住了仇恨和愤怒。

那技术效果确实好，一旦用了意志叩，无论多强的负性体验都会被压制住。用完意志叩，仇恨的火焰就完全熄灭了，冷静下来我觉得他们不过是在传递二手、三手、无数手的仇恨，不管那些传递仇恨的人是不是被利益驱使，那些仇恨都不是他们自己的真实体验。就在那个时候，就是那不到八秒半的时间，张煜丹重生了——先是醍醐灌顶，然后是超脱般的宁静。

我记得那八秒半里我身体所有的皮肤骨骼和器官的感受，我完全换了一个人，那时我把双手掌心向下放在桌面上，深吸一口气，不用闭着眼睛，不用堵上耳朵，在嘈杂的环境中，那种醍醐灌顶的感受从头顶往下一直到脚趾，我的意志从座位上慢慢升腾，看着所有人。

你我的生命太短，没必要那么暴躁。

终于，我终于感受到什么是宁静了，这种体验很特别，它并不是靠环境的安静就能得到的，它是真正内心的平静。周围的人还在骂骂咧咧，我却不为所动。那种感受估计很像五祖弘忍和其他的禅宗大师说的“吃饭睡觉走路打坐都是修行”，产生那种感觉的人会觉得自己一直沐浴在宁静之中，宗教能够帮助很多人达到那种境界，而我到现在也只感受过一次，不过那感觉确实太好了，做什么事情都会有非凡的感受。

那节课对于其他人来讲根本就没有什么影响，在那节课完了没多久，你看你的宫崎骏，我看我的柯南，并没有谁真正抵制日本文化，而在那天以后的第九天，在我沐浴着宁静的第九天，我学会了英格玛集。它和范西集一样,是种高阶控制技术,是了不起的思想工具。

所以我一直觉得,同时杜绝了仇恨、焦虑、愤怒等种种负性体验就比较容易产生宁静的心境,而用宗教当作催化剂是好方法,但是今天我就失败了,输给了罪恶感这第三强的负性体验。我今天确实很接近宁静了,就差一点点。

用一个月的时间接近天堂,在五秒之内被负罪感拖向地狱,今天要是不用意志叩我当场就走火入魔了,今天是我到贵州的第四天,张煜丹已经技穷了。

接下来该怎么办?我完全不晓得。

二十九　日记里的日记

离开贵阳，我开始沿着320国道向安顺方向骑，先前看地图时，我没预料到这条国道如此平坦，不过眼前又没有一望无际的大草甸，而是和桂林的地貌有几分相似，广袤的田野上，上帝用几块抹茶巧克力突兀地摆出几座小山，我们这些蚂蚁就绕开它们继续向前。

安顺市320国道

到下午的时候我看到路上有人穿着很奇特的民族服装，我自以为见过西南地区所有少数民族服装，可是我从未见过这种装扮。

我禁不住好奇心，便走上前去问："大姐，请问你们是什么民族？"

她的回答令我很意外："汉族。"

经她解释我才得知他们确实是汉族，是明朝时朱元璋的一支军队的后代，他们称自己为屯堡人。我实在觉得这服装很奇特，为此我给她拍了张照片。

这时刚好又下雨了，我决定今晚就住在这里，不去安顺了，吃完了饭我找到一家屯堡人开的旅店住了进去，老板跟我聊了一点屯堡人的历史。

原来朱元璋在明初派兵到贵州消灭元朝的残余军队，胜利以后就把军队留在了这里，这些人就是屯堡人，他们都是汉族，到春节的时候和我们一样也要庆祝春节。

今天我看见的服装是从明代慢慢变化而形成的，青色和蓝色都有，从款式上就能看出来，它保留了一些古代服装的特征，明代时大脚马皇后就穿着这种服装，这种服装从缝制到绣花，全部都是手工做的。这里的女人，即便是八九十岁的老人都没有裹小脚的，因为她们深受马皇后的影响，从来就没有这种习俗。

店老板和我聊了一会儿，他就忙着去做饭了。

天色暗了下来，我回到房间，环顾整个房间，我看到一架“蝴蝶”缝纫机安静地放在角落里，缝纫机旁边有一本日记，从内容上看，这日记本是旅店老板他儿子的，在之前的谈话中我得知他儿子上初中。

我自己只在旅途中写日记，每次写一本，偷窥别人的日记不道德，要是我的日记被别人偷窥，说不定会勃然大怒，可我还是按捺不住好奇心，偷看别人的日记真的很有趣：

安顺 · 屯堡人

2006 年 9 月 1 日　星期五　天气:晴

今天,我已经来到这个新校园第三天了。我认识了许多新伙伴和老师。在这个新班级中,我知道了多数人的学习成绩比我好,我不由得感觉到紧张。这让我知道我要更努力的学习了。现在的初中生活也不想(注:原文如此)以前小学生活那样轻松。还有很多课外作业,要我抽课余时间去完成。这篇日记是我开学以来写的第一篇日记,今天为了写这篇日记我可为是(原文如此)绞尽脑汁。

这日记里面有错别字,看起来老师叫这些孩子坚持写日记,每星期会收上去看一看,而且并没有限制他们,所以学生可以自由发挥,而不是我们那个时代一样,写出的多是自欺欺人的八股文。

有不少日记写得很真实,很自然,令人忍俊不禁,比如这几篇:

2006 年 9 月 15 日　星期五　天气:晴

今天,我们上操的时候,这太阳太狠心了,我们都快要被它烤成人干了。总算老天有眼,让一朵闲着没事的云把太阳遮住了。

2006 年 11 月 7 日　星期二　天气:晴

今天我在做引体向上的时候,我和赵子明并列第一(倒数的),还参加了 800M 男子赛跑,我跑了第一他跑了第二(都是倒数的)。

2006 年 11 月 16 日　星期四　天气:晴

今天英语晚自习时,我完全失控了,当时,已经打了下课铃了,我心里老想着下课,正好在读单词,我也不知怎么了。就随口说了一个单词:“儿妈锐可”。意思是美国。

也有的像是在自我批评:

2006 年 11 月 9 日　星期四　天气:晴

今天默写语文的时候，我差一点儿就是全对了，呀！真可惜呀，我们全班仅仅只有王雪一个人是全对的。

2006年11月20日　星期一　天气：阴

翻了翻从前写的日记，看了就好笑，几个字写得还不如一年级写得好。不过，一想起这事儿，我就特不好受。

看完他的日记，我向前翻看了我这本日记，已经有29篇了，我在大暑后的第一天出发，现在已近一月，体验积累的长周期将要结束，范西集在望。

我也经常回顾自己以前的日记，发现字迹没什么变化，但是自己却在不断改变，每一本日记中的我都处于一段激动人心的旅程中。这些日记只有我自己看过，我也不愿意拿它给别人看，有一次我把其中一本遗失在苗寨，后来历尽千辛万苦我还是把它找回来了。这些日记都是宝贵的财富，无论怎样我都会保存好，平时我总是把它放在袋子里封好，这样就算我掉在河里日记本也不会被水打湿。

2013年8月19日　阴有小雨　贵阳至镇宁

昨晚没睡好，我的眼睛又变成了一只单眼皮，一只双眼皮，照照镜子我就知道这状态有多差。一大早我跑去光点兄昨天推荐的肠旺面馆去吃了大排面，面确实很好吃而且不贵，他们的碗是中间真空的铁碗，不会烫手。面条好吃，但鉴于昨天的事情我高兴不起来，易希倒像是十分轻松。

易希根本没有提到博物馆的，不过我还是按照他的习惯去了一趟。去了我就后悔了，省级博物馆怎么能这样？！连卖饰品的地方都不算。罢了，上路。

这就拖到中午才上路，天上阴沉沉的，间歇性下点小雨，我膝盖有点不舒服，所以我慢慢骑，也许是我根本没有注意路边的行人，我一直骑到安顺我都没见到易希说的“屯堡人”和他描述的奇异服装，骑到天黑的时候终于到镇宁了，进到县城里我就觉得气氛有点诡异，按说南方的城市，即便是县城到了夏天夜晚也会比较热闹，可是今天街上人不多。我找不到地方吃饭，就去对面那个糕饼店买东西吃，现在离中秋还有一个月呢，这里就有月饼卖了。

想到这里我突然间意识到了，没错，明天是七月半，也就是中元节。气温比较低，街上好多人在烧纸，我看着火光照着他们的脸，听见那些人嘴里面的低语，这气氛确实让我不舒服。

我不会去蹲在一旁去烧两张给谁的，我更愿意送一束花来表达我的缅怀之情，烧纸乌烟瘴气容易起火，不好。有人说烧纸不是为死人烧的，而是为活人烧的，活人在找一种心理安慰，这对于没有固定宗教信仰的大部分中国人应该是对的，不过我不需要，死了的人已经死了，我能很坦然地面对，不需要找什么安慰。清明节去烧纸的时候我也去，那算是尊重传统，就像是我尊重中国女人生完孩子要坐月子这一陋习，只要一个传统不像旧社会女人裹小脚一样极为愚蠢而又伤害人的身心健康，我就选择尊重它。

够了，我开始浮躁了，我想撕了这页重写，昨天去教堂的影响开始减弱了，看看我写的这些是什么。

没办法，接着写好了，心情不好怎么写都一样。

王菲的《红豆》里唱得好：“没有什么会永垂不朽。”非要我缅怀一下已经逝者，我就说说去年去世的两个年轻人。对于我来讲，我不会忘记那些细节，可是有些感受却难以找回了，今天是鬼节，去年的那些记忆，都拿出来透透气吧。

第一段记忆里，要怀念的人是谢萌，我跟她现实中说的最后一句话是：“上回在学校补习班，我看见你咋个又戴上牙套了？你初中不是戴过嘛！”她回答说：“我又开始怀念那种感觉啦！”我刚才还查看了一下聊天记录，确认了我跟她在网上讲的最后一句话是：“你现在怎么样了？还在吃中药没？”而她没有回答，彼时她正在ICU病房的玻璃罩下面被白血病折磨着。

在那一个月以后，去年2月20号上午11点28分左右我得知了她去世的消息，当时我左手拿着手机，右手上拿着个茶杯，里面的茶叶有7片浮在水面上，2片正在下沉，一片正悬浮着。茶杯倒也没有因为惊讶而掉下来，只是那是我第一次经历身边的人英年早逝，其他人都对她的死感到震惊，何况我是她同桌呢。很短的时间内，所有跟她有关的记忆在我脑子里面过了一遍：

我背语文和英语课文的速度她望尘莫及，但做数独游戏的时候我永远没有她快；她经常跟柏春老师对着干，上课的时候跟其他两个人组成“迟到三人组”经常迟到；在我们还不知道什么是腐女的时候她已经腐了两年多；老师主题班会讲人生理想的时候，她跟我们说她的理想是“奢侈糜烂”……

我回到家时没能赶上那天早上她的葬礼，我赶上了当天下午她们家请客办白事，她干爹端着酒杯过来敬我们一帮同学时，我记得尤其深刻，话是这么说的：“人家都说世界上有三种感情最真挚，第一种是师生情，第二种是战友情，这个你们现在可能还感受不着，第三种就是同学情，谢谢你们今天能来……”

而第二段记忆，我要怀念易希，我跟他在现实中说的最后一句话是在他离开夏令营那天说的，当时我火大得不得了，我把他给我的东西都甩在地上，吼道："没得算球！！！"然后大步走开了，那就是我跟他说的最后一句话了。

易希死于山难，在去年5月23号凌晨2点，我刚得知易希的死讯时，却没有很伤心。那天凌晨2点左右我睡得正香时，我妈打了个电话，吵醒了我也吵醒了舍友。我跑到阳台上去接电话，因为如果她没有重要的事情是不会那个时候打电话的。等我接起来听到噩耗以后相当震惊，那天晚上我没能再睡着，我用数秒当作数羊，希望自己能睡一会儿，不让自己第二天在回去的路上太累，我大睁着眼睛看着宿舍天花板上的吸顶吊扇，看着它一圈圈地转，15分钟转了194圈，那时候我再也忍不住了，和易希有关的很多记忆都浮现出来，要知道意志叩对记忆无能为力。

陪我度过艰难童年的是他；我生病了背着我去医院的是他；带我去青山，给了我一段非同寻常的青春，让我明白自己并不孤独的是他。我们没有血缘关系，但他是我最亲近的人之一。

我去参加葬礼那天没看到易希的艺术家朋友，实际上我是站在自己的角度来描述我所认为的事实：我没看见他常说的那个"摇滚明星"。这件事情让我耿耿于怀了两个小时，因为除了他以外，该来的人都来了——连那个易希有时候提起的漂亮姐姐都来了，而不该来的也来了——祁玥也来了，我以为整个青山只有她一个人作为代表来吊唁"声名狼藉"的易希，不过一开始我都没注意到她，我的注意力集中在易希那里。

我看见易希的尸体在那里，确定那是易希，我也就没有什么侥幸心理了，先前我还希望是搜救队弄错了，出事的不是易希，但如果是别人死了，他的亲友一样伤心。

最为伤心的人是易希他爹，那个平时狂放不羁的男人那天没有哭，什么是中年丧妻，什么是老年丧子，他已经体验过了，而对他来说，不管是不是受儒家文化影响，作为一个有宗族观念的男人，他都必须面对一个现实——

易希家啊，绝后了。

所以在面对死亡的时候任你再有本事，即使你是科学家、伟人、富豪，任凭你知晓多少知识，任凭你有多大本事，任凭你有再多的钱，你什么都不是。你只是无奈而悲伤的——凡人。

我注意到在场的所有人都悲伤肃穆时，祁玥一个人面无表情，摆出一张扑克牌一样的脸。所以后来那天下午她问我："你觉得我应该表现得更悲伤一点是不是？"

那时我瞅了她一眼，然后哼了一声说："我知道你是扑克牌脸，今天你是Q，要不然哪天你扮小丑，我看看你在人家葬礼上强颜欢笑会不会被赶出来。"

岂料她扯着我的衣服，但是并没有大声叫嚷，她很认真地说道："我是为了教你很重要的东西来的，你刚才看见易希了吗？死了，躺在那里的就是！"

为她说的那句话，我用了一次意志叩来克制住自己，不然我一定会爆发，我看着她的眼睛不慌不忙地凑出这几个字："什么都拿来当催化剂，你没有感情。"

我并没有看到祁玥很难过，她只是平静下来然后慢慢说："我爸爸在我还小的时候进了监狱，但是我知道那件事情根本就不能判刑，一年都不能！我妈带着我跟姐姐生活，但后来她还是因为狂犬病死了。"祁玥叹了口气，以前她在聊那些事情的时候脸上甚至都是笑着的。

她接着说："后来我姐姐的事情你们都知道，她每天那么辛苦，为的都是我爸爸有一天能出来，就是这样了她都活不成，我亲眼，”她用手指着自己的眼睛，“我亲眼看着她瘫在床上，但是我一点办法都没有，一样是狂犬病，根本治不好。”祁玥看着我的眼睛接着说：“后来我饿肚子，我帮人卖东西‘装狗叫’，我疟疾又热又冷吐得一塌糊涂，我在大桥下面淋着雨用手强撑支架过的那一晚，那些最难熬的时候我想的是我们家的人还没死绝，我还有个爸爸。其实他早就死了，我靠着我姐姐的谎话活了很长时间，我姐姐早就知道他死在监狱里了，但是她骗我，我就信了，哼！我就信了！不信的话我就活不到今天了！”

唯一的一次，她把手放到我的肩膀上，用极为动情的眼神看着我说：“我的姐姐，在流浪时照顾我的姐姐没有了，你的哥哥，从小照顾你的哥哥也没有了，你和我是一样的，但你不能逃避它，饿肚子到胃出血是痛苦，失去亲友同样是痛苦，你会经历种种痛苦，但是你要是不克服它，你就永远是个半成品！你不能做半成品，张煜丹，不要做半成品！”

T派所有人中，祁玥忍受了最多的苦难，如果她是那样理解痛苦的，我就相信她，不管是其他任何人跟我聊起痛苦的时候，我就想起祁玥。

那天在那个车棚里，她开始教我不碎之灵，那是合成范西集的技术之一，它需要的体验中有一种最为特别，那就是失去至亲的人所带来的痛苦。

祁玥让我坐在那里，她用各种方法来刺激我想起所有的跟易希有关的事情，就像揭起伤疤戳我最痛的地方，每当我承受不了，想用意志叩来压制那些痛苦时，祁玥会抢先一步察觉到，一耳光招呼上来然后对我喊道：“不要用你的小伎俩来骗自己！你不忍受痛苦，不经历痛苦，你就什么都不是，易希死了！没有什么天堂，没有重新投胎那回事！不要骗自己！那是做临终关怀骗那些将死之人用的！那是你们的专长！张煜丹你还活着，就按照活人的样子活，活着就要好好活！”

我开始直面那种痛苦和悲伤，不压抑，不逃避，慢慢地，那种感受渐渐变轻了，我感觉如释重负，我完成了不碎之灵，它是合成范西集的四个技术之一，不碎之灵并不像意志叩那么立竿见影，但它却让我们能在痛苦的时候想起自己曾经如此顽强，从而激发出心底无尽的力量。

自那以后我就坚信我不再对生死困惑和痛苦了，如果你觉得自己更透彻地理解了生死……

所以在第三段记忆里面，去年 7 月 28 号，那天本来应该是谢萌 20 岁生日，那天我们去祭奠她，我看见她妈同样是哭得很伤心，而我心中只是怀念，但并不难过，生命中很多事情你主宰不了，活着的时候一定要好好活，尽人事，听天命。帮我树立这个信念的不是易希，而是祁玥。

谢萌和易希，虽然我不会跑到楼下去烧几张纸，但是我很怀念他们。

以上就是全部记忆。

谢萌的理想当然不是奢侈糜烂，我们知道她其实是想开一家书店，这原本不难实现。至于易希，之所以把这本日记寄给我，我猜他是希望我能完成范西集吧。我一定会完成他们的心愿。

我活到 22 岁终于做了这么一件事情，为了完成它而全力以赴，就算这次不行，我也要找机会实现它，夏令营可以不回，但是范西集必须完成！

第六辑　祁玥、易希及最后一课

三十　黄果树瀑布

今天总算天晴了，但依然凉爽，在高原上人们极少会用到“消夏”这个词，因为高原适宜避暑，夏天并不难熬，我继续向西南方向骑行，穿过安顺和镇宁，到了黄果树。

既然已经到了这里就一定要去黄果树瀑布了，其实我更想去梵净山，现在看来是不可能了，还是以后再去吧。我去梵净山一定不是像普通游客一样循规蹈矩，仅仅是爬山观景，而是要去徒步，探索那些未开放区域，那些地方虽然写着“游客止步，否则后果自负”，但是它们的景色会比开放出的景区要淳朴自然。这是经验之谈，有时候是想当然，不过我相信王安石说的：“世之奇伟、瑰怪、非常之观，常在于险远，而人之所罕至焉，故非有志者不能至也。”有不少奇异的景观是难以被发现的，比如张家界的很多峡谷就是这样的。

黄果树瀑布就不同，毕竟很早就出名了，中小学课本里都提到过，所以管理者尽可能地开发出了更多景点，有的景点完全是人造的，但我对此并不反感，我很喜欢天星桥景区那个叫“数生步”的地方，那地方一共有 365 块石头立在水面上，仅比水面高出几毫米，从远处看那些在石头上行走的人，他们像练出了水上漂的绝技，十分有趣。游客们沿着石头从印着“1 月 1 日”的那块石头开始走，直到找到自己的生日，生日旁边还会标注名人的名字，让你知道自己和哪些名人同一天生日，我发现我和马克思是同一天生日。

还有的地方种着精致的盆景，池子里还有红色和黄色的睡莲，不过大部分人对它们不以为意，在大瀑布前他们都兴奋地往瀑布方向去了。其实黄果树瀑布并不仅仅是一个瀑布,而是瀑布群,除了大瀑布以外,其他的瀑布也很好看,我更喜欢那个叫“银链坠潭”的瀑布,当时我看到它的时候绞尽脑汁想要找到词汇来形容它,后来看到它的名字以后不得不赞叹:这名字真是十分形象——水流沿着十几个光滑的鼓起的石包分散流下,均匀地落在潭中,的确很像无尽的银链坠入潭中。

犀牛潭一旁有徐霞客的塑像,他是真正的传奇旅行者,很多地方都以徐霞客曾经到访为荣,徐霞客对大瀑布是这么评价的:“水由溪上时,如烟雾腾空,其势雄厉,所谓珠帘钩不卷,匹练挂遥峰,具不足拟其壮也。”

不过我自己看到的大瀑布,确实和我以前无数次在电视里看到的一样,跟预想中的也很接近,我反而不觉得它有多壮观了。

总算是又去了一处风景名胜,其实我并不是很喜欢去这种专门以风景来吸引很多游客的地方,在景区里你必须遵守制定的规则,导游们总是牵强地告诉游客某块石头像什么,或是把它们赋予某种传说。

回来的路上还有一段小插曲,有个四五岁的小孩在景区里走丢了,我把他带到游客服务中心,耽误了一个小时,所以离开景区时天已经快黑了。

2013 年 8 月 20 日　中雨　黄果树瀑布

早上起来就一直在下雨,我需要振作起来,即便是这种最艰难的时刻,即便是我感觉自己可能要前功尽弃的时刻,我依然要坚持到底。如果仔细想想,这趟旅程对我的意义不仅仅是范西集,它颠覆了我对很多事情的看法,我作出了一个重要决定:不管最后是什么结果我都不回夏令营了。

我去买了把伞,然后坐车前往黄果树瀑布,买好票后得知到景区还需要坐旅游车。之后在车上看到一家三口,父母带着个小姑娘来旅游,这一家三口有说有笑,小姑娘大概有十岁,她爸爸看起来五十岁的样子,妈妈比爸爸年轻很多。爸爸在和小姑娘玩打手背的游戏,小姑娘总是被打到手背,我暗想如果她会神经刀或是反射弧联结,那么被打手背的一定是她爸爸,玩了一会儿后她不愿意了,转过去对妈妈说:"我给你们发魔法药水,每天都给你们发！你们可以拿它换成力量和能量!"

爸爸说:"我要力量。"

小姑娘问:"你要哪种力量?"

"我要快乐的力量。"

"你要闭上眼睛。"然后她把手放在她爸爸耳边堵住,亲了他爸爸一下。

"这个游戏好!"她爸爸笑了。

"那我要能量呢?"她妈妈问。

"你不能要能量了,能量就是快乐的力量。"小姑娘答道。

"为什么?"她父母一起问她。

"只有快乐的力量能变成能量,你只能要其他力量了。"小姑娘眨着大眼睛,很认真地说,这个时候我开始认真观察起来了,她大概不到十岁,她说出这番话也许并不是因为分不清某些概念。

我必须说,从这种看似含混不清的对话里,我看出了她可能有的潜质,虽然那不是控制技术,但是她似乎明白体验可以单向地转化为某种心理和生理机能,我们在八岁到十几岁学会使用第一个控制技术之前都曾经历过这个懵懂的过程。

几千公里的旅行中每天都看到数千张新面孔，而我今天看到的很有可能就是那不到十万分之一的同类，想要确定这一点，只要让她试一试我们的六个天赋测试，只要符合其中一个就能确定她是否是人群中那十万分之一，但是，这和我没有什么关系了。

易希会带我到青山夏令营，是为了把我从孤独的环境中拯救出来，而不是因为我有这种天赋，这是他离开夏令营的那天亲口对我说的，可是当时我对夏令营的一切着魔了，根本不在意他的话。看着这样的一家人，父母爱孩子，孩子也依恋父母，我绝不会用任何控制技术来诱惑她，她不需要那些东西，我不愿意让她将来用夏令营欺骗父母，从十几岁起就总往武汉跑。

我就托着颧骨看着这一家人，虽然我没有这样的父母，但是我有一颗很硬的内核，也就是在现在这种看不到希望的时候，它每次能撑着我多走出几步，其实多半也要失败，但就是死不认输。

我这么说颇有些破罐子破摔的意味，我今天需要放松一下，急着走也没用。

我那天在恩施大峡谷的时候遇到 Mark ，所以今天我也想找个落单的老外，不过今天见到的老外都三五成群的，还是算了。

之前在教堂里面听到的那首歌像网络神曲一样余音绕脑，那几句歌词洗脑一样在我脑子里反复唱着："跟随，跟随，我愿跟随耶稣，无论往任何地方，我愿跟随主……"，我知道这种耳朵虫现象不是因为我记忆力好，不止我一个人会这样，大部分人都会，这现象叫"非自主音乐想象"。

歌曲所唱的，那不是我的信仰。我的信仰，构筑于青山夏令营最早的信条之上：我相信心灵的力量远胜于肉体。后因祁玥授艺时而受到影响：我相信生命中的艰难时刻，恰恰是最为珍贵的部分。现在我要说:我所做的事情并不是因为我有什么使命要完成,或者能让我今后活得更好,以后要如何生活可以自己做主,过得好不好也是自己的事,我现在所做的这一切,是因为我相信生命中有很多了不起的、有趣的、令人惊异的事情,值得我去做。

我就戴上耳机,放着纯音乐,打着伞一直走,雨没有停,一直下着,薄薄的水雾笼罩着前方的路,这种感觉越来越好。等我走到大瀑布那里突然来了兴趣,我靠着记忆力,把六部电影里跳瀑布的场景强行和这瀑布合成到一起了,虽然场景有点差别,但我还是做到了,他们的影子走向瀑布,或者是划着船被湍急的水流冲到了瀑布顶,然后从上面一个一个地坠落下去,我看着瀑布一个人傻笑起来,这种快乐只有我自己能感受。

今天在景区我又见过那家人两次,第一次他们在买一次性雨衣,第二次我看到小姑娘头上戴着个很好看的花环。再次看着那个小姑娘的时候,我坚定了我的决心——我不会再回武汉了,这不是一时冲动,我几天来都在考虑这件事。

我因为是独自一个人,就没在黄果树镇吃饭,回来得比较早,今天一整天都下着雨,心情好了很多,即便明天还像这样下雨我也不能再停留,已经离昆明不远了,无论怎样都要把剩下的路走完。

三十一　狗、女童和石漠

今天早晨是晴天，早起时的天空和我在阳新县那天一样蔚蓝，离开黄果树没多远我就看见一座正在架设的大桥，桥的跨度很大，完工以后一定是座很壮观的桥。

这几天来，我发现安顺以西很多地方喜欢吃狗肉，其实贵阳也有不少狗肉馆，但是比率远不如这里高，几家餐馆中就有一家卖狗肉，我猜想比较凶的狗都被杀掉了，所以今天我才会遇到一条温顺的看家狗。起初我根本没注意到它，只是因为我在那户人家门口停下喝水，它突然就从荫蔽处跳出来，它不是家养宠物，而是户主家的卫兵。可它既没有叫，也没有攻击我，只是跟我保持着两米左右的距离，我往前推一段，它就跟着走一段，一直等我离那间房子有 30 米的距离，离开了它的势力范围，这才回去。

我不禁感慨这条狗简直是狗中绅士，如此有风度的看家狗，我在其他地方从未见过，这里的疯狗、野狗和恶犬大概都被杀掉了，这不是自然选择，而是人择。

我并不想吃狗肉，不过我想知道他们是怎么杀狗的，于是中午吃饭时我问了饭馆老板，他告诉我他们自己并不杀狗。费了一番周折后我终于找到一个屠宰狗的地方，能让我近距离看看他们杀狗的过程，不过屠夫告诉我一般他们不叫"杀狗"，通常叫"打狗"。

杀羊只要一个人就可以，杀牛要好几个人配合完成，而杀狗则至少需要两个人。这是我第一次看杀狗，不过叫"打狗"确实要形象些，因为他们用的工具是一根棍子。

过程并不复杂，先打开笼子，用一根带钩的长杆钩住狗的脖子，然后把它从笼中提出来，只要保证它的前腿悬在空中，它挣扎的力量就不会太大，这样做也是为了棍子下去时打得准，狗无法躲开。

这时另一个人手执一根橡胶粗棍，对准狗的脑袋上狠狠一棍，随着“砰！”的一声闷响，刚刚还在狂吠的狗开始哀嚎起来；屠夫对准它的脑袋又是狠狠一棍，这一棍把那条狗打晕了，它眼睛歪向一边；屠夫接着再往它的头上补了两棍，最后那一棍的音色变了，我猜想那条狗的颅骨已经碎了；然后他们把长杆卸下来，把狗扔在地上，但是这还没有结束，他们告诉我，狗一定要挂起来，不能放在地上——“一接地气它可能又活过来了。”

整个过程就是这样的，“砰！砰！砰！砰！”四棍，并没有流血，这跟我预想的不一样。

我猜想大部分的人初看这种场景会心惊肉跳，至少会觉得有点残忍，但我并没有类似的感觉，我只是站在那里，仔细观察，尽量客观地描述我看到的一切。

细细想来其实是大家对杀戮的容忍程度不同罢了。

丰子恺先生有一本《护生画集》，里面说吃狗、鸡、羊这些动物是残忍的，吃稻、豆、菜这些植物也是残忍的。不过这种慈悲心通常不被人理解，反而被人嘲笑和奚落，他们问道：“你吃什么？”

下面一层是我遇到的素食者们，大都是为了控制体重，或者他们觉得素食才健康，而思思不吃肉，只是因为她不想伤害动物，纯粹是善良，而我早已远离了这种善良。

接着是佛教，佛教说不杀生，一般指的是不伤害动物，即便是蝼蚁也不能伤它性命，《金刚经》讲：无我相、无人相、无众生相、无寿者相……里面提到了，如果人总是自己和其他动物区分开，总觉得自己是万物灵长，就能肆意杀戮其他动物，那就是恶业，必须抛弃这种观点。想让人们放弃杀生，最有说服力的理由是业因果报，这种不杀害动物的仁慈部分是从对恶果的畏惧中诞生的。

然后就是大部分人，除了思思那样的素食者，其他人是乐于吃肉的，我并不想过多地把这归因于进化，不过我确实觉得这是人的本能。但是这时又出现另一个奇怪的矛盾，那就是大部分人不太能忍受血腥屠杀野兽和动物的场面，这似乎和我们数万年前的祖先大相径庭。

有的动物要特别一些，很多人反对捕杀海豚和鲸这些聪明又可爱的动物，而狗在很多人眼中绝对不能是食物，而是忠诚的伙伴。犹太人和穆斯林不吃猪肉则是遵循他们自己的教义。

我发现我和屠夫处于同一个水平，我无论是看宰杀动物，还是亲自动手杀鱼杀鸡，都不会迟疑，我看到天葬时被肢解的身体和头颅也没有任何不适。我解剖动物的时候也从不会觉得有什么罪过，唯有一次解剖兔子的时候觉得很震撼。那是一次普通的解剖课，我不知道那是一只怀孕的母兔，我在准备解剖之前它显得异常不安，在死前的那一瞬间，它似乎是竭尽全力，亦或是反射性地生下了小兔，这种突发状况我从未遇到，当时我看着刚出生的小兔，就不知所措地愣在那里。

我有一个底线，我自己不会去残害别人，也绝不会提供给别人行凶的武器，制造、改进和出售武器的人无一例外都有罪。

持有以上这几种态度的人难以与彼此相处，他们价值观有差异但通常也能相安无事。然而有的人越过了界线，二战时用活人做实验的科学家，比如门格勒[①]，这些人为达目的可以杀掉自己的同类，所以他们不会被同类所容忍，后来以色列的摩萨德[②]对门格勒疯狂追捕，最后完成了复仇。

不过这似乎不是最高程度，要是有人极为嗜血，热衷于杀人，并享受这种过程，他们渴望看到这个世界变成地狱，那这种人就是穷凶极恶之徒，遇到这种人就只能立刻逃跑或者与其搏命了。

我知道狗不是完全凭本能来行动的动物，它会疼、会痛苦，那种反应不是简单的反射，可是我看到这种场景时，难以产生哪怕是一点点不适了，我母亲是医生，但我很小的时候也害怕血，我是什么时候开始变成现在这样的？仔细回想一下，起点在我八岁时，我对蜥蜴的浓厚兴趣驱使我切断它的尾巴，观察它重新长出来。

以上的这些不是我当时想到的，这是我一直以来的想法，中午我看完杀狗就离开了，下午的时候天上飘下了很弱的雨丝，只能算水汽而不算雨。我骑到公路边的空地，俯瞰着一片山坡，阴霾的天空下山坡和一旁的山谷显得很幽寂，山坡上有着数不清的裸露的岩石。我意识到这就是石漠化，雨水冲走了大部分土壤，严重的水土流失让它无法耕作，只剩下这些裸露的石头。

① 门格勒（Josef Mengele）：纳粹德国医学家，奥斯维辛集中营“医生”，负责协助毒气室的工作，对集中营的犹太人进行人体实验，先后有40万人因他的实验而死，人称“死亡天使”，在遗传学方面作出了卓越贡献，后被摩萨德暗杀于阿根廷。

② 摩萨德（Mossad）：以色列情报机构，成立于二战后，对二战后外逃的纳粹德国战犯进行了血腥的复仇，与美国中央情报局、英国军情六处、俄罗斯克格勃并称世界四大情报组织。

石漠化·晴隆县

我见过更为严重的石漠化，这里好歹还有些草地，无法耕作却可以放牧，在贵州石漠化最严重的地方，毕节和六盘水的一些山区，接连几十里的山地都是石头，几乎没有土壤。有石漠化的地方似乎总是伴随着贫困，我停下来俯瞰那些石头时，有一个十岁左右的小姑娘左手执镰刀，右手牵着一头牛从我旁边经过，目光交汇的时候我在心里期盼她并没有辍学，因为今天早些时候我看到了不少标语，内容都是宣传男女平等，不让女童辍学。这一天的晚些时候，天放晴了，我在路上又被一群羊挡住，又看到两个小姑娘赶着这群羊，似乎是在回家的路上。

晚饭后我一直在想着今天看到的一切，直到月亮落下去我还没睡，之后看到的星空异常壮丽，大气状况极好，没有看到银河，却找出了我认识的大部分星座。我住的地方太安静了，寂静到听不见任何环境的声音，这时候就能很清晰地听到自己的心跳，能听到自己眨眼的声音，鼓膜上似乎能感受到轻微的压力，听见一个类似于耳鸣时候的纯音。我确信自己没有幻听，这种感受我以前也曾有过，只有最为安静的地方才能听到这种声音。

2013年8月21日　阵雨　镇宁至晴隆

早晨出发的时候膝盖没什么感觉，只是上上下下的坡比前些天难走很多，体能消耗很大，早饭吃完没多久就又饿了，我在密密麻麻连在一起的一片小屋中找到一个包子铺，小屋顶上放着圆圆的卫星天线，西部通常喜欢把这东西叫锅盖，包子店老板讲的是普通话，而不是贵州话，因为他是湖北荆门人。

荆门啊……那天经过荆门时的景象我都记得，只是那天很热，我喝了不少水，在易希的影响下我心情不好，边骑边骂，见到一个里程碑我就骂一个。与先前的情况相反，现在这种情形——眼看着范西集基本无望时我却不再烦躁了。

包子店老板说这条320国道上常有人骑行，他说的没错，今天我在爬坡的时候还迎面遇到过两个骑行者。

“最特别的是有一回，有个人推着轮椅经过我这里……”

他一说我就知道了，我抢在他前面说：“那个人从北京推着他妈走路，一直推到西双版纳对吧？那个人叫樊蒙，电视上微博上都报道过。”我记得清楚，这是去年的事，这个人用轮椅推着他妈妈，从北京到了西双版纳，他妈妈腿有问题，不能走路，还有高血压和糖尿病，但是他真的是推了三千多公里，最后到了西双版纳，我没想到他还经过了这个地方，而我刚好沿着他走过的路又走了一遍，但他是推着轮椅，今天那些难爬的坡他都是用手推着他老母亲走过的。

“叫什么我记不住了,我就记着他到我这里的时候,啊呀,那个胡子长得就像原始人一样!”他用手比画着,希望我能知道那是多久没剃的胡子。

我问:“你有没有注意到他还带着条小狗?”

“记不清了,我只记得老人家还有他,在我这里吃包子的时候就坐在你那里。”

我开玩笑说:“你们这里吃狗肉的这么多,怕是被吃掉了,哈哈。他走了这么多路,肯定是练出了一双铁脚板!”其实我心里知道,他练出来的不止是铁脚板。我接着问:“后来这个人怎么样了?我听说他后来差点评上‘感动中国’了。”

“后来啊,电视上讲的,说他到了西双版纳以后受到热烈欢迎,后来回到北京以后开了个足球场,还挺好的。”

我没请他解释“开了个足球场”这不太通顺的话是什么意思,老板又请我吃了两个糖三角,喝了一杯豆浆,我也没推辞,他炉子烧得有点呛,所以我挪了下凳子,面向公路坐着。

过去我会把此类行为视为作秀,现在却变为了敬仰,只有自己同样开始一段特别的历程时才会明白。有的时候你为了一个特别的目的而开始一段新的经历,或者你根本没有任何目的,到中间的时候却发现自己得到了不同的东西,你不需要感动中国,你不用谁来唱赞歌,只要一边走,一边想,慢慢就明白自己要找的到底是什么,就像我多年前为了成为罗纳尔多去到青山,后来我却抛弃了原本热爱的东西;就像我这次出发时只为了范西集,而现在得到的已远比那更多。

我努力幻想出易希的样子,他的影子坐在前方那块“1255”里程碑上,用一根树枝敲打着单车坐管,微笑着看着我,像是在告诉我该接着上路了。

到关岭之前我看见了易希说的大桥,现在已经完工了,也许是角度的关系，仰视它的时候，我觉得这应该是我见过的最长的桥，整座桥是红色的，特别壮观，下面并没有什么大江大河，而是又宽又深的峡谷，桥对面就是关岭，不过我依然只能沿着国道绕着盘山公路，骑了很久才到。

中午吃饭的时候饭量很大，我就着两个菜吃了一盆饭，我不知道为什么我那么能吃，就像得了甲亢一样，本来上午我在爬累的时候想用红牛的，但是想想用完以后会更疲劳，我还是没用。

红牛不是指那种饮料，是种技术的戏称，说到底还是激素闸中的一种，就是用了以后特别给劲儿，最早发明出这技术的人很淘气地把它叫作红牛，渐渐地大家就不用原名了，因为原名很长很拗口，有的技术使用规范的简写，比如合成范西集所用到的 SSD(特异性系统脱敏)。

下午又下了一阵雨，我在一处工地上躲雨，这里正在修建大桥，几个工人跟我说刚才有几个骑车的从那里经过，后来雨停了，我赶了上去，我看到这四个人的时候他们正在休息，之前他们从深圳出发，已经骑了十几天，原本计划骑到拉萨，结果今年通麦大桥垮了，所以改计划，先骑到云南，然后北上骑到青海，到了以后“再看情况”，他们问我是否一个人，我回答说：“我还有个哥哥，他先骑了一段，我在追赶他。”

“我们没看到谁在我们前面，好像谁也没遇到是吧?”他转身问他的同伴。

我回答：“嗯，他出发得很早。”

我跟他们一起骑，他们和我算是同龄人，最大的 24 岁，最小的 20 岁，我跟着他们领头的一块儿骑，我说我单车爬坡不给力，应该和他们一样配更好的变速器，他一边骑，一边拍着大腿回答我说：“装备没有发动机重要，咳咳……”话说到一半像是没说完，因为他被路边的牛粪气味呛得咳嗽起来。

“对，装备没有发动机重要，发动机没有心重要！”我确信后面这句话是我说出来的。

他们看到快要下雨了，所以在一个镇上停下来了，我决定继续骑到晴隆，在路上有很长的一段没有躲雨处，我被雨淋得全身湿透，骑到晴隆以后我开始感觉膝盖隐隐作痛了，也不是很疼，只要不骑车就没感觉。

我这膝盖应该跟我爹的类风湿关节炎没什么联系，小时候天气剧烈变化，遇上那种又湿又冷的天气，他这毛病就会发作，他就只能待在家里。不过就算有遗传，我这么年轻应该没这毛病。也不大可能是我之前在仙岛湖游泳时磕到膝盖那次，要不然怎么现在才发作？我这种情况大概属于论坛里大家常说的劳损，不过我还是该穿上长裤以免膝盖着凉。

三十二　从地狱到天堂的五分钟

要是我今天不在这里，而是在成都、丽江、厦门，在那些茶馆、酒吧或是咖啡厅，一定也能产生一些小情绪，它们会在那种安逸环境中细滋慢长，但是无论怎样，都无法替代我在这里感受到的一切，这是真正的旅行和度假的差别。

晴隆二十四道拐是很有特点的公路，就像张家界天门山的公路一样，路本身变成了一种景观，不过我没找到一个好地方拍照。二十四道拐是抗日时期修筑的，沿着陡峭的山坡艰难地修出一条连续的S形路段，每个弯都接近180度。不过冲下去的刺激程度，远比不上我后来遇到的事情。

我在出发前本应该预料到，在西部多山的地方，山洪、滑坡和泥石流是很常见的。而我今天看到的，也是上路以来看到的第一起交通事故，却与这三者无关，而是在二十四道拐附近，一辆摩托车翻倒在地，只有交警站在离车不远的地方，驾驶员不知所踪，地上有一滩血和一条被轧死的蛇。

我看到死蛇的时候，天还是晴朗的，可中午过后没有多久就狂风大作，乌云迅速遮住了太阳，昨天和前天都算是晴天，不过贵州“天无三日晴”今天还是应验了，那时我正在下坡，后面的路完全没有任何地方躲雨。

天地间一片昏暗，日食的时候也不过如此，狂风吹响树叶、折断树枝的声音被雷声打断，路边的野草像千万只发疯的豪猪一样拼命抖动起来，我感受到巨大雨滴打在身上轻微的痛觉，以至于我一开始误以为是冰雹。暴雨打在路面上的声音混合着滚滚雷声，现在回想一下，那雨势之大，在九八年洪灾以后就再也没见过。无处可避，只能继续向前，我全身湿透，而驮包里的行李大概也难以幸免。

发生事故的那个地方是个山谷，我在模糊的公路上艰难前行，隐约看到公路上有东西，便急忙刹车。几块巨石横在路中间，把路面砸出了几个坑，水沟里的水流暴涨到路面上，水流很急，我抹了一把脸上的雨水，抬起头看着坠石的上方，担心再有石头落下来。遇到这种情况我不敢冒险，只能等雨势变小。我站在暴雨中张着嘴努力呼吸，瞪着这洪水踟蹰不前。

我听到嘈杂的声音从身后传来，那不是水声，不是雷声，而是石头碰撞的声音。我转过身去，不由得一惊，在离我不到二十米的地方，大大小小的石头顺着山坡翻滚而下，它们碰撞在一起，在滂沱大雨中迸溅出无数火星！落下的石头砸到路面上停住了，后面的石头还在继续下落，滑坡的范围还在扩大。

已经没有退路，再不走也许要被埋葬在这里了，我骑上车猛冲过前方坠石的公路，在进入湍急水流的第一秒，我差点失去平衡摔倒，靠着右脚撑地勉强支撑住了整辆车，水流像是穿过了鞋子直接冲刷到脚面上，而鞋子里被灌满了泥沙，路面上的水流很急，不过我还是安全地通过了。

这个时候天空开了很小的一个孔，一道阳光从缝隙中照下来，昏暗天地间只有那一道银色的光芒，它照在幽深的峡谷中，在黑色的群山间，显得格外壮丽，被刺破的云层泛出浅浅的玫红色。我是第一次见到这种景象，几乎要热泪盈眶，但又担心还有坠石，骑上车迅速离开了。

其实在我看到滑坡时，有一瞬间，我产生了一点点无助的感觉，不过仅仅是一闪而过，我既不会向上帝祷告，也没有大声喊叫，现在我可以冷静地把我遇到的惊魂一刻描述下来，心中依然保持着宁静。

我觉得是时候了，明天晚上开始合成范西集。

2013年8月22日　晴　晴隆到刘官镇

昨天看到的宣传标语都是什么“善待女童，从我做起”，“生男生女一样强，长大都能做栋梁”一类的。今天看到的不一样，今天早上经过普安县城的时候，一进县城我就看到很多旗子，一面旗子一个口号，都是宣传计划生育的，每一面旗子上都是完全不同的标语，我真佩服计生办能想出那么多不同的标语来，这宣传做得太狠了，即便在山东这种人口大省，我都没见过这种宣传力度，按理说贵州人口不多，密度也不大，为什么还要拼命宣传计划生育呢？

其实早晨的时候还好，膝盖没什么感觉，到中午的时候膝盖像昨晚那样，又有点疼了，这个我是有经验的，就像在球场上运动受的伤，当时不会很疼，等你坚持一会儿，然后稍作休息就会发作。

果然吃完午饭以后就发作了，走路时没什么反应，只是骑上车，膝盖弯曲的时候会疼。那种感觉就有点像脱臼，只要弯曲膝盖稍微使劲膝盖就会疼。本来正常时候，我下蹲时双膝都应该会有活动关节时候“咔咔”那种响声，现在左膝完全没声音。

当然不能因为这点伤就放弃，我想了点办法：把左腿翘起来，用右脚来蹬车，平路的时候，我用右腿登半圈，然后回半圈。那种样子十分滑稽，让我想起“阿兰·图灵①的自行车”，据说他的车骑到一定的时候会掉链子，所以他算好圈数，每蹬几圈就反着蹬，把链条回到之前的位置，又开始正向蹬，这故事是以前慧儿姐给我讲的。

爬坡的时候单用右腿力量不够，我就干脆跳下车来推，易希日记里没说他骑到哪里，不过以这么慢的速度，我肯定被易希甩下了。

后来我看见有个人在路边，他把三轮车翻过去，像是在检查，我推着车过去对他喊，现在我开始用方言了：“喂，伙子，车烂掉啦？”

他转过来说他的胎破了。

我反正也不急，拿出我的补胎片、胶水、小撬棒和便携式打气筒，这种三轮车的轮子和山地车轮比起来要窄一些，不过我很快就把车轮补好了，我现在补胎很熟练了。

我跟他讲自己是因为膝盖疼才推车的，他说他住在前面的刘官镇，可以把我的车一起带过去，于是我把单车和行李放在车兜里，然后跟他说：“平路、下坡我就坐在后面，上坡我就下来走。”

他笑嘻嘻地问：“你都不怕我把你车子骗走啊？”

我板着脸回答：“让你先跑20米，我捡起个石头照样能爆你头。”当然我是开玩笑的，如果人和人之间连这点信任都没有，那也太悲哀了。

一开始我叫他“伙子”，后来我就直呼其名，叫他郭军。今天他把以前的一张旧木桌和几个旧凳子拉到刘官镇，结果在路上车胎破了，他说自己运气好，遇上了我。我说彼此彼此，我不遇上他的话，以我那种乌龟般的速度，今天怕是要在野外过夜了，那是很难想象的，因为先前在武汉时我把帐篷寄回去了。

---

① 阿兰·图灵（Alan Mathison Turing）：英国数学家、逻辑学家、人工智能之父，曾协助军方破解德国的著名密码系统Enigma，帮助盟军取得了二战的胜利。

这几天他正在收拾东西，马上就要去上大学了，我在路上跟他聊起大学生活来。看到他对大学十分向往，我就拣好听的说，我告诉他大学很自由，没有铺天盖地的作业，可以不用写那些自己都恶心的作文了，可以去图书馆看不少书，可以逃课干很多更有意思的事情……本来我还想用宝哥大学四年谈了45个女朋友的事例来激励他，后来想想这行不通，理工科的学校哪来这么多女生？何况宝哥的人格魅力凡人无法匹敌，别人都是“旧的不去，新的不来”，而宝哥的逻辑则是“新的不来，旧的不去”，哈哈。

都到这种时候，我心态还是很放松的，所以到了镇上以后郭军请我到他家住我也就答应了，没再执意向前，因为我的腿不可能接着再骑了，一发力就疼。我固执地不想用任何止疼药，主要是怕它对我有影响，不过郭军还是带我到镇上的卫生院买了点药，我觉得我需要打一针封闭才可能有用。

郭军的爹妈在深圳打工，家里面有个爷爷，奶奶几年前去世了，他还有个弟弟叫郭兵，上小学四年级，平时的生活都由爷爷来照顾。过了一会儿郭军跟我说他爹妈在深圳还带着三个很小的孩子，所以实际上他们家一共五个兄弟姐妹，这下我开始有点明白为什么早上会看到那些凶猛的计划生育宣传标语了。

郭军的爷爷六十多岁，身体挺好，平时还养十几只鸡，他人很好，吃完晚饭后他还帮我膝盖上敷上了药，不管这有没有用，我都很感激他。

他家很大，楼上楼下有好多间屋，房子是八年前盖的，今天晚上我睡郭军的房间，他先带我去看，房门左边墙上贴着的都是他的光辉岁月，有好多张三好学生和运动会奖状，从小学到高中都有，他真是标准学霸。我正参观着那面墙，他弟弟跑进来兴奋地告诉我：今天中午他家里养的鸡下蛋了。

郭军跟我说他们小时候家里面很艰苦，经常吃洋芋，不像他弟弟现在，经常有鸡蛋也有肉，父母在外打工比以前多挣很多钱。

他这么说只是站在他自己的角度，对于他弟弟小郭兵来讲，这种父母长期不在身边的日子是格外难过的。这样的孩子，中国有六千多万，数量比澳大利亚和加拿大的人口数量加起来要多，比大韩民国人口数量还要多，和大不列颠总人口打平手。

小郭兵听我们讲起爹妈不在身边的事情来，眼泪在眼睛里直打转，毕竟每年他只有过年才见得到爹妈。忍饥挨饿很难受，但是缺乏父母关爱更难受，我小时候虽然条件比他好，但是我能感同身受，看着他我好像就看到我自己小时候。或者说这种情形就像多年前易希看着我一样，我多么感激他陪伴我度过我的童年。

为此我以另一种方式，重现了多年前类似的场景。其实非常简单，我拿起那个鸡蛋，假意用手遮挡，另一只手轻轻把它竖在了桌子上，然后两手摊开，像是完成了一个魔术。他脸上写满的那种惊奇，大概和我多年前一样，他兴奋地问："哥哥你是魔术师啊？"

"不是啊。"

"你爸妈是魔术师不？"

我睁大眼睛微笑着："不是，他们是做考古的，这个魔术只有我会，想学我教你，你再拿几个鸡蛋来。"

他拿来其他的鸡蛋，我把它们在桌子上竖起来摆了一排，不过有一个鸡蛋倒下去了，我又再次把它竖起来，接着又倒下去了，那个鸡蛋肯定有问题。

我之所以这么做，是很希望他能学会一个控制技术，我绝不会把他带去青山，我只会教他意志叩，希望能够缓解那种孤独，哪怕只有几秒钟，他能够感受到自己并不孤单。可是哪有那么巧呢？我让他尝试了 test-1 到 test-6，每一种天赋测验的结果都不显著，他毕竟还是不可能学会控制技术，毕竟十万人里才能出一个，不会有这么巧的事的。

这样吊起了他的好奇心，然后又发现自己无能为力，实在令我无奈，甚至自己觉得有点委屈，我只好告诉小郭兵说他手太小，现在还学不了这个魔术。

我想不出有什么办法能帮帮他了，所以我只能靠给点钱来表示感谢了，我说郭军要上大学了，这是我给郭军的。他爷爷说我也还在上学，钱是我父母的，这个钱不能要。我表示如果我父母在这里，也一定愿意给的，可是他爷爷说什么都不收。

三十三　最后一天

离开贵州的路竟变得好走了，公路逐渐变得平坦，我还在想着那种魔鬼何时出现，难道贵州没有吗？后来在省界上就看到它了——紫茎泽兰。这植物是真正的魔鬼，云南和四川有许多地方的农民深受其害，在四川凉山的一些地方，漫山遍野都是紫茎泽兰，农民对此无可奈何。贵州的石漠化是无地可种，而在紫茎泽兰疯长的地方则是有地无法种，这植物是外来物种，乍一眼看上去像我们做菜用的罗勒，其实它原产于拉美，它在中国没有天敌，就像滇池里的水葫芦一样，你今天除掉十亩，明天它就能长出二十亩。

我从小就见过紫茎泽兰，在导航仪进水坏掉的情况下，见到它就代表我进入云南了。后来看到一老一小赶着牛车，车上的小姑娘大概四五岁的样子，她看到我以后只说了两个字："单车！"然后开心地笑起来，那个小姑娘长得很好看，我看到了一双很漂亮的眸子。

富源的红土让我想起东川的红土地，我还看到了不少炮仗花。但不同的是东川有着大量的铜矿，富源的这些红色小山包之下则有不少煤矿。有两个镇正逢街天，镇上挤得水泄不通，好在我骑着车可以在车流里自由穿行。街天也是西部的乡镇里常见的景象，奇怪的是先前我在贵州没遇到，可能是我刚好没有碰到，因为街天不是每天都有，有的地方是三天，有的则是一周。到了那天，所有人都来赶街，把家里养的、地里种的东西都拿出来卖。广西的叫法和云贵两省不同，他们把街天叫"圩"，我听说那里的年轻人会在集市上对歌，所以更为热闹，我以后会去看看。

我真希望能在那里多看一会儿,可是我却不能多逗留了。之后经过沾益时我也没去吃辣子鸡,我经过曲靖继续骑到马龙,今晚就在这里完成范西集,我的旅行终于到最后了。

2013年8月23日　晴　刘官镇到曲靖

今天早上出发的时候我把座杆调得很高,为的是让腿能尽量伸直,避免疼痛,还是挺有效的,最起码不发力时几乎不疼了,郭军和他爷爷出来送我,我笑着向郭军敬了个军礼:“郭军加油,好好干。”正准备离开的时候,小郭兵跑出来,然后把我的钱还到我手上,说:“哥哥你的钱忘记在碗下面喽,我还以为是你折了玩,仔细看看是钱。”他说的是我昨天晚上用钱折好的纸猫,今天吃完饭我故意压在碗下面的。

“哥哥你下次来……你要教我变魔术!”他接着说。

张煜丹你要是有什么想说的现在就说,不要等着以后后悔时,那时你已经不是现在的你。

我轻轻把双手放在变速器和刹车之间,像我那次把手平放在桌子上一样,那种感觉异常强烈,再一次,意想不到地,我以这种方式获得了宁静心境。

就是在最后的几天,在无法同步的情况下,我获得了最后的一次机会,于山穷水尽之处,重拾希望。而在此之前的一切经历,现在看来都弥足珍贵,我的这趟骑行,并不全是为了范西集,我得到的已经比我预想的更多。

宁静就是这样的体验,今天膝盖还是疼,我并非感受不到膝盖上的疼痛，也不是“痛并快乐着”去享受它，而是对这种疼痛不以为意，在这种心境之下，自我出生以来的第二次，我感觉到自己的骨骼和器官与意志联系在一起，它们能感受到来自于内心深处的力量。

早晨经过红果，这地方是盘县的新城，似乎只建起几年，看起来不错，城区很干净，有个开宝马的司机差点蹭到我，可是这种时候，我心里却一点都不在意。之后我沿着国道继续骑，从富源进入云南，又过了沾益到了曲靖，但是我还是想努力骑到马龙，因为易希是骑到那里完成的范西集，可最后我还是没骑到，就在一个小火车站附近停下了。

吃饭的时候饭店的老板娘看起来对我不太友好，我也并不在意，一笑而过。后来住下来以后才明白，我的脸黑得像煤矿工人一样，实际上这就是被煤灰弄黑的，而且因为我之前戴上魔术头巾掩住了口鼻，所以脸和额头被煤灰弄成了不一样的黑色，看上去十分滑稽。今天到曲靖之前我见到了不少超载运煤车，煤灰把路旁的里程碑都熏黑了，完全看不到上面的数字。

洗完了澡，我开始写日记，古人在做重要的事情之前要焚香沐浴更衣，我不用那么复杂，我已沉浸在宁静之中。

来吧，放手一搏，失败了也不可惜，这是我学会范西集前的最后一篇日记，我不想写太多，要说我真心地想感谢我这一路上遇到的很多人，而最感谢的还是易希和祁玥，现在让我来看着易希的日记，完成范西集。

三十四　可是我失败了

我必须正视我的失败，不逃避、不自欺。

昨天傍晚，当我开始做范西集时，我用了20分钟完成了整个控制结构，开始尝试着合成范西集，结果完全得不到回应，体验无法激活整个控制结构，一开始我并没有失去耐心，反复地尝试，还是完全没有回应，所以我不得不面对一个事实——我失败了。

发生这种事情难免会有点难过，再加上当时暮色苍茫，加重了这种情绪，我怎么都想不明白哪里出了差错。

于是我呆坐在阳台上看着街道，昏暗的灯光下有很多蜻蜓的尸体，那是下午时在那里玩耍的小学生的杰作。他们戴着红领巾，放学以后来到这块空地上，每人拿着一根竹棍，就在空地上打蜻蜓，和我童年时候不一样，我是用网兜捉蜻蜓，他们则是用棍子把飞着的蜻蜓打死，地上落满了蜻蜓的头和身体。

后来他们玩腻了，又拿出画片在地上开始拍，我不记得上一次见到画片是什么时候了。十多年以前，我第一次离开家去武汉的时候还是懵懂少年，十多年后我变了很多，而西部却还像是过去的样子。

沿着西气东输的管道描出一横，把甘肃到云南的母亲水窖连成一竖，我被压在这十字架的底端，只能无助地叹息，太多事情需要机缘巧合，我只能接受这种结局。

我需要明白，我经历了整个必要的过程，现在我失败了，解除了长周期，新的生命历程又会开始，来日方长，我不会放弃范西集的。所以今天在骑往呈贡的路上，我感到了不同的精神状态，与之前几天的感受完全不同。

一路骑行，路边平房的油毛毡屋顶逐渐变成了瓦片，到了人们把餐馆服务员唤作“小姑娘”的饭馆，就证明一定是在昆明附近了。不过今天下午我又在一个镇上看到了那种交通工具，我记着云南一些地方管它叫“马的士”，而我原以为它几年前就消失了——窄窄的车厢里坐着七八个人，前面用马拉着前进，速度很慢，我迅速地从侧面超过去了，有很短的一瞬间，我觉得自己仿佛是回到了从前。

不知为什么，今晚我开始想家了，好在明天就能到家，我错过了范西集，却赶上了外婆的生日，刚刚好。

2013年8月24日　晴　马龙到昆明

我也没有机会问易希，我想知道他在武汉时日记里说的“三重境界”中，最后那种境界叫什么，不过我觉得应该是山重水复疑无路，柳暗花明又一村。

在六年以后的今天，我就这样坐在一把椅子上，易希隔着遥远的时间，祁玥隔着遥远的空间，两个人给我上了这最后的一课。这是多么难忘的一课！在我未来的几十年里必然会一直对他们心存感激。

让我平复一下心情，从头写起。

昨天晚上我写完日记以后就开始看易希那篇日记，想要知道关于范西集的更多信息，想要知道它的有效体验是哪六种，当我看到他失败的时候，我突然慌了，我怎么都不相信自己的眼睛：他怎么失败了?！失败了寄给我日记是为什么?！我该怎么办?！

我屏住呼吸看完了接下来的日记。毫无疑问他确实是失败了，这世上大概根本就没有范西集。

就在我产生这个想法的时候我马上用意志叩压住了潜意识中开始酝酿的万念俱灰,因为绝望是最强的负性体验。接下来我安慰自己说易希是因为体验长周期提前结束才失败的,我完全可以成功,现在就是我生命中最重要的几个小时!其实我自己也预感这是骗自己。

我马上直起身来坐好,开始建构控制结构!

命运喜欢捉弄人寻开心,当我构建出了那个极为复杂的控制结构时,却发现神经刀和不碎之灵之间连接不上,这比易希好,他那边是完全不响应。连接不上意味着我少了一种有效体验,或者是程度不够!多么可悲呀,我自己几乎都冷笑一下:张煜丹现在你确实可以开始万念俱灰了。

但是我就是不愿放弃,再次做了个意志叩强行压住即将产生的绝望。从山东到这里,我已经骑了三千三百多公里路,跟着易希骑了两千六百公里,到最后竟然失败吗?!已经如此接近成功了,就差一种有效体验的时候竟然失败了?!差之毫厘,就谬以千里,有那么多种体验我下次怎么可能知道是哪六种的组合呢?我不甘心,扛住那个巨大的控制结构开始用很低的效率思考自己究竟缺了哪种有效体验。这时命运站在转角那里冲我蔑笑:“你这是白费工夫,完成范西集以后你才晓得,你要是不晓得,那是因为你还没遇到。”

对啊!肯定是我还没遇到。我这就去找!上路!

我根本没睡觉,天蒙蒙亮我就上路了,睡眼惺忪的旅店老板娘给我开了卷帘门,我骑上车就走,她必然觉得我疯了。我确实也快要疯了,她看不见我脑中正运筹的那个庞大到超乎想象的控制结构,它像一块巨石一样压在我的意识之上。手机的天气预报播报的实时温度只有14°C,清晨的高原很冷,在这国道上,我穿着短袖骑着车,什么东西都没吃,在冷风中手指很快就冻得不听使唤了,此时我已经无法主动升高体温了。我的脑子没有被冻僵,那个巨大的控制结构依旧压在上面,只要有新的体验能够即时合成它,它就会带着我扶摇直上。有史以来第一次,我将会掌握又一种超越理性的智慧,它不是幻想,而是真实存在的!但那时,我正在一切体验的冰原中艰难骑行,除了冷以外我什么都感受不到,那是由外向内的冷。

快要到极限了,如果有脑成像设备的话,一定能看到我的大脑里在放烟花,但它已无力再做一次意志叩,实际上哪怕是对侧迁移那么轻松的技术都会成为压死骆驼的最后一根稻草。所以等绝望蔓延上来的时候我就只有束手就擒,然后任由头上那块巨石压死我。石头这个形象让我脑子里开始浮现以前看过的视频:一个人在野外遇险,他的手被卡在石头里,想要被救援队发现几乎是不可能的,他果断截掉了自己的手……然后我看到更狂乱的影像,这是幻觉开始的前兆,我不会因为范西集而放弃生命的,经历了这么多以后,我确定范西集比不上生命那么珍贵。

换做以前我肯定不会相信,因为我动摇了。

也就在那时,命运垂青了我,以一种特别的方式。它在路边放了两个人,一老一小。

我一看她的白帽子就知道她是个回族,带着的那个小孩子是她孙子,那个小孩子看起来和小郭兵差不多大,发着高烧,眼睛都是红的,像是重感冒了。这时天刚刚亮,路上一辆车都没有,这里离县城还远,她等了很久都没有等到路过的车。所以她急切地寻求我的帮助:"小伙子求求你啦,带他跑趟医院!昨天晚上就不对头,想着给他睡一觉今天会好些,咋是……"她急得快哭了。

今天我心里面没有什么天使和魔鬼在较劲,也不像那天祁玥和上帝一起逼我作选择,我似乎听见自己的声音在对我说:"放弃吧,你缺了一种体验,但你一路上得到的已远比那更多。”我看到眼睛烧得已经模糊的孩子,直接答应了,立马感受到如释重负。终于啊,张煜丹和易希一样,还是失败了!

后座上放着驮包,小家伙坐在上面,车后面跟着他一路小跑的奶奶,我能够感觉到他很热,而我的体温很低。我拼尽全力完成了一次红牛,我的旅途快要结束了,现在只有最后一件事情要办,就是把小家伙送到医院,后座上的孩子在不断咳嗽,像是催着我加速,那我就加速吧!

红牛的效果马上来了,双腿发力开始猛踩踏板,我有使不完的劲,身体马上不冷了,后面跟着小跑的老人很快就被甩开没影了。我也不管,直奔县医院而去,不到 20 分钟我就把他送到了医院,办好手续以后老人还没来。我就坐在外面等,那几分钟才是如释重负,我欣慰地笑起来,该办的事情都已经完了,只是我确实还是留恋范西集,所以我把那结构拾起来再次审视了一下。

神经刀和不碎之灵连上了!瞬间就感觉天旋地转,强烈的晕眩一下把我放倒,爬起来以后我对着走廊尽头的水槽呕吐起来。

范西集完成。

其实在我决定放弃的时候,就已经成功了。现在我知道自己先前缺失的是什么了。

我从山东出发,一路上和很多人结下友谊,在重庆渴到要死时体验过幸福,在知道易希的真相以后再次感受到爱,在松坎的滂沱大雨、电闪雷鸣中克服恐惧获得勇气,在郭军家里得到帮助后心怀感激而后获得宁静。

最后,在最后的最后,命运将一个孩子放在路边等待我救助的时候,我早已摒弃了仇恨和愤怒,摒弃了嫉妒与傲慢,摒弃了歧视与偏见。理解别人的痛苦,产生的即是怜悯,即是同情,即是恻隐之心。

这就是缺失的那最后一种体验。

太阳渐渐升起来了,我看着它找遍自己的记忆,喜欢下雨的我,从来没有觉得哪一次日出能像今天一样美好。我这趟旅程,我的一生仿佛是在为今天做准备,我竭尽全力,命运也没有让我失望,可是我获得的却不仅仅是范西集,它颠覆了我的信仰和无所信仰之时的一切,我张开双手,像是获得了重生一样,我已然不再是我。

我自己推着车离开了,事情都已经安排妥当,不用等了,我需要呼吸点新鲜空气。

易希无法看到这一切了,但祁玥可以,我掏出电话给她打了一个。电话响了一阵,对陌生号码,她都会多等一会儿再接,而我这个卡是那天在合肥买的,号码归属地会显示是合肥。

响了几声以后她接了电话,她第一句是:“喂?你好?”

我轻轻吸了下鼻子说:“是我,张煜丹。”

她停顿了一下,她的回答让我有一点点吃惊,她有点得意地问:“怎么样90后?完成范西集了没?”我没有说话,其实我先前几乎猜到是她了,她接着说:“不要惊讶,火星文署名是我干的,日记是我寄的,不过……”

我打断她说:“哈,完成了,还附赠一次高峰体验。”

我似乎听到她长舒了一口气,她接着说道:“啊,真是太好了。我先挂电话,有封重要邮件要转发给你,你收一下。”

我推着车到一家店里点了碗饵丝,然后等着邮件,我似乎看得见易希的影子,但我深知那是不可能的,这是我第一次来这个地方,这个地方对于我和易希都意义重大,易希自此以后,到死都没能完成范西集,而我今天做到了。

岁月你别催，该来的我不推；岁月你别催，走远的我不追。

窗子上的玻璃很亮，亮得能够映出我的影子，我看见自己因为骑行变瘦的手臂和晒黑的皮肤，还有一夜没睡以后布满血丝的眼睛。虽然看着有点憔悴，但现在确实是我自出生以来最为强大的时候，我是唯一一个完成了范西集的人。

祁玥的邮件发过来了，邮件转发自易希，主题是“Diarios de bicicleta”，这是六年前易希给祁玥发的邮件，抄录如下：

> 我依然没能完成范西集，在大暑后的第一天出发，这次我骑着单车，从合肥经过武汉一直骑到家，在武汉没能见到你真是遗憾。我去拜访了曾爷爷，他帮助了我，但到最后却没能成功，我试着激发范西集的时候它完全没有响应我。
>
> 我知道你看到这邮件的时候肯定在摇头，那些反对我们的人如果知道这件事，一定会说：“我不是告诉过你吗？”
>
> 这让我想起一个小故事：
>
> 小鼹鼠早晨去溜冰，老鼹鼠见到了，摇摇头说：“你本事不够，去了以后准会摔得满头是包。”小鼹鼠不听，独自去了。到了下午，小鼹鼠回家的时候又遇见了老鼹鼠，果不其然它的头上有两个大包。
>
> 老鼹鼠颇为得意地说：“我不是告诉过你吗？”
>
> 小鼹鼠不以为意地说：“你看到的只是两个包，而我站在冰上时那种兴奋，摔倒时掉的眼泪，在冰面划过时的得意，你都看到了吗？”
>
> 这是我母亲二十年前给我讲的故事，我知道你这时候又在一边点头一边笑。

你说朋友不过是披着情感外衣的互惠主义者，表面上好像对友谊极为不屑，可是你在最关键的时候却帮助我，还收下了小丹，所以祁玥，让我这种俗人（没有讽刺你）叫你一声朋友吧。

你说我总是去做一些有危险的事，早晚会倒霉，叫我不要找死。

用不用数学证明我都知道你是对的，且容我诡辩一下：我做了不少“微险”的事，到现在也没有受什么重伤，这世上有不少像我一样“找死”的人，这么多人中总有一个比较幸运，所以要么是上帝眷顾我，要么是因为我跟你一样有九条命。不过说真的，祁玥，我没有找死，我想好好活着，我只是跟你一样，只要能吃得饱，就对像动物一样的生活方式深恶痛绝。

我既然选择了这种方式，对于那些可能遇到的危险和困难，我自然也会做好准备，甚至每次旅行前都写好遗书。几天前我就差点被山体滑坡埋葬，最后还是化险为夷了，感谢上帝（这也没有讽刺你）！其实更多的时候也并没有那么危险，我心中有数，我以前推荐你煤矿一日游，你可以试试。

我身上没有任何包袱，没有什么任务，所以今天给你发邮件的是另一个易希。但我猜想我们以后不会见面了，我跟你争论的许多问题，到最后还是没有结果，不过我特别喜欢你说的那句“理性如果给本能跪下，人就活得像个动物”。

你肯定想看看我最后做了哪些努力，我会把结构图传真给你，我还会把这次的日记给你看，定然能启发你（这句是讽刺了，朋友）。

旅行时拍的照片都在这邮件里，我会把日记寄给你，如果你觉得可以告诉小丹所有的事情，也可以把日记给他看，但不要让他去恨任何人，不是因为负性体验，而是因为那些根本不值得。

再见吧朋友，愿你今后一切顺利。

太阳升得更高了，玻璃窗反射出明亮的光芒，我面向这太阳，热泪盈眶地看着它。

我已然不再是我，可是你依然是你。

手机响了，这次是祁玥打来的，我问她："你知道易希失败了，还要把日记寄给我，你对我那么有信心？"

"我为你专门修改了易希给我的那个控制结构，我也没有绝对的把握，但我还是要让你去，在去年我教会你不碎之灵的时候，我就想好了要把日记寄给你，我早就安排妥当了，虽然你寒假没来，但是我觉得没有问题，而且——"祁玥说，"即便你不能完成它，我还是会把日记寄给你。"

"你是觉得试试无妨是不是？哈哈，你为什么不直接把日记给我呢？"说出这些话的时候我自己也在想：要是她直接把日记给我，我会做出什么事情？如果我在夏令营得知日记里的事情，我会跟易希一样离开吗？不过那已经不重要了，我不会回去了。

"你知道普鲁斯特吗？"

我不想扫她的兴说自己不知道，所以我让她继续说。

"就算是他那种人，到最后也觉得是那些痛苦的事情造就了他，养尊处优的好日子过了就忘记了。我是因为赞同易希的说法才寄日记的，不管你有没有完成范西集，这些经历都塑造了你。"

"就像那些痛苦塑造了我（你）。"我抢着跟她同时说了这句话。

"去年我在云南见到你时我没有说，我们不用为易希难过，他死的时候并不遗憾。小时候我想尽办法求生，就不明白易希这样的疯子怎么总是在‘找死’，后来我明白了，他跟我一样讨厌像动物一样的活法，可是他的很多想法和夏令营背道而驰，他们是无法容忍易希的。”祁玥说。

趁这个时机我说出了我的想法：“我跟他一样，不想回去了，我不想回夏令营了。”

她就调侃我：“那你的梦姑不要了吗？梁梦盈对所有的事情根本不知情。”

我也笑了起来，我回答说：“我想清楚了，洋娃娃不适合我，我像易希一样，不会回去了。”

她知道我不是开玩笑，而是说真的，连忙劝我：“我知道你因为同步易希的有效体验现在变得像他，但是你要回来，你是张煜丹！不是易希，夏令营做过很卑劣的事情，可你不能因为这样就逃避它。这样，我给你一些时间，不要那么快作决定，一个星期以后说不定你会想明白，关于夏令营，你现在有任何问题，我都可以如实回答。”

“我已经不再是以前的张煜丹了，不是因为范西集，是因为你们所说的，我所经历的事情塑造了我，我不会回去了。”我坚决地说道。

她沉默了一会儿，接着说：“你又要给我出难题了，你是第五个离开夏令营的。”

“第一个是你的老师还是史老师？我一直没问，你的老师是谁啊？”

“我的老师姓刘，她是第一个离开的人，她觉得这组织不过是各取所需，想法不同也能在一起干些事情，但本质上不是一路人，她退出去了。第二个是史老师，他为了自己的理想甘愿忍受他们的口诛笔伐，几年前因为心脏病去世了，新闻上都有，你也知道。曾爷爷是因为看不惯这种卑鄙的行径，就退出去了，不过只有他是体面离开的。”

“第四个就是易希?”

“是啊,后来就是易希,我真的想劝你不要退出,你完成了范西集,这说明了史老师的想法不是天方夜谭,易希所做的一切努力不是徒劳的,所有人都会想看看范西集是什么样子的。”

我接着说:“哈,那不行,他们不配,你自己都说了他们很卑鄙,你还留在那里干什么呢,你也退了吧,再过两年你怕是嫁不出去了,赶紧退了,青山夏令营不可久留!”只是开个玩笑,我当然不可能劝她退出,实际上她已经骑虎难下,她管理着整个数据库,如果她真的退出,黄佑然和一群老家伙饶不了她。她笑出了声,透过她的笑声,我似乎看见了她在电话那头的笑容,不过这是最后一次了。

“我还是希望你……唉,”她叹了口气接着说,“我希望你能回来让所有人明白你体会到的事情,不单为易希,也为你自己,也是为大家。”

“要体会这件事情,就非得自己来真切地经历一次。我不回去了,易希死了,再怎么也活不过来了,他不需要谁为他正名。我自己无所谓,换掉联系方式,过几年以后我就从来没出现过,没有人知道张煜丹是谁,他们不会像迫害史老师那样对付我的,顶多是像易希一样被人污蔑,我不是什么重要人物。”

“你是,现在你是唯一一个掌握了范西集的人,我这里只有控制结构。”

“那就只能劳烦您保守秘密了,不然肯定有人来找我麻烦。”

她哈地笑了一下:“我变成保密局了,有秘密都找我……对了,有个新发现要告诉你,算是个秘密,是关于痛苦的。我用繁越分析各种技术的时候,发现痛苦并不是有效体验。”

“啊?怎么会呢?”我感到很意外,“我们不是用痛苦激发还有合成出那么多技术吗?”

“不是,你回想一下所有用到痛苦的技术,每次你感受痛苦这个过程中间你什么都学不会,如果你经受不住痛楚,那么一切就是徒劳的。只有当你经历了这一切,克服它你才能激发出新技术,对于我们来讲,有效体验不是痛苦,其实是顽强。我知道你现在可能和易希一样,很反感这种功利的说法,我换种方式说,这世上有两种痛苦:一种是毫无意义的痛苦,只能让人受折磨;另一种是宝贵的财富,只要你能克服它,它就能让你超越过去的自己。”

“原来如此,你为什么不告诉大家呢?”我问。

“本质上有什么差别呢? 你一样要克服痛苦,然后你才能获得顽强。我不是说过吗? 苦难能塑造你,也能把你毁灭掉。”她接着说,“你要是过着养尊处优的生活,你就永远不会顽强,遇到挫折就倒下了,永远都扶不起来的阿斗。这并不是我们独有的东西,所有人都需要它。”

我听着她说着每一个字,这是她给我上的最后一课了。

“我有件事情想替易希跟你说,不对,我代表我们兄弟两个跟你说。”

“怎么了?”

“我们两个都该谢谢你,谢谢你,老师。”我稳定了一下情绪,想到她对我的帮助,我由她而做出的改变,她教我的一切,谢谢两个字是远远不够的。

“原本上路以前我只是为了学范西集,但是我在路上看到了很多东西。当我骑着车翻山越岭的时候,被狗追的时候,遇到帮助的时候,我觉得我看到了很不一样的东西,有别于夏令营的东西,没有人跟我说话时,我就听见自己和自己说话。就在我刚才完成范西集那一瞬间,我觉得我这辈子从来没这么好。”

“我知道，我完成繁越的时候感受过高峰体验，只是在那以前比较痛苦，我当时得了疟疾。”

“我也是感觉到了冷，后来我也吐了，但是这些都不算有效体验，真正有用的是友谊、勇敢、爱、感激、幸福和怜悯。我也没忘记你以前说的话，你说理性绝不能给本能跪下，那样就还是个动物，只是我觉得要学会范西集这种智慧，就必须像个真正有情感的活人，像黄佑然那样的人不配也不可能学会的，你说呢？我会用你和易希教我的方法走我自己的路！”

“是感激、幸福和怜悯啊……”她喃喃自语着，沉默了几秒，自己笑着说，“这样我也教出个叛徒了，老师朋友和学生都是叛徒，嗨……我会想办法让你匿名访问数据库，我现在有很强的预感，将来我们还会见面，不过不是在武汉，如果你想回来，随时都欢迎，我期待着你回来。”

这是易希和祁玥给我上的最后一课，真是永生难忘的一课，挂断电话的那一刻我心里默默说了一句：

再见吧！青山！

我沿着坑坑洼洼的国道开始往家的方向骑，坑烂的路面无法减慢我回家的速度，4 时 15 分的时候我推着车进了小区，我竟然比六年前的易希早回家了。

像正常时候一样，家里面一个人都没有，家具上都盖着布防尘，原本我计划买点牛奶来煮麻花，但红牛的副作用很快就上来了，我拉开防尘布一下倒在床上。刚才我醒过来的时候是凌晨 1 时 15 分，我被饿醒了，我翻箱倒柜希望能找到几个核桃或是一袋花生，但柜子里什么都没有。现在我已经睡不着了，就到楼下肯德基坐下吃东西，打开电脑查看那封邮件，里面有个很大的附件，都是易希的照片。

果然易希就没有头盔，他骑绿色的单车，绿色的驮包，也许照片有色差，那顶帽子虽然不是绿色的，但是那个土黄色看着也像是绿色。难怪有人把他当成邮递员。有大量的照片是风景，这不是他一个人的旅行，六年前的易希不会想到我在另一条时间线上和他一起看风景。

在那些照片里我似乎能看到熟悉的影子，一路上遇到的王大哥一行、热情的小兄弟、加油站老板、内蒙古小哥、汪姐一家、ABC男孩、秦琴、光点兄，还有郭军一家，还有很多陌生人，我不会忘记他们的，没有他们我这3500公里不会如此有意义。

写了那么多，我现在也睡不着了，感觉有点感冒，嗓子疼，可能是前一天早上被小男孩传染的，等天亮了我坐车去玉溪，算是把易希送回家吧。

三十五　回家

今天才是真正的最后一天。

因为今天是回家的日子，早晨出发前我给公明哥哥、老周他们每人寄了张明信片，感谢他们留宿我。明天是外婆的生日。我从呈贡沿着滇池东边的路回玉溪，我加速蹬着车，因为我太兴奋，中午没休息，两点一刻左右就到了。

两千八百多公里，我最后终于回家了。

我直奔外婆家去，先把车放在院子里然后上街买菜，我要给外婆一个惊喜。以前卖活鸡活鸭的那家人还在老地方，一点都没变，不过老板娘说她老公不在，她自己不会杀鸡，我们家是老主顾，叫我等一等。我想了想其实也没关系，我自己动手杀鸡也行。

结果今天变成了家里人给我接风，好多年没给外婆过生日了，所以我这本日记的最后一句必须是：

外婆，生日快乐！

第七辑 尾声

2013年8月25日　中雨　昆明↔玉溪

有始有终，我像是送着易希回家，不过我不能骑车了，不是因为天上一直下着雨，也不是因为我感冒，而是因为这膝盖一弯曲就会很疼，走路没问题，骑车是不可能的。

我单腿跳上去玉溪的客车，玉溪离昆明并不远，没有多久就到了。记得以前我编了一个不算绕口的绕口令——来自玉溪的易希说了一句虚拟语气句。

我没有去公墓，而是去了佳慧婆婆家。

这城市近几年来有很大变化，这一路上从山东、江苏和安徽到湖北、重庆与贵州，几乎中国的城市都在盖楼，包括很多县城在内。我第一次来玉溪时是在2003年，那时易希家刚刚搬到这里，现在10年过去了，我靠着手机地图才找到那条小巷，找到小巷就容易了，我一路走进巷子深处。

我打着伞进到院子里，佳慧婆婆家的门虚掩着，我还是敲了敲门，里面有人应，我就进去了。推开门我看到佳慧婆婆坐在沙发上，电视也不看，目光呆滞地看着我。

那样子让我想起汪峰唱出的歌词，麦卡锡的一本小说以及科恩兄弟的同名电影，它们有着共同的一个名字——

老无所依。

"佳慧婆婆是我啊，张小丹，张老四家儿子，你可记得我。"我指着自己，希望她还记得我，要知道除了很长时间不见外，我皮肤也已经晒黑了很多。

她终于认出我来了，好歹他们一家是直到我长到12岁才搬家到这里的，之后也见过几次，她灰蒙蒙的眼睛里恢复了一些光芒："哦，小丹啊？赶紧来坐，把东西搁在凳子上。"

我把买的水果和蛋糕放下，拉过个板凳来坐着，把左腿绷直，免得它疼。

我和佳慧婆婆聊了聊家里面的事情，她现在是一个人住，还好有对门的那家照顾她，易希他爹几个月来看她一次，来的时候会给对门邻居一些钱。

佳慧婆婆现在记忆力很差，但还是尝试着跟我唠家常，乱七八糟说一通。

"小丹，你三大爹现在还在矿上上班啊？"

"啊，是呢啊。"

"一个月拿得多少？"

"怕能拿个七千多块嘛。"

"哦哟，好啦好啦。"

这屋子里有一种无法驱散的沉寂和冷清，沉默了半晌她又接着说："小丹啊，我跟你讲，要是街上有人猛然喊你名字，你不要理他，不要回头。"我搞不明白她是什么意思，只好附和道："嗯，好，好。"

然后佳慧婆婆糊涂了，刚讲过一遍的话又问一遍："张老三还在矿上上班啊？"

"嗯，是呢啊。"

"一个月拿得多少？"

"七八千吧。"

然后她稍作停顿，她像是一盘录音带，一头录着音，另一头消磁，很快忘了刚才和我的对话，又摇着手说："小丹啊，街上要是有人家猛然喊你名字，你不能回头，不要理他。"

我问："为哪样？"

她接着用很神秘的语气给我解答："以前你杨公公还在的时候，我们家楼下有家男人，他走在河边，有人猛地喊他名字，他就转过去，然后就看见条白色大蛇，过了一个礼拜他就掉进河里面淹死掉啦……"

"嗯，佳慧婆婆我晓得了。"

我知道为什么她无法记住这些对话的原因，但此时此刻我想的是：也许有一天我的记忆会像她一样退化成一边录音、一边消磁的录音带，刚说出来的话马上就忘，那时的我也许记不清前一刻说了什么，却一定会怀念起现在的我。

桌上放着全家福，一共有五个人：佳慧婆婆、我没什么印象的杨公公、易希他爹妈，还有易希，那时候的易希大概是上中学的样子。据说杨公公死的时候很安详，是在梦中无疾而终的，很多年过去以后，这张照片上只剩下佳慧婆婆和易希他爹。

易希家确实绝后了。

从我记事起，佳慧婆婆就经常到机械站附近那家基督教堂去，有的时候还带上易希。但是今天佳慧婆婆说我干妈死后她就没去过教堂了，她整天待在家里。有的时候生病了，就连续几天躺在家里，易希下葬那天她没来，就是因为生了场大病。

祁玥昨天说，世界上有两种痛苦，而我看到的这种痛苦，就是无端受折磨的痛苦。我现在明白自己为什么而活，但是看到佳慧婆婆那状态，我仔细地想她现在是为什么而活着？想来想去我也只能想到两个字——

等死。

我眼睛不舒服，主要是因为我感冒了。

我该走了，回山东前会再来看她一趟，她吃力地起身送我到门口，最后我跟佳慧婆婆说了声再见，她一直目送我走出小院，但我没有马上离开，而是从巷子另一头绕出去再买些水果。

我打着伞，沿着小巷往外走，看到花坛里面种着易希喜欢的植物——芦荟、向日葵和兰花，那些芦荟已经不是易希以前种的芦荟了，向日葵数量比芦荟多得多，蝴蝶兰被移到了一旁的铁皮屋顶下，至于是谁在打理我不清楚。易希曾经在这里种了几棵四五米高的向日葵，那时佳慧婆婆在院子里也能看得到那高高的花盘。

我把那块切·格瓦拉的魔术头巾系在了一棵向日葵的枝干上，天上一直下着雨，当我看着向日葵时，它的颜色在雨中却显得格外明亮，我不禁想起句歌词：

> 你栽出千万花的一生，四季盛放也径自凋零；
> 你走出千万人群独行，往柳暗花明山穷水尽去。

最后我买了水果回去，送给了佳慧婆婆家对门那家人，谢过了他们，然后离开。出来的时候看到小巷附近在拆房子，也许这片房子不会存在太久了。

到昆明以后我没急着回家，我现在正坐在医院里等着，我要检查一下我的腿，应该没事，应该只是普通劳损，不过还是要检查一下，它今后还要陪我走过很多的路，要知道易希的旅程已经结束，我的才刚刚开始。

2013年9月7日　阴转多云　轿子雪山

今天是白露，这两个星期过得很快，我今天独自去爬轿子雪山，左腿基本痊愈，已经不疼了。

9月初的轿子山西麓，没有雪也没有杜鹃花，我离开栈道来到一处荒芜的凹地，转过身眺望着远方的群山。以前我总觉得那些山很远，但现在我明白它们很近，就像我曾翻过的许许多多的山。

那种熟悉的单调感开始浮现，张煜丹，你为什么会来这里呢？

我深吸一口气，在呼啸的寒风中脱掉上衣，裸着上身直接躺倒在冰冷的岩石上。皮肤接触石头的一瞬间，我竟辨不清那是冰冷还是滚烫，只是反射性地抽搐了一下，3500公里中的记忆一闪而过，那种强烈的刺激并没能产生什么特别的体验，只是让我想起了你。

我已然不再是我，而你却依然是你。

后　记

2011年9月14日傍晚，我躺在大学宿舍床铺上玩手机，重感冒还未痊愈，起不来也睡不着。快过生日的我感到极度无聊，而对学校生活的厌恶及胸中的郁怒达到了二十年来的峰值。我想马上跳起来做点什么，不然如我小说里所说——“我宁愿被狮子吃掉”。

脑子里冒出的第一个念头是旅行，在此前我也曾到过一些地方旅行，但无非和许多人一样，在开始旅行以前，就能料到旅途中将会遇到的种种麻烦，进而产生一种失望，还没上路便培养出一种对旅行的悲观情绪。

我需要寻找一种不同的旅行方式。那时我在网上看到了不少直播自己长途骑行的帖子，印象最深的一篇叫做《往南方开，沿途只有一朵向阳花》。作者为了他心爱的姑娘从武汉骑行到了南宁，而等待他的却不是一个圆满的结局，然而结局并不重要。

对之前看到的一切关于旅行的文字，我都兴致不高，而这篇帖子则像一部另类的公路电影，主人公只有一个，依然会遇到种种麻烦，但却是难以预料的麻烦，同时也会有很多的惊喜和感动，我想这就是我想要的旅行方式。我马上决定也要来一次骑行，计划是从山东到云南。我没有找到一个长途骑行的理由，就决定写一本关于骑车旅行的日记，其实并没有寻找什么理由的必要，到后来自己真正骑行在路上的时候，就越发认同威尔士学者雷蒙德·威廉斯的观点：

“18世纪以来，人类的同情和了解不再源自于社群活动，而是来自于人们的漂泊经验。因此一种基本的疏离、沉默和孤独已成为人性和社群的载体，对抗着普通社会阶层中的苛严僵固、冷漠无情和自私自利的闲适。”

在通信日益便捷，各种交通工具将旅行者和目的地的距离“缩短”的现代社会，能够称得上“伟大”的旅行变得越来越少，诸如朝圣一类的行为是否“伟大”也值得商榷，因为世俗世界有自己的价值评判体系。生活在世俗世界中的人们，对旅途中的未知事物既向往又担忧，同时要考虑开销等一系列的问题，于是尽管人们有无数的梦想之地，却常处于“不能至然心向往之”的困窘境地。这让我想起上世纪中期美国作家杰克·凯鲁亚克的美好愿景——期待着数百万人拒绝为消费而活，一起背上背包，“在全国流浪，他们会爬到高山上去祷告，会逗小孩子开心，会取悦老人家，会让年轻的女孩爽快，会让老女孩更爽快；他们全是禅疯子，会写一些突然想到的、莫名其妙的诗，会把永恒自由的意象带给所有的人和所有的生灵”。

倘若每个旅行者在旅途中不仅能看到自己所处世界的那种“苛严僵固、冷漠无情”，并不拘泥于自身的认知风格，去尝试理解行为各异的人群，或是对背景迥异的过客怀有同理心，那么这样的旅行可以算得上不虚此行。倘若旅行者能更进一步，在旅途中获得信念、理想和知识，重新发现激情、爱与灵感，并像凯鲁亚克一样流浪中找到了自我，这样的旅行绝对是大有裨益，犹如再生。

以上是我对那次骑行的领悟，也许表述略显笨拙，但我相信有过长途骑行的朋友更能理解我，有不少事情，只有当自己亲自去做才能理解，小说里提到的“真实目标”原则，灵感正是来源于此——唯有自己亲身经历方能领悟。

而控制技术需要体验来激发，这种想法则来源于《哈利·波特与阿兹卡班的囚徒》一书中，哈利·波特向卢平教授学习守护神咒的一段话：

“这种魔法看起来像什么呢?”哈利好奇地问。

“对于不同的巫师来说各有不同。”

“那你怎么能召唤它呢?”

“用一段咒语,但你必须集中精神,使用一段单独的、愉悦的记忆。”

哈利匆忙寻找快乐的记忆……

这似乎是《哈利·波特》系列中第一个需要记忆来激发的魔法。

受到这一情节启发,我把记忆改成了体验——控制技术必须要由体验来激发。之后我想出了不少控制技术,如贯穿全篇小说的“范西集”是关于想象力的控制技术。之所以把“范西集”放在最重要的位置,是因为我看到《哥德尔、埃舍尔、巴赫——集异璧之大成》一书对人类思维的惊人解读后,依然发现爱因斯坦所言不虚——“想象力最重要”。在脑科学领域,科学家已经基本理解了人类是怎么学习和记忆的,可是当我看到心理学家们关于想象力的各种实验,深深地感觉到他们所用的范式永远无法理解想象力。想象力好比是人类智慧之冠上的明珠,是最为特别的认知能力。

我的骑行结束于2013年,可是我的旅行未曾结束,到现在我已经去过二十多个国家。再回过头来看这次骑行时,我已有不少与当时不一样的想法,但它的确极大地改变了我,我之所以是现在的样子,选择了现在的职业,与这趟骑行是分不开的。

我已经很久没有骑行了,不骑行的日子总是怀念路上的感觉,不过我不担心,想要再次上路是很容易的,说不定某一天我又骑行在路上时,刚巧就遇见读过这本书的你、我、他。

2016年10月15日凌晨于昆明